光文社文庫

【巷談コレクション】

鎧櫃《よろいびつ》の血

新装版

岡本綺堂《きどう》

KOBUNSHA

JN285414

光　文　社

三浦老人昔話

新集巷談

- 鼠(ねずみ) ……………… 三
- 魚妖(ぎょよう) ……………… 六一
- 夢(ゆめ)のお七(しち) ……………… 一二四
- 鯉(こい) ……………… 一八七
- 牛(うし) ……………… 二〇二
- 虎(とら) ……………… 二三一

解説　岡本経一(おかもときょういち) ……………… 三八

三浦老人昔話

桐畑《きりばたけ》の太夫《たゆう》

一

今から三十年ちかくの昔である。なんでも正月の七草《ななくさ》すぎの日曜日と記憶している。わたしは午後から半七《はんしち》老人の家《うち》をたずねた。老人はかの半七捕物帳の材料を幾たびかわたしに話して聞かせてくれるので、きょうも年始の礼を兼ねて、あわよくば又なにかの昔話を聞き出そうと巧《たく》らんで、から風の吹く寒い日を赤坂まで出かけて行ったのである。

格子をあけると、沓《くつ》ぬぎには新しい日和《ひより》下駄がそろえてある。この頃はあまり世間と交際《つきあい》をしないらしい半七老人の家にも、さすがは春だけに来客があると思っていると、わたしの案内を聞いておなじみの老婢《ばあや》がすぐに出て来た。広くもない家であるから、わたしの声が筒ぬけに奥へきこえたらしい。横六畳の座敷から老人は声をかけた。

「さあ、お通りください。あらたまったお客様じゃありませんから。」

わたしは遠慮なしに座敷へ通ると、主人とむかい合って一人の年始客らしい老人が坐っていた。主人も老人であるが、客はさらに十歳《とお》以上も老《ふ》けているらしく、相当に時代のついているらしい糸織の二枚小袖に黒斜子《くろななこ》の三つ紋の羽織をかさねて、行儀よく坐っていた。お定まりの屠蘇《とそ》や重詰物もならべられて、主人も客もその顔をうすく染めていた。主人に対して新年の挨拶がすむと、半七老人はさらにその客の老人をわたしに紹介した。

「こちらは、大久保にお住居の三浦さんと仰しゃるので……。」

初対面の挨拶が型の通りに交換された後に、わたしも主人から屠蘇をすすめられた。ふたりの老人と一人の青年とがすぐに打解けて話しはじめると、半七老人はさらに説明を加えて再びかの客を紹介した。

「三浦さんも江戸時代には下谷《したや》に住まっていて、わたしとは古いお馴染ですよ。いえ、同商売じゃありませんが、まんざら縁のない方でもないので……。番所の腰掛では一緒になったこともあるんですよ。はゝはゝはゝ。」

三浦という老人は家主《いえぬし》で、その時代のことばでいう大屋《おおや》さんであった。江戸時代にはなにかの裁判沙汰があれば、かならずその町内の家主が関係することになっているので、岡っ引を勤めていた半七老人とはまったく縁のない商売ではなかった。殊に神田と下谷とは土地つづきでもあるので、半七老人は特にこの三浦老人と親しくしていたらしかった。そうして、維新以後の今日《こんにち》まで交際をつづけているのであった。

「むかしは随分おたがいに仲好くしていたんですがね。」と、三浦老人は笑いながら言った。

「このごろは大久保の方へ引っ込んでしまったもんですから、どうも出不精になって……。いくら達者だといっても、なにしろここの主人にくらべると、ちょうど一とまわりも上なんですもの、口ばかり強そうなことを言っても、からだやあんよがいうことを肯《き》きませんや。それだもんですから自然御無沙汰勝ちになってしまって、きょうもここまで出て来るには眼あきの朝顔という形《かたち》なんですからね。いやもう意気地はありません。」

かれは持っている煙管《きせる》を握って、杖をつく形をしてみせた。勿論、そのころの東京にはまだ電車が開通していなかったのである。

「それでも三浦さんはまったく元気がいい。殊に口の方はむかしよりも達者になったらしい。」と、半七老人も笑いながらわたしを見かえった。「あなたは年寄りのむかし話を聴くのがお好きだが、おひまがあったら今度この三浦さんをたずねて御覧なさい。この人はなかなか面白い話を知っています。わたくしのお話はいつでも十手《じって》や捕縄《とりなわ》の世界にきまっていますけれども、こちらの方は領分がひろいから、いろいろの変った世界のお話を聴かせてくれますよ。」

「いや、面白いお話なんていうのはありませんけれど、時代おくれの昔話でよろしければ、せいぜいお古いところをお聴きに入れます。まことに辺鄙《へんぴ》な場末ですけれども、お閑《ひま》のときにはどうぞお遊びにおいでください。」と、三浦老人も打解けて言った。

今とちがって、その当時の大久保のあたりは山の手の奥で、躑躅《つつじ》でも見物にゆくほかには余りに足の向かないところであったが、わたしはそんなことに頓着《とんぢやく》しなかった。わたしは半七老人から江戸時代の探偵ものがたりを聴き出すのと同じような興味をもって、この三浦老人からも何かのおもしろい昔話を聴きたいと思った。新しい話を聴かせてくれる人はたくさんある、むしろ、だんだんに殖えてゆくくらいであるが、古い話を聴かせてくれる人は、暁方《あけがた》の星のようにだんだんに消えてゆく。今のうちに少しでも余計に聴いて置かなければならないという一種の欲も手伝って、わたしはあらためて、三浦老人訪問の約束をすると、老人はこころよく承知して、どうで隠居の身の上ですからいつでも遊びにいらっしゃいと言ってくれた。

その次の日曜日は陰《くも》っていた。底冷えのする日で、なんだか雪でも運び出して来そうな薄暗い空模様であったが、わたしは思い切って午後から麴町の家を出て、大久保百人町まで人車《くるま》に乗って行った。車輪のめり込むような霜どけ道を幾たびか曲りまわって、ようように杉の生垣《いけがき》のある家を探しあてると、三浦老人は自身に玄関まで出て来た。

「やあ、よく来ましたね。この寒いのに、お強いこってすね。さあ、さあ、どうぞおあがりください。」

南向きの広い庭を前にしている八畳の座敷に通されて、わたしは主人の老人とむかい合った。

二

わたしは自分と三浦老人との関係を説くのに、あまり多くの筆や紙を費《つい》やし過ぎたかも知れない。早くいえば、前置きがあまり長過ぎたかも知れないが、これから次々にこの老人の昔話を紹介してゆくには、それを語る人がどんな人物であるかということも先《ま》ず一通りは紹介して置かなければならないのである。しかしこの上に読者を倦《う》ませるのはよくない。わたしはすぐに本文《ほんもん》に取りかかって、この日に三浦老人から聴かされた江戸ものがたりの一つを紹介しようと思う。

三浦老人はこう語った。

今日《こんにち》の人たちは幕末の士風頽廃《しふうたいはい》ということをよく言いますが、徳川の侍だって揃いも揃って腰ぬけの意気地なしばかりではありません。なかには今日でも見られないような、随分しっかりした人物もありました。しかし又そのなかには随分だらしのない困り者があったのも事実で、それを証拠にして、さあどうだと言われると、まったく返事に詰まるわけです。そのだらしないといわれる仲間のうちには、又こんな風変りのもありました。

これはわたくしが子供の時に聞いた話ですから、天保初年のことと思ってください。赤坂の桐畑のそばに小坂丹下《たんげ》という旗本がありました。千五百石の知行取りで、その先代は御目付を勤めたとか聞いています。ひと口に旗本といっても、身分にはなかなか高下があります。だいたい二百石以上は旗本ですけれども、それらはいわゆる貧乏旗本で、まずほんとうの旗本らしい格式を保ってゆかれるのは少くも三百石以上でしょう。五百石以上となれば立派なお歴々で、千石以上となれば大身《たいしん》、それこそ大威張りのお殿様です。そこで、この小坂さんの屋敷は千五百石というのですから、立派なお旗本であることは言うまでもありません。

当主の丹下という人はことし三十七の御奉公盛りですが、病気の届け出《い》でをして五、六年まえから無役の小普請入りをしてしまいました。学問もある人で、若い時には聖堂の吟味に甲科で白銀三枚の御褒美を貰い、家督を相続してからも勤め向きの首尾もよく、おいおい出世の噂もきこえていたのですが、二十五六のときから此の人にふと魔がさした。というのは、この人が芸ごとに凝り始めたのです。芸事もいろいろありますが、清元の浄瑠璃に凝り固まってしまったのですからちっと困ります。なんでもその皮切りは、同役の人の下《しも》屋敷へ呼ばれて行ったときに、その酒宴の席上で清元の太夫と知合いになったのだといいますが、その先代も赤坂あたりの常磐津の女師匠を囲いものにしていたとかいう噂がありますから、遊芸については幾らか下地《したじ》があるというほどで無くとも、相当の趣味はあったのかも知れません。いずれにしても、その清元の師匠を自分の屋敷へよんでお稽古をはじめたのです。

おなじような理屈ですけれども、これが謡《うたい》の稽古でもして、熊坂や船弁慶を唸るのならば格別の不思議もないのですが、清元の稽古本にむかって、おかる勘平や権八小紫を歌うことになると、どうもそこが妙なことになります。といって、これがひどく筋の悪いことというほどでもないので、奥様や用人も開き直って意見をするわけにも行かず、困った道楽だと苦々しく思いながらも、まずそのままにして置くうちに、主人の道楽はいよいよ募って来て、もう一廉《いっかど》の太夫さん気取りになってしまったのです。

むかしから素人の芸事はあまり上達しないにきまったもので、俗に素人芸、旦那芸、殿様芸、大名芸などといって、先ず上手でないのが当りまえのようになっているのですが、この小坂という人ばかりは例外で、好きこそ物の上手なりけりというのか、それとも一種の天才というのか、素人芸や殿様芸を通り越して、三年五年のうちに、めきめきと上達する。第一に喉がいい。三味線も達者にひく。ふだんは苦々しく思っている奥様や用人も、春雨のしんみりと降る日に、非番の殿様が爪びきで明鴉《あけがらす》か何かを語っていると、思わずうっとりと聴き惚れてしまうというようなわけですから、師匠もお世辞を抜きにしてほんとうに褒める。当人は一心不乱に稽古する。師匠も身を入れて教える。それが自然と同役のあいだにも伝わって、下屋敷などで何かの酒宴でも催すというような場合には、小坂をよんで一段語らせようではないかということになる。当人もよろこんで出かけてゆく。それが続いているうちに、世間の評判がだんだんに悪くなりました。

一方にこれほど浄瑠璃に凝りかたまっていながらも、小坂という人は別に勤め向きを怠るようなこともありませんでした。とんだ三段目の師直《もろのお》ですが、勤めるところは屹《きっ》と勤める武蔵守《むさしのかみ》といったふうで、上《かみ》の御用はかかさずに勤めていたのですが、どうも世間の評判がよろしくない。まえにも言う通り、おなじ歌いものでも弁慶や熊坂とちがって、権八や浦里ではどうも困る。それも小身者の安御家人かお城坊主のたぐいならば格別、なにしろ千五百石取りのお歴々のお旗本が粋な喉をころがして、「なさけは売れど心まで」などと、やっているのでは、理屈はともあれ、世間が承知しません。武士にあるまじきとか、身分柄をも憚からずとかいうような非難の声がだんだんに高くなってくるので、支配頭《がしら》も聞きながしているわけにもゆかなくなりました。勿論、親類縁者の一門からも意見や苦情が出てくるという始末。といって、小坂丹下、家代々の千五百石の知行をなげ出しても、今さら清元をやめることは出来ないので、結局病気と言い立てて無役の小普請組にはいることになりました。

小普請にはいれば何をしてもいいというわけでは勿論ないのですが、それでも小普請となると世間の見る眼がずっと違って来ます。もう一歩すすんでいっそ隠居してしまえば、殆ど何をしても自由なのですが、家督相続の子供がまだ幼少であるので、もう少し成長するのを待って隠居するという下心《したごころ》であったらしく、まずそれまでは小普請にはいって、やかましい世間の口をふさぐつもりで、自分から進んで無役のお仲間入りをしたのでしょう。それについても、定めて内外《うちそと》からいろいろの苦情があったことと察せられますが、当人があくまでも遊芸に執着しているのだから仕方がありません。小坂さんはとうとう自分の思い通りの小普請になって、さあこれからはおれの世界だとばかりに、おおびらで浄瑠璃道楽をはじめることになりました。いや、もうその頃はいわゆるお道楽を通り越して、本式の芸というものになっていたのです。

こうなると、自分の屋敷内で遠慮がちに語ったり、友達の家へ行って慰み半分に語ったりしているだけでは済まなくなりました。当人はどこまでも真剣です。だんだんと修業が積むにつれて、自然と芸人付合いをも始めるようになって、諸方のお浚《さら》いなどへも顔を出すと、それがまったく巧いのだから誰でもあっと感服する。桐畑の殿様を素人にして置くのは勿体ないなどという者もある。当人もいよいよ乗り気になって、浜町の家元から清元喜路《きじ》太夫という名前まで貰うことになってしまいました。勿論それで飯を食うというわけではありませんが、千五百石の殿様が清元の太夫さんになって、肩衣《かたぎぬ》をつけて床《ゆか》へあがるというのですから、世間に類の少いお話と言っていいでしょう。清元の仲間では桐畑の太夫さんと呼んでいました。道楽もここまで徹底してしまうと、誰もなんとも言いようがありますまい。屋敷内の者も親類縁者の人達も、もう諦めたのか呆れたのか、正面から意見がましいことを言い出す者もなくなって、唯いたずらに当人の自由行動をながめているばかりでした。

さてこれからがお話の本文で、この喜路太夫の身のうえに一大事件が出来《しゅったい》したのです。

三

まえにも申上げた通り、天保初年の三月末のことだそうです。芝の高輪《たかなわ》の川与という料理茶屋で清元の連中のお浚いがありました。今日《こんにち》とちがって、江戸時代の高輪は東海道の出入り口というのでなかなか繁昌したものです。殊に御殿山のお花見が大層賑いました。お浚いは昼の八つ（午後二時）頃から夜にかけて催されることになって、大きい桜の咲いている茶屋の門口《かどぐち》に、太夫の連名を筆太にかいた立《たて》看板が出ているのを見ると、そのうちに桐畑の喜路太夫の名も麗々しく出ていました。

このお浚いは昼のうちから大層な景気で、茶屋の座敷にはいっぱいの人が押掛けています。日が暮れると、門口には紅い提灯をつける。内ばかりでなく、表にも大勢の人が立っている。そこへ通りかかった七、八人連れの男は、どれも町人や職人風で、御殿山の花見帰りらしく、真紅《まっか》に酔った顔をしてよろけながらこの茶屋のまえに来かかりました。

「やあ、ここに清元の浚いがある。馬鹿に景気がいいぜ。」

立ちどまって立看板をよんでいるうちに、その一人が言いました。

「おい、おい。このなかで清元喜路太夫というのは聞かねえ名だな。どんな太夫だろう。」

「むむ。おれも聞いたことがねえ。下手か上手か、一つはいって聴いてやろうじゃねえか。」

酔っているから遠慮はない。この七、八人はどやどやと茶屋の門をはいって、帳場のまえに来ました。

「もし、喜路太夫というのはもうあがりましたかえ。」

「いえ、これからでございます。」と、帳場にいる者が答えました。なんといっても幾らかの遠慮がありますから、小坂さんの喜路太夫は夜になってから床《ゆか》にあがることになっていたのです。

「じゃあ、丁度いい。わっしらにも聴かせておくんなせえ。」

「皆さんはどちらのかたでございます。」

「わっしらはみんな土地の者さ。」

「どちらのお弟子さんで……。」

「どこの弟子でもねえ。ただ通りかかったから聴きにはいったのよ。」

浄瑠璃のお浚いであるから、誰でもむやみに入れるというわけにはゆかない。殊にどの人もみんな酔っているので、帳場の者は体《てい》よく断りました。

「折角でございますが、今晩は通りがかりのお方をお入れ申すわけにはまいりません。どうぞ悪しからず……。」

「わからねえ奴だな。おれ達は土地の者だ。今ここのまえを通ると清元の浚いの立看板がある。ほかの太夫はみんなお馴染だが、そのなかに唯《た》った一人、喜路太夫というのが判らねえ。どんな太夫だか一段聞いて、上手ならば贔屓《ひいき》にしてやるんだ。そのつもりで通してくれ。」

酔った連中はずんずん押上ろうとするのを、帳場の者どもはあわててさえぎりました。

「いけません、いけません。いくら土地のかたでも今晩は御免を蒙ります。」

「どうしても通さねえか。そんならその喜路太夫をここへ呼んで来い。どんな野郎だか、面《つら》をあらためてやる。」

なにしろ相手は大勢で、みんな酔っているのだから、始末が悪い。帳場の者も持て余していると、相手はいよいよ大きな声で呶鳴り出しました。

「さあ、素直におれ達を通して浄瑠璃を聴かせるか。それとも喜路太夫をここへ連れて来て挨拶させるか。さあ、喜路太夫を出せ。」

この捫着《もんちゃく》の最中に、なにかの用があって小坂さんの喜路太夫があいにく帳場の方へ出て来たのです。しきりに喜路太夫という名をよぶ声が耳にはいったので、小坂さんは何かと思って出てみると、七、八人の生酔が入口でがやがや騒いでいる。帳場のものは小坂さんがなまじいに顔を出しては却って面倒だと思ったので、一人がそばへ行って小声で注意しました。

「殿様、土地の者が酔っ払って来て、何かぐずぐず言っているのでございます。あなたはお構い下さらない方がよろしゅうございます。」

「むむ、土地の者がぐずりに来たのか。」

むかしは遊芸の浚いなどを催していると、質《たち》のよくない町内の若い者や小さい遊び人などが押掛けて来て、なんとか引っからんだことを言って、幾らかの飲代《のみしろ》をいたぶってゆくことが往々ありました。世間馴れている小坂さんは、これも大方その仲間であろうと思ったのです。そう思ったら猶更のこと、帳場の者にまかせて置けばよかったのですが、そこがやはり殿様で、自分がつかつかと入口へ出てゆきました。

「失礼であるが、今夜はこちらも取込んでおります。ゆっくりとここで御酒《ごしゅ》をあげているというわけにもゆかない。どうかこれで、ほかへ行って飲んでください。」

小坂さんは紙入れから幾らかの銀《かね》を出して、紙につつんで渡そうとすると、相手の方ではいよいよ怒り出しました。

「やい、やい。人を馬鹿にしやあがるな。おれたちは銭貰いに来たんじゃあねえ。喜路太夫をここへ出せというんだ。」

「その喜路太夫はわたしです。」

「むむ、喜路太夫は手前《てめえ》か。けしからねえ野郎だ。ひとを乞食あつかいしやあがって……。」

なにしろ酔っているから堪《たま》らない。その七、八人がいきなり小坂さんを土間へひき摺りおろして、袋叩きにしてしまったのです。旗本の殿様でも、大小は楽屋にかけてあるから丸腰です。勿論、武芸の心得もあったのでしょうが、この場合、どうすることも出来ないで、おめおめと町人の手籠めに逢った。帳場の者もおどろいて止めにはいったが間に合わない。その乱騒ぎのうちに、どこか撲《ぶ》ちどころが悪かったとみえて、小坂さんは気をうしなってしまったので、乱暴者もさすがにびっくりして皆ちりぢりに逃げて行きました。それを追っかけて取押えるよりも、まず殿様を介抱しなければならないというので、家《うち》じゅうは大騒ぎになりました。

すぐに近所の医者をよんで来て、いろいろの手当をして貰いましたが、小坂さんはどうしても生き返らないで、とうとう其のままに冷たくなったので、関係者はみんな蒼くなってしまいました。もうお浚いどころではありません。ともかくも急病の体《てい》にして、死骸を駕籠にのせて、そっと赤坂の屋敷へ送りとどけると、屋敷でもおどろきましたが、場所が場所、場合が場合ですから、なんとも文句の言いようがありません。旗本の主人が清元の太夫になって、料理茶屋のお浚いに出席して、しかも町人にぶち殺されたなどということが表沙汰になれば、家断絶ぐらいのお咎めをうけないとも限りませんから、残念ながら泣き寝入りにするよりほかはありません。ことし十五になる丹三郎という息子さんは、お父《とっ》さんが大事にしていた二挺の三味線を庭へ持ち出して、脇指を引きぬいて、その棹を真っ二つに切りました。皮をずたずたに突き破りました。

「これがせめてもの仇討だ。」

小坂さんは急病で死んだことに届け出て、表向きは先ず無事に済んだのですが、その初七日《しょなのか》のあくる日に、八人の若い男が赤坂桐畑の屋敷へたずねて来て、玄関先でこういうことを言い入れました。

「わたくし共は高輪辺に住まっております者でございますが、先日御殿山へ花見にまいりまして、その帰り途に川与という料理茶屋のまえを通りますと、そこの家に清元の浚いがございまして、立看板の連名のうちに清元喜路太夫というのがございました。ついぞ名前を聞いたことのない太夫ですから、一段聴いてみようといってはいりますと、帳場の者が入れないという。こっちは酔っておりますので是非入れてくれ、さもなければその喜路太夫というのをここへ出して挨拶させろと、無理を言って押問答をしておりますところへ、奥からその喜路太夫が出て来て、今夜は入れることは出来ないから、これで一杯飲んでくれといって、幾らか紙につつんだものを出しました。くどくも申す通り、こっちも酔っておりますので、ひとを乞食あつかいにするとは怪《け》しからねえと、喧嘩にいよいよ花が咲いて、とうとうその喜路太夫を袋叩きにしてしまいました。それでまあ一旦は引き揚げたのでございますが、あとでだんだんうけたまわりますると、喜路太夫と申すのはお屋敷の殿様だそうで、実にびっくり致しました。まだそればかりでなく、それが基《もと》で殿様はおなくなり遊ばしましたそうで、なんと申上げてよろしいか、実に恐れ入りました次第でございます。就きましては、そのお詫として、下手人《げしゅにん》一同うち揃ってお玄関まで罷り出ましたから、なにとぞ御存分のお仕置をねがいます。」

小坂の屋敷でも挨拶に困りました。憎い奴らだとは思っても、ここで八人の者を成敗すれば、どうしても事件が表向きになって、いっさいの秘密が露顕することになるので、応対に出た用人はあくまでもシラを切って、当屋敷においては左様な覚えはかつてない。それは何かの間違いであろうと言い聞かせましたが、八人の者はなかなか承知しない。清元喜路太夫はたしかにお屋敷の殿様に相違ない。知らないこととはいいながら、お歴々のお旗本を殺して置いて唯そのままに済むわけのものでないから、こうして御成敗をねがいに出たのであるが、お屋敷でどうしても御存じないとあれば、わたくし共はこれから町奉行所へ自訴して出るよりほかはないと言い張るのです。

これには屋敷の方でも持てあまして、いずれ当方からあらためて沙汰をするからといって、一旦は八人の者を追い返して置いて、それから土地の岡っ引か何かをたのんで、二百両ほどの内済金を出して無事に済ませたそうです。主人をぶち殺された上に、あべこべに二百両の内済金を取られるなどとは、随分ばかばかしい話のようですけれども、屋敷の名前には換えられません。重々気の毒なことでした。

八人の者は勿論なんにも知らないで、ただの芸人だと思って喜路太夫を袋叩きにして、それがほんとうに死んだと判り、しかもそれが旗本の殿様とわかって、みんなも一時は途方にくれてしまったのですが、誰か悪い奴が意地をつけて、相手の弱味につけ込んで、さかねじにこんな狂言をかいたのだということです。わたくしの親父も一度柳橋の茶屋で喜路太夫の小坂さんの浄瑠璃を聴いたことがあるそうですが、それはまったく巧いものだったということですから、なまじい千五百石の殿様に生れなかったら、小坂さんもあっぱれの名人になりすましたのかも知れません。そう思うと、ただひと口にだらしのない困り者だと言ってもいられません、なんだか惜しいような気もします。いつの代にもこういうことはあるのでしょうが、人間の運不運は判りませんね。

「いや、根っから面白くもないお話で、さぞ御退屈でしたろう。」と、言いかけて三浦老人は耳をかたむけた。「おや、降って来ましたね。なんだか音がするようです。」

老人は起って障子をあけると、いつの間に降り出したのか、庭のさきは塩をまいたように、薄白くなっていた。

「とうとう雪になりました。」

老人は縁さきの軒にかけてある鶯の籠をおろした。わたしもそろそろ帰り支度をした。

「まあ、いいじゃありませんか。初めてお出でなすったのですから、なにか温《あった》かいものでも取らせましょう。」

「折角ですが、あまり積もらないうちにきょうはお暇いたしましょう。いずれ又ゆっくり伺います。」と、わたしは辞退して起ちかかった。

「そうですか。なにしろ足場の悪いところですから、無理にお引留め申すわけにもゆかない。では、又ごゆっくりおいで下さい。こんなお話でよろしければ、なにか又思い出して置きますから。」

「はあ。是非またお邪魔にあがります。」

挨拶をして表へ出る頃には、杉の生垣がもう真っ白に塗られていた。わたしは人車《くるま》を待たせて置かなかったのを悔んだ。それでも洋傘《こうもり》を持って来たのを仕合せに、風まじりの雪のなかを停車場の方へ一足ぬきにたどって行った。その途中はずいぶん寒かった。

春の雪――その白い影をみるたびに、わたしは三浦老人訪問の第一日を思い出すのである。

鎧櫃《よろいびつ》の血《ち》

一

その頃、わたしは忙しい仕事を持っていたので、とかくにどこへも御無沙汰勝ちであった。半七老人にも三浦老人にもしばらく逢う機会がなかった。半七老人はもうお馴染でもあり、わたしの商売も知っているのであるから、ちっとぐらい無沙汰をしても格別に厭な顔もされまいと、内々多寡をくくっているのであるが、三浦老人の方はまだ馴染のうすい人で、双方の気心もほんとうに知れていないのであるから、たった一度顔出しをしたぎりで鼬《いたち》の道をきめては悪い。そう思いながらもやはり半日の暇《ひま》も惜しまれる身のうえで、きょうこそはという都合のいい日が見付からなかった。

その年の春はかなりに余寒が強くて、二月から三月にかけても、天からたびたび白いものを降らせた。わたしは軽い風邪をひいて二日ほど寝たこともあった。なにしろ大久保に無沙汰をしていることが気にかかるので、三月の中頃にわたしは三浦老人にあてて無沙汰の詫言を書いた郵便を出すと、老人からすぐに返事が来て、自分も正月の末から持病のリュウマチスで寝たり起きたりしていたが、この頃はよほど快《よ》くなったとのことであった。そう聞くと、自分の怠慢がいよいよ悔まれるような気がして、わたしはその返事をうけ取った翌日の朝、病気見舞をかねて大久保へ第二回の訪問を試みた。第一回の時もそうであったが、今度はいよいよ路がわるい。停車場から小一町をたどるあいだに、わたしは幾たびか雪どけのぬかるみに新しい足駄《あしだ》を吸い取られそうになった。目おぼえの杉の生垣の前まで行き着いて、わたしは初めてほっとした。天気のいい日で、額《ひたい》には汗がにじんだ。

「この路の悪いところへ……。」と、老人は案外に元気よくわたしを迎えた。「粟津の木曾殿で、大変でしたろう。なにしろここらは躑躅の咲くまでは、江戸の人の足踏みするところじゃありませんよ。」

まったく其の頃の大久保は、霜どけと雪どけとで往来難渋の里であった。そのぬかるみを突破してわざわざ病気見舞に来たというので、老人はひどく喜んでくれた。リュウマチスは多年の持病で、二月中はかなりに強く悩まされたが、三月になってからは毎日起きている。殊にこの四、五日は好い日和がつづくので、大変に体の工合がいいという話を聴かされて、わたしは嬉しかった。

「でも、このごろは大久保も馬鹿に出来ませんぜ。洋食屋が一軒開業しましたよ。きょうはそれを御馳走しますからね。お午《ひる》過ぎまで人質ですよ。」

こうして足留めを食わして置いて、老人は打ちくつろいでいろいろのむかし話をはじめた。次に紹介するのもその談話の一節である。

このあいだは桐畑の太夫さんのお話をしましたが、これもやはり旗本の一人のお話です。これは前の太夫さんとは段ちがいで、おなじ旗本といっても二百石の小身、牛込の揚場《あげば》に近いところに屋敷をもっている今宮六之助という人です。

この人が嘉永の末年に御用道中で大阪へゆくことになりました。大阪の城の番士を言い付かって、一種の勤番の格で出かけたのです。よその藩中と違って、江戸の侍に勤番というものは無いのですが、それでも交代に大阪の城へ詰めさせられます。大阪城の天守が雷火に焚《や》かれたときに、そこにしまってある権現さまの金の扇の馬標《うまじるし》を無事にかつぎ出して、天守の頂上から濠《ほり》のなかへ飛び込んで死んだという、有名な中川帯刀《たてわき》もやはりこの番士の一人でした。

そんなわけですから、甲府詰などとは違って、江戸の侍の大阪詰は決して悪いことではなかったので、今宮さんも大威張りで出かけて行ったのです。普通の旅行ではなく、御用道中というのですから、道中は幅が利きます。何のなにがしは御用道中で何月何日にはどこを通るということは、前もって江戸の道中奉行から東海道の宿《しゅく》々《じゅく》に達してありますから、ゆく先ざきではその準備をして待ち受けていて、万事に不自由するようなことはありません。泊りは本陣で、一泊九十六文、午飯《ひるめし》四十八文というのですから実に廉《やす》いものです。駕籠に乗っても一里三十二文、それもこれも御用という名を頂いているおかげで、弥次喜多の道中だってなかなかこんなことでは済みません。主人はまあそれでもいいとして、その家来共までが御用の二字を嵩にきて、道中の宿々を困らせてあるいたのは悪いことでした。

早い話が、御用道中の悪い奴に出っくわすと、駕籠屋があべこべに強請《ゆす》られます。道中で客が駕籠屋や雲助にゆすられるのは、芝居にも小説にもよくあることですが、これはあべこべに客の方から駕籠屋や雲助をゆするのだから怖ろしい。主人というほどの人はさすがにそんなこともしませんが、その家来の若党や中間《ちゅうげん》のたぐい、殊に中間などの悪い奴は往々それをやって自分たちの役得《やくとく》と心得ている。たとえば、駕籠に乗った場合に、駕籠のなかで無暗《むやみ》にからだを揺する。客にゆすられては担いでゆくものが難儀だから、駕籠屋がどうかお静かに願いますと言っても、知らない顔をしてわざと揺する。

言えばいうほど、ひどく揺する。駕籠屋も結局往生して、内所で幾らか摑ませることになる。ゆするという詞《ことば》はこれから出たのかどうだか知りませんが、なにしろ、こういうふうにしてゆするのだから堪りません。それが又、この時代の習慣で、大抵の主人も見て見ぬ振りをしていたようです。それを余りにやかましく言えば、おれの主人は野暮だとか判らず屋だとかいって、家来どもに見限られる。まことにむずかしい世の中でした。

今宮さんは若党ひとりと中間三人の上下五人で、荷かつぎの人足は宿々で雇うことにしていました。若党は勇作、中間は半蔵と勘次と源吉。主人の今宮さんはことし三十一で、これまで御奉公に不首尾もない。勿論、首尾のわるい者では大阪詰にはなりますまいが、まずは一通りの武家気質《かたぎ》の人物。ただこの人の一つの道楽は食《くい》道楽で、食物《くいもの》の好みがひどくむずかしい。今度の大阪詰についても、本人はただそれだけを苦にしていたが、どうも仕様がない。大阪の食物にはおいおい馴れるとしても、当座が困るに相違ない。殊に大阪は醬油がよくないと聞いているから、せめては当座の使い料として醬油だけでも持って行きたいという注文で、銚子の亀甲万《きっこうまん》ひと樽を買わせたが、さてそれを持って行くのに差支えました。

武家の道中に醬油樽をかつがせては行かれない。といって、何分にも小さいものでないから、何かの荷物のなかに押込んで行くというわけにもゆかない。その運送に困った挙句に、それを鎧櫃に入れて行くということになりました。道中の問屋場《といやば》にはそれぞれに公定相場というようなものがあって、人足どもにかつがせる荷物もその目方によって運賃が違うのですが、武家の鎧櫃にかぎって、幾らそれが重くてもいわゆる「重た増し」を取らないことになっていましたから、鎧櫃のなかへはいろいろのものを詰め込んで行く人がありました。今宮さんも多分それから思い付いたのでしょうが、醬油樽とは随分思い切っています。殊にその樽を入れてしまえば、もうその上に鎧を入れる余地はありません。鎧が大事か、醬油が大事かということになっても、やはり醬油の方が大切であったとみえて、今宮さんはとうとう自分の鎧櫃を醬油樽のかくれ家ときめてしまいました。

しかし鎧を持って行かないでは困るので、鎧の袖や草摺《くさずり》をばらばらにはずして、籠手《こて》も脛当《すねあて》も別々にして、ほかの荷物のなかへどうにかこうにか押込んで、まず表向きは何の不思議もなしに江戸を発《た》つことになりました。

それは六月の末、新暦で申せば七月の土用のうちですから、夏の盛りで暑いことおびただしい。武家の道中は道草を食わないので、はじめの日は程ケ谷泊り、次の日が小田原、その次の日が箱根八里、御用道中ですからもちろん関所のしらべも手軽にすんで、その晩は三島に泊る。ここまでは至極無事であったのですが、そのあくる日、江戸を出てから四日目に三島の宿《しゅく》を発って、伊賀越の浄瑠璃でおなじみの沼津の宿をさして行くことになりました。

上下五人の荷物は両掛《りょうがけ》にして、問屋場の人足三人がかついで行く。主人だけが駕籠に乗って、家来四人は徒歩《かち》で付いて行く。

とかく説明が多くなるようですが、この人足も問屋場に詰めているのは皆おとなしいもので、決して悪いことをする筈はないのです。もし悪いことをして、次の宿の問屋場にその次第を届け出られれば、すぐに取押えて牢に入れられるか、あるいは袋叩きにされて所払いを食うか、いずれにしても手ひどい祟《たたり》をうけることになっているのですから、問屋場にいるものは先ず安心して雇えるわけです。しかし、この問屋場に係り合いのない人足で、かの伊賀越の平作のように、村外れや宿はずれにうろ付いて客待ちをしている者の中には、いわゆる雲助根性を発揮してよくないことをする奴もありました。そんなら旅をする人は誰でも問屋場にかかりそうなものですが、問屋場には公定相場があって負引《まけひき》がないのと、問屋場では帳簿に記入する必要上、一々その旅人の身許や行先などを取りしらべたりして、手数がなかなか面倒であるので、少しばかりの荷物を持った人は問屋場の手にかからないことになっていました。勿論、お尋ね者や駈落者などはわが身にうしろ暗いことがあるから問屋場にはかかりません。そこが又、悪い雲助などの付け込むところでした。

今宮さんの一行は立派な御用道中ですから、大威張りで問屋場の手にかかって、荷物をかつがせて行ったのですが、間違いの起るときは仕方のないもので、その前の晩は三島の宿に幾組かの大名の泊りが落合って、たくさんの人足が要ることになったので、助《すけ》郷《ごう》までも狩りあつめてくる始末。助郷というのは、近郷の百姓が一種の夫役《ぶやく》のように出てくるのです。それでもまだ、人数が不足であったとみえて、宿はずれに網を張っている雲助までも呼びあつめて来たので、今宮さんの人足三人のうちにも平作の若いようなのが一人まじっていました。年は三十前後で、名前はかい助というのだそうですが、どんな字を書くのか判りません。本人もおそらく知らなかったかも知れません。なにしろかい助という変な名ではお話がしにくいから、仮に平作といって置きましょう。そのつもりでお聴きください。

人足どもはそれぞれに荷物をかつぐ。かの平作は鎧櫃をかつぐことになりました。担ごうとするとよほど重い。平作も商売柄ですから、すぐにこれは普通の鎧櫃ではないと睨みました。こいつなかなか悪い奴とみえて、それをかつぐ時に粗相の振りをして、わざと問屋役人の眼のまえで投げ出しました。暑い時分のことですから、醤油が沸いて呑口の栓が自然にゆるんでいたのか、それとも強く投げ出すはずみに、樽に割れでも出来たのか、いずれにしても醬油が鎧櫃のなかへ流れ出したらしく、平作が自分の粗相をわびて再びそれを担ぎあげようとすると、櫃の外へもその醬油のしずくがぽとぽとこぼれ出しました。

「あ。」

人々も顔を見あわせました。

鎧櫃から紅《あか》い水がこぼれ出す筈がない。どの人もおどろくのも無理はありません。あまりの不思議をみせられて、平作自身も呆気《あっけ》に取られました。

二

まえにも申す通り、武家のよろい櫃の底にいろいろの物が忍ばせてあることは、問屋場の者もふだんから承知していましたが、紅い水が出るのは意外のことで、それが何であるか、ちょっと想像が付きません。こうなると役目の表、問屋の者も一応は詮議をしなければならないことになりました。今宮さんの顔の色が変ってしまいました。ここで鎧櫃の蓋《ふた》をあけて、醬油樽を見つけ出されたら大変です。鎧の身代りに醬油樽を入れたなどということが表向きになったら、洒落や冗談では済まされません。お役御免は勿論、どんなお咎めをうけるか判りませんから、家来たちまでが手に汗を握りました。

　問屋場の役人——といっても、これは武士ではありません。その町や近村の名望家が選ばれて幾人かずつ詰めているので、やはり一種の町《ちょう》役人です。勿論、大勢のうちには岩永《いわなが》も重忠《しげただ》もあるのでしょうが、ここの役人は幸いにみんな重忠であったとみえて、その一人がふところから鼻紙を出して、その紅いしずくをふき取りました。そうしてほかの役人にも見せて、その匂いをちょっと嗅《か》ぎましたが、やがて笑い出しました。

「はは、これは血でござりますな。お具足櫃に血を見るはおめでたい。はははは。」

　入れ物が鎧櫃であるから、それに取りあわせて紅いしずくを血だという。ほんとうの血ならばなおさら詮議をしなければならない筈ですが、そこが前にもいう重忠揃いですから、どこまでもそれを紅い血だということにして、そのまま無事に済ませてしまったので、今宮さん達もほっとしました。

「かさねて粗相をするなよ。」

　役人から注意をあたえられて、平作は再び鎧櫃をかつぎ出しました。今宮さんは心のうちで礼を言いながら駕籠に乗って、三島の宿を離れましたが、どうも胸がまだ鎮まらない。問屋場の者も表向きは無事に済ましてくれたものの、蔭ではきっと笑っているに相違ない。それにつけても、おれに恥辱をあたえた雲助めは憎い奴であると、今宮さんは駕籠のなかから駕籠屋に訊きました。

「おれの鎧櫃をかついでいるのは、やはり問屋場の者か。」

「いえ。あれは宿はずれに出ているかい助というのでございます。」と、駕籠屋は正直に答えました。

「そうか。」

実は今宮さんも少し疑っていたことがあるのです。あの人足が鎧櫃を取り落したのはどうもほんとうの粗相ではないらしい。わざと手ひどく投げ出したようにも思われる――と、こう疑っている矢先へ、それが問屋場の者でないと聞いたので、いよいよその疑いが深くなりました。一所不定の雲助め、往来の旅人を苦しめる雲助め、おそらく何かの弱味を見つけておれを強請《ゆす》ろうという下心であろうと、今宮さんは彼を憎むの念がいっそう強くなりましたが、差しあたりどうすることも出来ないので、胸をさすって駕籠にゆられて行くと、朝の五つ半（午前九時）前に沼津の宿にはいって、宿はずれの立場《たてば》茶屋に休むことになりました。朝涼《あさすず》のあいだといっても一里半ほどの路を来たので、駕籠屋は汗びっしょりになって、店さきの百日紅《さるすべり》の木の下でしきりに汗を拭いています。四人の家来たちも茶屋の女に水を貰って手拭をしぼったりしていましたが、三人の人足どもはまだ見えないので、若党の勇作は少し不安になりました。

「これ、駕籠屋。あの人足どもは確かなものだろうな。」

「はい、ふたりは大丈夫でございます。問屋場に始終詰めているものでございますから、決して間違いはございません。かい助の奴も、お武家さまのお供で、そばにあの二人が付いておりますから、どうすることもございますまい。やがてあとから追い付きましょう。しばらくここでお休みください。」と、駕籠屋は口をそろえて言いました。

「むむ、こちらは随分足が早かったからな。」

「はい。こちらさまのお荷物はなかなか重いと言っておりましたから、だんだんに後《おく》れてしまったのでございましょう。」

荷物が重い。――それが店のなかに休んでいる今宮さんの耳にちらりとはいったので、今宮さんはまた気色を悪くしました。かの鎧櫃の一件を当付《あてつ》けらしく言うようにも聴き取れましたので、すこし声を暴《あら》くして家来をよびました。

「勇作。貴様は駕籠脇についていながら、荷物のおくれるのになぜ気がつかない。あんな奴らは何をするか判ったものでない。すぐに引っ返して探して来い。源吉だけここに残って、半蔵も勘次も行け。あいつらがぐずぐず言ったら引っくくって引摺って来い。」

「かしこまりました。」

勇作はすぐに出て行きました。二人の中間もつづいて引っ返しました。どの人もさっきの鎧櫃のむしゃくしゃがあるので、なにかを口実にかの平作めをなぐり付けてでもやろうという腹で、元来た方へ急いでゆくと、二町ばかりのところで三人の人足に逢いました。平作は並木の松の下に鎧櫃をおろして悠々と休んでいるのを、ふたりの人足がしきりに急き立てているところでした。

「貴様たちはなぜ遅い。宿を眼のまえに見ていながら、こんなところで休んでいる奴があるか。」と、勇作は先ず叱り付けました。

勇作に言われるまでもなく、問屋場の人足どもは正直ですから、もう一息のところだから早く行こうと、さっきから催促しているのですが、平作ひとりがなかなか動かない。こんな重い具足櫃は生れてから一度もかついだことが無いから、この暑い日に照らされながら、そう急いではあるかれない。おれはここで一休みして行くから、おまえたちは勝手に先へ行けといって、どっかりと腰をおろしたままでどうしても動かない。相手がお武家だからといって聞かせても、こんな具足櫃をかつがせて行く侍があるものかと、そらうそぶいて取合わない。さりとて、かれ一人を置いて行くわけにもゆかないので、人足共も持て余しているところへ、こっちの三人が引っ返して来たのでした。

その子細を聴いて、勇作も赫《かっ》となりました。平作とても大して悪い奴でもない。鎧櫃の秘密を種にして余分の酒手でもいたぶろうという位の腹でしたろうから、なんとか穏やかにすかして、多寡が二百か三百文も余計にやることにすれば、無事穏便に済んだのでしょうが、勇作も年が若い、おまけに先刻《さつき》からのむしゃくしゃ腹で、この雲助めを憎いと思いつめているので、そんな穏便な扱い方をかんがえている余裕がなかったらしい。

「よし。それほどに重いならばおれが担いで行く。」

かれは平作を突きのけて、問題の鎧櫃を自分のうしろに背負いました。そうして、ほかの中間どもに眼くばせすると、半蔵と勘次は飛びかかって平作の両腕と頭髻《たぶさ》をつかみました。

「さあ、来い。」

三

平作は立場茶屋へ引摺って行かれると、さっきから苛々《いらいら》して待っていた今宮さんは、奥の床几を起って店さきへ出て来ました。見ると、勇作が鎧櫃を背負っている、中間ふたりが彼《か》の平作を引っ立ててくる。もう大抵の様子は推量されたので、この人もまた赫となりました。

「これ、そいつがどうしたのだ。」

この雲助めが横着をきめて動かないという若党の報告をきいて、今宮さんはいよいよ怒りました。単に横着というばかりでなく、こんなに重い具足櫃はかついだことが無いとか、こんな具足櫃をかつがせて行く侍があるものかというような、あてこすりの文句が一々こっちの痛いところにさわるので、今宮さんはいよいよ堪忍袋の緒を切りました。

「おのれ不埒な奴だ。この宿の問屋場へ引渡すからそう思え。」

ここまで来る途中でも、もう二、三度は中間どもになぐられたらしく、平作は散らし髪になって、左の眼のうえを少し腫らしていましたが、こいつなかなか気の強い奴、おまけに中間どもになぐられて、これもむしゃくしゃ腹であったらしい。立派な侍に叱られても、平気でせせら笑っていました。

「問屋場へでも何処へでも引渡してもらいましょう。わっしはその荷物が重いから重いと言っただけのことだ。わっしも十六の年から東海道を股にかけて雲助をしているから、具足櫃というものは、どのくらいの目方があるか知っています。わっしを問屋場へ引渡すときに、その具足櫃も一緒に持って行って、どんな重い具足がはいっているのか、役人たちにあらためてもらいましょう。」

こうなると、こいつをうっかり問屋場へ引渡すのも考えもので、いわゆる藪蛇《やぶへび》のおそれがあります。憎い奴だとは思いながら、どうすることも出来ない。そのうちに店の者は勿論、近所の者や往来の者がだんだんにこの店さきにあつまって来て、武家と雲助との押問答を聴いている。中間どもが追い払っても、やはり遠巻きにして眺めている。見物人が多くなって来ただけに、今宮さんもいよいよそのままには済まされなくなりましたが、前にもいう藪蛇の一件があります。ここの問屋場の役人たちも三島の宿とおなじような重忠ぞろいなら子細はないが、万一そのなかに岩永がまじっていて野暮にむずかしい詮議をされたら、あべこべにこっちが大恥をかかなければならない。今宮さんは残念ながらこいつを追いかえすよりほかはありませんでした。

「貴様のような奴らに係り合っていては、大切の道中が遅くなる。きょうのところは格別をもってゆるしてやる。早く行け、行け。」

もうこっちの内兜《うちかぶと》を見透《みす》かしているので、平作は素直に立去らない。かれは勇作にむかって大きい手を出しました。

「もし、御家来さん。酒手をいただきます。」

「馬鹿をいえ。」と、勇作はまた叱り付けました。「貴様のような奴に鐚《びた》一文でも余分なものがやられると思うか。首の飛ばないのを有難いことにして、早く立去れ。」

「さあ、行け、行け。」

中間どもは再び平作の腕をつかんで突き出すと、さっきからはらはらしながら見ていた駕籠屋や人足共も一緒になって、いろいろになだめて連れて行こうとする。なにしろ多勢《たぜい》に無勢《ぶぜい》で、しょせん腕ずくでは敵《かな》わないと思って、平作は引摺られながら大きい声で呶鳴りました。

「なに、首の飛ばないのを有難く思え……。はは、笑わせやあがる。おれの首が飛んだら、その具足櫃からしたじのような紅い水が流れ出すだろう。」

見物人が大勢あつまっているだけに、今宮さんも捨てて置かれません。この上にも何を言い出すか判らないと思うと、もう堪忍も容赦もない。つかつかと追って出て、刀の柄袋を払いました。

「そこ退《の》け。」

刀に手をかけたと見て、平作をおさえていた駕籠屋や人足どもは、あっとおびえて飛び退きました。

「ええ、おれをどうする。」

ふり向く途端に平作の首は落ちてしまいました。今宮さんは勇作を呼んで、茶店の手桶の水を柄杓に汲んで血刀を洗わせていると、見物人はおどろいて皆ちりぢりに逃げてしまう。駕籠屋や人足共は蒼くなってふるえている。それでも今宮さんはさすがに侍です。この雲助を成敗して、しずかに刀を洗い、手を洗って、それから矢立《やたて》の筆をとり出して、ふところ紙にさらさらと書きました。

「当宿の役人にはおれから届ける。勇作と半蔵は三島の宿へ引っ返して、この鎧櫃をみせて来い。」

こう言い付けて、勇作に何かささやくと、勇作は中間ふたりに手伝わせて、かの鎧櫃を茶屋のうしろへ運んで行きました。そこには小川がながれている。三人は鎧櫃の蓋をあけてみると、醬油樽の底がぬけているようです。その樽も醬油も川へ流してしまって、櫃のなかも綺麗に洗って、それへ雲助の首と胴とを入れました。今度は半蔵がその鎧櫃を背負って、勇作が付いて行くことになりました。

三島の宿の問屋場では、この鎧櫃をとどけられて驚きました。それには今宮さんの手紙が添えてありました。

先刻は御手数相掛過分に存候。拙者鎧櫃の血汐、いつまでも溢れ出して道中迷惑に御座候間、一応おあらための上、よろしく御取捨被下度《くだされたく》、右重々御手数ながら御願申上候。早々

今宮六之助

問屋場御中

問屋場では鎧櫃を洗いきよめて、使のふたりに戻しました。これで鎧櫃からこぼれ出した紅いしずくも、ほんとうの血であったということになります。沼津の宿の方の届け

も型ばかりで済みました。一方は侍、一方は雲助、しかも御用道中の旅先というのですから、可哀そうに平作は殺され損、この時代のことですからどうにも仕様がありません。

今宮さんはその後の道中に変ったこともなく、主従五人が仲よく上《のぼ》って行ったのですが、かの一件以来、どうも気が暴《あら》くなったようで、さもないことにも顔色を変えて叱言《こごと》をいうこともある。しかしそれは一時のことで、あとはやはり元の通りになるので、家来共も別に気にも留めずにいると、京ももう眼の前という草津の宿にはいる途中、二、三日前からの雨つづきで路がひどく悪いので、今宮さんの一行はみんな駕籠に乗ることになりました。そのときに、中間の半蔵が例の手段で駕籠をゆすぶって、駕籠屋から幾らかの揺すり代をせしめたことが主人に知れたので、今宮さんは腹を立てました。

「貴様は主人の面《つら》に泥を塗る奴だ。」

半蔵はさんざんに叱られましたが、勇作の取りなしで先ず勘弁してもらって、霧雨のふる夕方に草津の宿に着きました。宿屋にはいって、今宮さんは草鞋《わらじ》をぬいでいる。家来どもは人足にかつがせて来た荷物の始末をしている。その忙しいなかで、半蔵が人足にこんなことを言いました。

「おい、おい。その具足櫃は丁寧にあつかってくれ。きょうはあぶなくおれの首を入れられるところだった。塩っ辛え棺桶は感心しねえ。」

それが今宮さんの耳にはいると、急に顔の色が変りました。草鞋をぬいで玄関へあがりかけたのが、また引っ返して来て激しく呼びました。

「半蔵。」

「へえ。」

なに心なく小腰をかがめて近寄ると、ぬく手も見せずというわけで、半蔵の首は玄関さきにころげ落ちました。前の雲助の時とは違って、勇作もほかの中間共もしばらく呆れて眺めていると、不埒な奴だから手討ちにした、死骸の始末をしろと言いすてて、今宮さんは奥へはいってしまいました。

主人がなぜ半蔵を手討ちにしたか。勇作も大抵は察していましたが、表向きはかのゆすりの一件から物堅い主人の怒りに触れたのだということにして、これも先ず無事に片付きました。

それから大阪へゆき着いて、今宮さんは城内の小屋に住んで、とどこおりなく勤めていました。かの鎧櫃は雲助の死骸を入れて以来、空《から》のままで担がせて来て、空のままで床の間に飾って置いたのでした。なんでも九月のはじめだそうで、今宮さんは夕方に詰所から退がって来て、自分の小屋で夕飯を食いました。たんとも飲まないのですが、晩酌には一本つけるのが例になっているので、今夜も機嫌よく飲んでしまって、飯を食いはじめる。勇作が給仕をする。黄いろい行燈《あんどう》が秋の灯らしい色をみせて、床の下ではこおろぎが鳴く。今宮さんは飯を食いながら今日は詰所でこんな話を聴いたと話しました。

「この城内には入らずの間というのがある。そこには淀殿が坐っているそうだ。」

「わたくしもそんな話を聴きましたが、ほんとうでござりましょうか。」と、勇作は首をかしげていました。

「ほんとうだそうだ。なんでも淀殿がむかしの通りの姿で坐っている。それを見た者はきっと命を取られるということだ。」

「そんなことがござりましょうか。」と、勇作はまだ疑うような顔をしていました。

「そんなことが無いともいえないな。」

「そうでござりましょうか。」

「どうもありそうに思われる。」

言いかけて、今宮さんは急に床の間の方へ眼をつけました。

「論より証拠だ。あれ、みろ。」

勇作の眼にはなんにも見えないので、不思議そうに主人の顔色をうかがっていると、今宮さんは少し乗り出して床の間を指さしました。

「あれ、鎧櫃の上には首が二つ乗っている。あれ、あれが見えないか。ええ、見えないか、馬鹿な奴だ。」

主人の様子がおかしいので、勇作は内々用心していると、今宮さんは跳《おど》るように飛びあがって、床の間の刀掛に手をかけました。これはあぶないと思って、勇作は素早く逃げ出して、台所のそばにある中間部屋へころげ込んだので、勘次も源吉もおどろいた。だんだん子細をきいて、みんなも顔をしかめたが、半蔵の二の舞はおそろしいので、誰も進んで奥へ見とどけに行くものがない。しかし小半ときほど経っても、奥の座敷はひっそりとしているらしいので、三人が一緒につながって怖々ながら覗きに行くと、今宮さんは鎧櫃を座敷のまん中へ持ち出して、それに腰をかけて腹を切っていました。

人《にん》　参《じん》

一

その日は三浦老人の家《うち》で西洋料理を御馳走になった。大久保にも洋食屋が出来たという御自慢であったが、正直のところ余りうまくはなかった。しかしもともと御馳走をたべに来たわけでないから、わたしは硬いパンでも硬い肉でもいっさい鵜《う》呑みにする覚悟で、なんでも片っ端から頰張っていると、老人はあまり洋食を好まないらしく、且は病後という用心もあると見えて、ほんのお付合いに少しばかり食って、やがてナイフとフォークをおいてしまった。

「わたしには構わずにたべてください。」

「遠慮なく頂戴します。」と、わたしは喉につかえそうな肉を一生懸命に嚥《の》み込みながら言った。食《くい》道楽のために身をほろぼした今宮という侍に、こんな料理を食わせたら何と言うだろうかなどとも考えた。

「今お話をした今宮さんのようなのが其の昔にもあったそうですよ。」と、老人はまた話し出した。

「名は知りませんが、その人は大阪の城番に行くことになったところが、屋敷に鎧がない。大方売ってしまったか質《しち》にでも入れてしまったのでしょう。さりとて武家の御用道中に鎧櫃を持たせないという訳にもゆかないので、空の鎧櫃に手頃の石を入れて、いい加減の目方をつけて担ぎ出させると、それが途中でころげ出して大騒ぎをしたことがあるそうです。これも困ったでしょうね。はゝはゝはゝ。」

　老人はそれからつづけて幕末の武家の生活状態などをいろいろ話してくれた。果し合いや、辻斬や、かたき討の話も出た。

「西鶴《さいかく》の武道伝来記などを読むと、昔はむやみに仇討があったようですが、太平がつづくに連れて、それもだんだんに少くなったばかりでなく、幕府でも私《わたくし》にかたき討をすることを禁じる方針を取っていましたし、諸藩でも表向きには仇討の願いを聴きとどけないのが多くなりましたから、自然にその噂が遠ざかって来ました。それでも確かに仇討とわかれば、相手を殺しても罪にはならないのですから、武家ばかりでなく、町人、百姓のあいだにも仇討は時々にありました。なにしろ芝居や講釈ではかたき討を盛に奨励していますし、世間でも褒めそやすのですから、やっぱり根切りという訳にはゆかないで、ときどきには変った仇討も出て来ました。これもその一つです。いや、これは赤坂へ行って半七さんにお聴きなすった方がいいかも知れない。あの人の養父にあたる吉五郎という人も係り合った事件ですから。」

「いえ、赤坂も赤坂ですが……。あなたの御承知のことだけは今ここで聴かせて頂きたいもんですが、いかがでしょう。」と、わたしは子供らしくねだった。

「じゃあ、まあお話をしましょう。なに、別に勿体をつけるほどの大事件ではありませんがね。」

老人は笑いながら話しはじめた。

安政三年の三月――御承知の通り、その前年の十月にはかの大地震がありまして、下町は大抵焼けたり潰れたりしましたが、それでももう半年もたったので、案外に世直しも早くできて、世間の景気もよくなりました。勿論、仮普請もたくさんありましたが、金廻りのいいのや、手廻しのいいのは、もう本普請をすませて、みんな商売をはじめていました。猿若町《さるわかまち》の芝居も蓋《ふた》をあけるという勢いで、よし原の仮宅《かりたく》は大繁昌、さすがはお江戸だと諸国の人をおどろかしたくらいでした。

なんでもその三月の末だとおぼえています。日本橋新乗物町に舟見桂斎という町医者がありましたが、診断《みたて》も調合も上手だというのでなかなか流行っていました。小舟町《こぶなちょう》三丁目の病家を見舞って、夜の五つ頃（午後八時）に帰ってくると、春雨《はるさめ》がしとしと降っている。供の男に提灯を持たせて、親父橋《おやじばし》を渡りかかると、あとから跟《つ》けて来たらしい一人の者が、つかつかと寄って来て、まず横合いから供の提灯をたたき落して置いて、いきなりに桂斎先生の左の胸のあたりを突きました。先生はあっといって倒れる。供はびっくりして人殺し人殺しと呼び立てる。その間《ま》に相手はどこかへ姿を隠してしまいました。

桂斎先生の疵は脇指《わきざし》のようなもので突かれたらしく、駕籠にのせて自宅へ連れて帰りましたが、手あての甲斐もなしに息を引取ったので、騒ぎはいよいよ大きくなりました。雨のふる晩ではあり、最初に提灯をたたき消されてしまったので、供の者も相手がどんな人間であるか、どんな服装《なり》をしていたか、ちっとも知らないというのですから、手がかりはありません。しかし前後の模様から考えると、どうも物取りの仕業《しわざ》ではないらしい。桂斎先生に対して何かの意趣遺恨のある者だろうという鑑定で、町方《まちかた》でもそれぞれ探索にかかりました。さあ、これからは半七さんの縄張りで、わたくし共にはよく判りませんが、なにか抜きさしのならない証拠が挙ったとみえて、その下手人《げしゅにん》は間もなく召捕られました。それを召捕ったのが前にも言う通り、半七さんの養父の吉五郎という人です。

その下手人はまだ前髪のある年季小僧で、人形町通りの糸屋に奉公している者でした。名は久松――丁稚《でっち》小僧で久松というと、なんだか芝居にでも出て来そうですが、本人は明けて十五という割に、からだの大きい、眼の大きい、見るから逞《たくま》しそうな小僧だったそうです。しかし運のわるい子で、六つの年に男親に死別れて、姉のおつねと姉弟《きょうだい》ふたりは女親の手で育てられたのです。勿論、株家督があるというではなし、芳町《よしちょう》のうら店《だな》に逼塞して、おふくろは針仕事や洗濯物をして、細々にその日を送っているという始末ですから、久松は九つの年から近所の糸屋へ奉公にやられ、姉は十三の年から芝口の酒屋へ子守奉公に出ることになって、親子三人が分れ分れに暮していました。そんなわけで、碌々に手習の師匠にかよったのでもなし、誰に教えられたのでもなく、いわば野育ち同様に育って来たのですが、不思議にこの姉弟は親思い、姉思い、弟思いで、おたがいに奉公のひまを見てはおふくろをたずねて行く。姉は弟をたずねる。弟も姉の身を案じて、使の出さきなどからその安否をたずねに行く。まことに美しい親子仲、姉弟仲でした。

これほど仲がいいだけに、親子姉弟が別々に暮しているということは、定めて辛かったに相違ありません。それでも行末《ゆくすえ》をたのしみに、姉も弟もまじめに奉公して、盆と正月の藪入《やぶい》りにはかならず芳町の家にあつまって、どこへも行かずに一日話し合って帰ることにきめていたので、その日も暮れかかって姉弟がさびしそうに帰ってゆくうしろ姿を見送ると、相長屋の人達もおのずと涙ぐまれたそうです。

「久ちゃんは男だから仕方もないが、せめておつねちゃんだけは、家にいるようにしてやりたいものだ。」と、近所でも噂をしていました。

おふくろもそう思わないではなかったでしょうが、おつねを奉公に出して置けば、ひとり口が減った上に一年幾らかの給金が貰える。なにをいうにも苦しい世帯《しょたい》ですから、親子がめでたく寄合う行末を楽しみに、まあまあ我慢しているというわけでした。どの人も勿論そうでしょうが、取分けてこの親子三人は「行末」という望みのためばかりに、生きているようなものだったのです。

ところが、神も仏も見そなわさずに、この親子の身のうえに悲しい破滅が起ったのです。その第一はおふくろが病気になったことで、おふくろはまだ三十八、ふだんから至極丈夫な質《たち》だったのですが、安政二年、おつねが十七、久松が十四という年の春からふと煩いついて、三月頃にはもう枕もあがらないような大病人になってしまいました。姉弟の心配は言うまでもありません。おつねは主人に訳を話して、無理に暇をもらって帰って、一生懸命に看病する。久松も近所のことですから、朝に晩に見舞にくる。長屋の人たちも同情して、共々に面倒を見てくれたのですが、おふくろの容態はいよいよ悪くなるばかりです。今までは近所の小池玄道という医者にかかっていたのですが、どうもそれだけでは心もとないというので、中途から医者を換えて、かの舟見桂斎先生をたのむことになりました。評判のいい医者ですから、この人の匙《さじ》加減でなんとか取留めることも出来ようかと思ったからでした。

桂斎先生は流行《はやり》医者ですから、うら店《だな》などへはなかなか来てくれないのを、伝手《つて》を求めてようよう来て貰うことにしたのですが、先生は病人の容態を篤《とく》とみて眉をよせました。

「これは容易ならぬ難病、しょせんわたしの匙にも及ばぬ。」

医者に匙を投げられて、姉も弟もがっかりしました。ふたりは病人の枕もとを離れることが出来ないので、長屋の人にたのんで医者を送ってもらって、あとは互いに顔を見あわせて溜息をつくばかりでした。この頃はめっきり痩せた姉の頬に涙が流れると、弟の大きい眼にも露が宿る。もうこの世の人ではないような母の寝顔を見守りながら、運のわるい姉弟はその夜を泣き明かしました。芝居ならば、どうしても、チョボ入りの大《おお》世話場《せわば》というところです。

二

それだけで済めば、姉弟の不運はむしろ軽かったのかも知れませんが、あくる朝になっておつねは長屋の人からこういうことを聴きました。その人がゆうべ医者を送って行く途中で、あのおふくろさんはどうしてもいけないのですかと訊くと、桂斎先生はこう答えたそうです。

「なみ一通りの療治では、とてもいけない。人参をのませればきっと癒ると思うが、それを言って聞かせてもしょせん無駄だと思ったから、黙って来ました。」

人参は高価の薬で、うら店ずまいの者が買い調えられる筈がないから、見殺しは気の毒だと思いながらも、それを教えずに帰って来たというのでした。その話を聞かされておつねは喜びもし、嘆きもしました。まったく今の身のうえで高価の人参などを買いととのえる力はありません。人参にもいろいろありますが、その頃では廉くとも三両か五両、よい品になると十両二十両ともいうほどの値ですから、なかなか容易に手に入れられるものではない。ましてこの姉弟がどんなに工面《くめん》しても、才覚しても、そんな大金の調達の出来ないのは判り切っています。それでもどうかしておふくろを助けたい一心で、おつねはいろいろに考え抜いた挙句に、思いついたのが例の身売です。

人参の代にわが身を売る——芝居や草双紙にはよくある筋ですが、おつねも差しあたりそのほかには思案もないので、とうとうその決心をきめたのでした。いっそ容貌《きりょう》が悪く生れたら、そんな気にもならなかったかも知れませんでしたが、おつねはちょっと可愛らしい眼鼻立で、みがき上げれば相当に光りそうな娘なので、自分も自然そんな気になったのかも知れません。それでも迂闊にそんなことは出来ませんから、念のために医者の家へ行って、おふくろの命はきっと人参で取留められるでしょうかと訊きますと、十《とお》に九つまでは請合うと桂斎先生が答えたそうです。おつねは喜んで帰って来て、弟にその話をすると、久松も喜んだり嘆いたりで、しばらくは思案に迷ったのですが、姉の決心が固いのと、それよりほかには人参代を調達する知恵も工夫もないのとで、これもとうとう思い切って、姉に身売をさせることになってしまいました。

おつねは長屋の人にたのんで、山谷《さんや》あたりにいる女衒《ぜげん》に話してもらって、よし原の女郎屋へ十年いっぱい五十両に売られることになりました。家の名は知りませんが、大《だい》町小店《ちょうこみせ》で相当にはやる店だったそうです。式《かた》のごとくに女衒の判代や身付《みつき》の代を差引かれましたが、残った金を医者のところへ持って行って、よろしくおねがい申しますと言うと、桂斎先生は心得て、そのうちから八両とかを受取って、すぐに人参を買って病人に飲ませてくれたが、おふくろの病気はやはりよくならない。久松も心配して、いろいろに医者をせがむので、先生はまた十両をうけ取って人参を調剤したのですが、それも験《げん》がみえない。おふくろはいよいよ悪くなるばかりで、それから半月ほどの後にとうとう此の世の別れになってしまったので、久松は泣いても泣き尽くせない位で、とりあえず吉原の姉のところへ知らせてやりましたが、まだ初店《はつみせ》ですから出てくることは出来ません。長屋の人たちの手をかりて久松はともかくもおふくろの葬式をすませました。

こうなると、おつねの身売は無駄なことになったようなわけで、これから十年の長いあいだ苦界《くがい》の勤めをしなければならないのですから、姉思いの久松は身を切られるように情なく思いました。それからひいて、医者を怨むような気にもなりました。

「人参をのませればきっと癒ると請合って置きながら、あの医者はおふくろを殺した。それがために姉さんまでが吉原へ行くようになった。あの医者の嘘つき坊主め。あいつはおふくろの仇だ、姉さんのかたきだ。」

今日《こんにち》はそんなこともありませんが、病人が死ぬとその医者を怨むのが昔の人情で、川柳にも「見す見すの親のかたきに五分礼《ふんれい》」などというのがあります。ましてこういう事情がいろいろに絡《から》んでいるので、年のゆかない久松は一層その医者を怨むようにもなり、自然それを口に出すようにもなったので、糸屋の主人は久松に同情もし、また意見もしました。

「人間には寿命というものがある。人参を飲んできっと癒るものならば、高貴のお方は百年も長命する筈だが、そうはならない。公方《くぼう》さまでもお大名でも、定命《じょうみょう》が尽きれば仕方がない。金の力でも買われないのが人の命だ。人参まで飲ませても癒らない以上は、もう諦めるのほかはない。むやみに医者を怨むようなことを言ってはならない。」

理屈はその通りですが、どうも久松には思い切りが付きませんでした。姉の身売の金がまだ幾らか残っているのを主人にあずけて、自分は相変らず奉公していましたが、おふくろは此の世になし、姉には逢われず、まったく頼りのないような身の上になってしまったので、久松はもう働く張合いもぬけて、ひどく元気のない人間になりました。毎月おふくろの墓まいりに行って、泣いて帰るのがせめてもの慰めで、いっそ死んでしまおうかなどと考えたこともありましたが、姉は生きている。年季が明ければ姉は吉原から帰ってくる。それを楽しみに、久松はさびしいながらもやはり生きていました。

そのうちに、又こんなことが久松の耳にはいりました。初めておふくろの病気をみていた小池という医者が、途中で取換えられたのを面白く思っていなかったのでしょう。それに、同商売忌敵《いみがたき》というような意味もまじっていたのでしょう。その後近所の人達にむかって、あの病人に人参をのませて何になる。いくら人参だといっても、万病に効《き》のあるというものではない。効かない薬をあてがうのは、見す見す病家に無駄な金を使わせるようなものだ。高価な薬をあたえれば、医者のふところは膨らむが、病家の身代は痩せる。医は仁術で、金儲け一点張りではいけないなどと言う。それが自然に久松にもきこえましたから、いよいよ心持を悪くしました。それでは桂斎の医者坊主め、みすみす効かないのを知っていながら、金儲けのために高い人参を売り付けたのかも知れないという疑いも起ってくる。桂斎先生は決してそんな人物ではないのですが、ふだんから怨んでいるところへ前のような噂が耳にひびくので、年のゆかない久松としては、そんな疑いを起すのも無理はありません。商売の累《わずら》いといいながら、桂斎先生も飛んだ敵をこしらえてしまいました。

それでもまあそれだけのことならば、蔭で怨んでいるだけで済んだのですが、桂斎先生のためにも、久松姉弟のためにも、ここに又とんでもない事件が出来《しゅったい》したのです。それはその年十月の大地震――この地震のことはどなたも御承知ですから改めて申上げませんが、江戸じゅうでたくさんの家が潰れる、火事が起る、死人や怪我人が出来る。そのなかでも吉原の廓《くるわ》は丸潰れの丸焼けで、ここだけでもおびただしい死人がありました。おつねの勤めている店も勿論つぶれて、おつねは可哀そうに焼け死にました。久松の店もつぶれたが、幸いに怪我人はありませんでした。桂斎先生の家は半分かたむいただけで、これも運よく助かりました。

おふくろは死ぬ、それから半年ばかりのうちに姉もつづいて死んだので、久松はひとり法師《ぼっち》になってしまいました。おふくろのないのちは、ただ一本の杖柱とたのんでいた姉にも死に別れて、久松はいよいよ力がぬけ果てて、自分ひとり助かったのを却って悔むようになりました。おまけに姉のおつねが以前奉公していた芝口の酒屋は、土台がしっかりしていたと見えて、今度の地震にも屋根瓦をすこし震い落されただけでびくともせず、運よく火事にも焼け残ったので、久松はいよいよあきらめかねました。姉も今までの主人に奉公していれば無事であったものを、吉原へ行ったればこそ非業《ひごう》の死を遂げたのである。姉はなんのために吉原へ売られて行ったのか。高価の人参は母の病を救い得ないばかりか、却って姉の命をも奪う毒薬になったのかと思うと、久松は日本朝鮮にあらんかぎりの人参を残らず焼いてでもしまいたい程に腹が立ちました。その人参を売りつけた医者坊主がますます憎い奴のように思われて来ました。

糸屋の店では一旦小梅の親類の家《うち》へ立退いたので、久松も一緒に付いて行きました。場所柄だけに、店の方はすぐに仮普請に取りかかって、十二月にはともかくも商売を始めるようになったので、主人や店の者は日本橋へ戻りましたが、焼跡の仮小屋同様のところでは女子供がこの冬を過されまいというので、主人の女房や娘子供はやはり小梅の方に残っていることになりました。それがために小僧もひとり残されることになったので、久松がその役にあたって、あくる年の正月を小梅で迎えました。そのうちに三月の花が咲いて、陽気もだんだんにあたたかくなり、世間の景気も春めいて来たので、主人の家族もみんなここを引払うことになって、久松もはじめて日本橋の店へ戻ってくると、土地が近いだけに憎い怨めしい医者坊主めのことが一層強く思い出されます。勿論、小梅にいるあいだも毎日忘れたことはなかったのですが、近間《ちかま》へ戻ってくると又一倍にその執念が強くなって来ました。

三月末の陰《くも》った日に、久松が店の使で表へ出ると、途中で丁度、桂斎先生に逢いました。はっと思いながらも、よんどころなしに会釈《えしゃく》をすると、先生の方では気がつかなかったのか、それともそんな小僧の顔はもう見忘れてしまったのか、素知らぬ風でゆき過ぎたので、久松は赫《かっ》となりました。使をすませて主人の店へ一旦帰って、奥にいる女房のまえに出て、去年からあずけてある金のうちで一両だけを渡して貰いたいと言いました。なんにするのだと聞くと、おふくろの一周忌がもう近づいたから、お長屋の人にたのんで石塔をこしらえて貰うのだという返事です。久松の孝行は女房もかねて知っているので、それは奇特《きどく》のことだと言ってすぐに一両の金を出してやると、久松はそれを持って再び表へ出ましたが、もとの長屋へは行かないで、近所の刀屋へ行って道中指のような脇指を一本買いました。

その脇指をふところに忍ばせて、久松は新乗物町へ行って桂斎先生の出入りをうかがっていると、日のくれる頃から春雨が音もせずに降って来ました。先生の出て行くところを狙ったのですが、どうもぐあいが悪かったので、雨にぬれながら親父橋の袂に立っていて、その帰るところを待ちうけて、ことし十五の小僧が首尾よく相手を仕留めたのです。

久松はそれから人形町通りの店へ帰って、平気でいつもの通りに働いていたのですが、間もなく吉五郎という人の手で召捕られました。町奉行所の吟味に対して、あの桂斎という藪医者はおふくろと姉の仇だから殺しましたと、久松は悪びれずに申立てたそうです。なにぶんにも、まだ十六にも足らない者ではあり、係りの役人たちも大いにその情状を酌量してくれたのですが、理屈の上からいえば筋違いで、そんなことで一々かたき討をされた日には、医者の人種《ひとだね》が尽きてしまうわけですから、どうしても正当のかたき討と認めることは出来ないのでした。

「それにしても、母と姉の仇討ならば、なぜすぐに自訴して出なかったか。」と、係りの役人は訊きました。

かたきを討ってから、久松は川づたいに逃げ延びて、人の見ないところで脇指を川のなかへ投げ込んで、自分もつづいて川へ飛び込もうとすると、暗い水のうえに姉のおつねが花魁《おいらん》のような姿でぼんやりとあらわれて、飛び込んではならないというように頻りに手を振るので、死のうとする気は急ににぶった。かんがえてみると、今ここで自分が死んでしまえば、おふくろや姉の墓まいりをする者はなくなる。うかつに死に急ぎをしてはならない。生きられるだけは生きているのがおふくろや姉への孝行だと思い直して、早々にそこを立去って、なに食わぬ顔をして主人の店へ戻っていたと、久松はこう申立てたそうです。姉のすがたが見えたか見えないか、それは勿論わかりませんが、あるいは久松の眼にはほんとうに見えたのかもしれません。

奉行所ではその裁き方によほど困ったようでした。唯の意趣斬《いしゅぎり》にするのも不便《ふびん》、さりとて仇討として赦すわけにもゆかないので、一年あまりもそのままになっていましたが、安政四年の夏になって久松はいよいよ遠島ということにきまりました。島へ行ってからどうしたか知りませんが、おそらく赦《しゃ》に逢って帰ったろうと思います。

置《お》いてけ堀《ぼり》

一

「躑躅《つつじ》が咲いたら又おいでなさい。」

こう言われたのを忘れないで、わたしは四月の末の日曜日に、かさねて三浦老人をたずねると、大久保の停車場のあたりは早いつつじ見物の人たちで賑っていた。青葉の蔭にあかい提灯や花のれんをかけた休み茶屋が軒をならべて、紅いたすきの女中達がしきりに客を呼んでいるのも、その頃の東京郊外の景物の一つであった。暮春から初夏にかけては、大久保の躑躅が最も早く、その次が亀戸《かめいど》の藤、それから堀切の菖蒲《しょうぶ》という順番で、そのなかでは大久保が比較的に交通の便利がいい方であるので、下町からわざわざのぼって来る見物もなかなか多かった。藤や菖蒲は単にその風趣を賞するだけであったが、躑躅にはいろいろの人形細工がこしらえてあるので、秋の団子坂の菊人形と相対して、夏の大久保は女子供をひき寄せる力があった。

ふだんは寂しい停車場にも、きょうは十五六台の人車《くるま》が列んでいて、つい眼のさきの躑躅園まで客を送って行こうと、うるさいほどに勧めている。茶屋の姐さんは呼ぶ、車夫《くるまや》は付きまとう、そのそうぞうしい混雑のなかを早々に通りぬけて、つつじ園のつづいている小道を途中から横にきれて、おなじみの杉の生垣のまえまで来るあいだに、私はつつじのかんざしをさしている女たちに、幾たびも逢った。

門をあけて、いつものように格子の口へ行こうとすると、庭の方から声をかけられた。

「どなたです。すぐに庭の方へおまわりください。」

「では、ごめん下さい。」

わたしは枝折戸《しおりど》をあけて、すぐに庭さきの方へまわると、老人は花壇の芍薬《しゃくやく》の手入れをしていたところであった。

「やあ、いらっしゃい。」

袖にまつわる虻《あぶ》を払いながら、老人は、縁さきへ引っ返して、泥だらけの手を手水鉢《ちょうずばち》で洗って、私をいつもの八畳の座敷へ通した。老人は自分で起《た》って、忙しそうに茶をいれたり、菓子を運んで来たりした。それがなんだか気の毒らしくも感じられたので、私はすすめられた茶をのみながら訊いた。

「きょうはばあやはいないんですか。」

「ばあやは出ましたよ。下町にいるわたくしの娘が孫たちをつれて躑躅を見にくると、このあいだから言っていたのですが、それがきょうの日曜にどやどや押掛けて来たもんですから、ばあやが案内役で連れ出して行きましたよ。近所でいながら燈台下《もと》暗しで、わたくしは一向不案内ですが、ことしも躑躅はなかなか繁昌するそうですね。あなたもここへ来がけに御覧になりましたか。」

「いいえ。どこも覗きませんでした。」と、わたしは笑いながら答えた。

「まっすぐにここへ。」と、老人も笑いながらうなずいた。「まあ、まあ、その方がお利口でしょうね。いくら人形がよく出来たところで、躑躅でこしらえた牛若弁慶五条の橋なんぞは、あなた方の御覧になるものじゃありますまいよ。はははははは。」

「しかし、お客来のところへお邪魔をしましては。」

「なに、構うものですか。」と、老人は打消すように言った。「決して御遠慮には及びません。あの連中が一軒一軒に口をあいて見物していた日には、どうしても半日仕事ですから、めったに帰ってくる気づかいはありませんよ。わたくし一人が置いてけ堀をくって、退屈しのぎに泥いじりをしているところへ、丁度あなたが来て下すったのですから、まあゆっくりと話して行ってください。」

老人はいつもの通りに元気よくいろいろのむかし話をはじめた。老人がたった今、置いてけ堀をくったと言ったのから思い出して、わたしはかの「置いてけ堀」なるものに就いて質問を出すと、かれは笑いながらこう答えた。

置いてけ堀といえば、本所七不思議のなかでも一番有名になっていますが、さてそれが何処だということは確かに判っていないようです。一体、本所の七不思議というのからして、ほんとうには判っていないのです。誰でも知っているのは、置いてけ堀、片葉の蘆、一つ提灯、狸ばやし、足洗い屋敷ぐらいのもので、ほかの二つは頗《すこぶ》るあいまいです。ある人は津軽家の太鼓、消えずの行燈《あんどう》だともいいますし、ある書物には津軽家の太鼓をはぶいて、松浦家の椎の木を入れています。又ある人は足洗い屋敷をはぶいて、津軽と松浦と消えずの行燈とをかぞえているようです。この七不思議を仕組んだものには「七不思議葛飾《かつしか》譚《ものがたり》」という草双紙がありましたが、それには何々をかぞえてあったか忘れてしまいました。しょせん無理に七つの数にあわせたのでしょうから、一つや二つはどうでもいいので、そのあいまいなところが即ち不思議の一つかも知れません。

そういうわけですから、置いてけ堀だって何処のことだか確かには判らないのです。御承知のとおり、本所は掘割の多いところですから、堀といったばかりでは高野山《こうやさん》で今《いま》道心《どうしん》をたずねるようなもので、なかなか知れそうもありません。元来この置いてけ堀というにも二様の説があります。その一つは、その辺に悪《わる》旗本の屋敷があって、往来の者をむやみに引摺り込んでいかさま博奕《ばくち》をして、身ぐるみ脱いで置いて行かせるので、自然に置いてけ堀という名が出来たというのです。もう一つは、その辺の堀に何か怪しい主《ぬし》が棲んでいて、日の暮れる頃に釣師が獲物の魚《さかな》をさげて帰ろうとすると、それを置いて行けと呼ぶ声が水のなかで微かにきこえるというのです。どっちがほんとうか知りませんが、後の怪談の方が広く世間に伝わっていて、わたくし共が子供のときには、本所へ釣りに行ってはいけない、置いてけ堀が怖いぞと嚇《おど》かされたものでした。

その置いてけ堀について、こんなお話があります。嘉永二年酉歳《とりどし》の五月のことでした。本所入江町の鐘撞堂の近辺に阿部久四郎という御家人《ごけにん》がありまして、非番の時にはいつも近所の川や堀へ釣りに出る。というと、たいへんに釣道楽のようにもきこえますが、実はそれが一つの内職で、釣って来た鯉や鮒はみんな特約のある魚屋へ売ってやることになっているのです。武士は食わねど高楊枝《たかようじ》などといったのは昔のことで、小身《しょうしん》の御家人たちは何かの内職をしなければ立ち行きませんから、みなそれぞれに内職をしていました。四谷怪談の伊右衛門のように傘を張るのもあれば、花かんざしをこしらえるのもある。刀をとぐのもあれば、楊枝を削るのもある。提灯を張るのもある。小鳥を飼うのもあれば、草花を作るのもある。阿部という人が釣りに出るのもやはりその内職でしたが、おなじ内職でも刀を磨《と》いだり、魚を釣ったりしているのは、まあ世間体のいい方でした。

五月は例のさみだれが毎日じめじめ降る。それがまた釣師の狙い時ですから、阿部さんはすっかり蓑笠のこしらえで、魚籠《びく》と釣竿を持って、雨のふるなかを毎日出かけていましたが、ことしの夏はどういうものか両国の百本杭《ぐい》には鯉の寄りがわるい。綾瀬の方までのぼるのは少し足場が遠いので、このごろは専ら近所の川筋をあさることにしていました。そこで、五月のなかば、なんでも十七八日ごろのことだそうです。その日は法恩寺橋から押上《おしあげ》の方へ切れた掘割の川筋へ行って、朝から竿をおろしていると、鯉はめったに当らないが、鰻《うなぎ》や鯰《なまず》がおもしろいように釣れる。内職とはいうものの、もともと自分の好きから始めた仕事ですから、阿部さんは我を忘れて釣っているうちに、雨のふる日は早く暮れて、濁った水のうえはだんだんに薄暗くなって来ました。

今とちがって、その辺は一帯《いったい》の田や畑で、まばらに人家がみえるだけですから、昼でも随分さびしいところです。ましてこの頃は雨がふり続くので、日が暮れかかったら滅多に人通りはありません。阿部さんは絵にかいてある釣師の通りに、大きい川柳をうしろにして、若い蘆のしげった中に腰をおろして、糸のさきの見えなくなるまで釣っていましたが、やがて気がつくと、あたりはもう暮れ切っている。まだ残り惜しいが、もうここらで切上げようかと、水に入れてある魚籠を引きあげると、ずっしりと重い。きょうは案外の獲物があったなと思う途端に、どこかで微かな哀れな声がきこえました。

「置いてけえ。」

阿部さんもぎょっとしました。子供のときから本所に育った人ですから、置いてけ堀のことは勿論知っていましたが、今までここらの川筋は大抵自分の釣場所にしていても、かつて一度もこんな不思議に出逢ったことはなかったのに、きょう初めてこんな怪しい声を聴いたというのはまったく不思議です。しかし阿部さんはことし廿二の血気ざかりですから、一旦はぎょっとしても、又すぐ笑い出しました。

「はは、おれもよっぽど臆病だとみえる。」

平気で魚籠を片付けて、それから釣竿を引きあげると、鈎《はり》にはなにか懸かっているらしい。川蝦《えび》でもあるかと思って糸を繰りよせてみると、鈎のさきに引っかかっているのは女の櫛でした。ありふれた三日月型の黄楊《つげ》の櫛ですが、水のなかに漬かっていたにも似合わず、油で気味の悪い程にねばねばしていました。

「ああ、又か。」

阿部さんは又すこし厭な心持になりました。実をいうと、この櫛は午前《ひるまえ》に一度、午過ぎに一度、やはり阿部さんの鈎にかかったので、その都度に川のなかへ投げ込んでしまったのです。それがいよいよ釣り仕舞というときになって、又もや三度目で鈎にかかったので、阿部さんも何だか厭な心持になって、うす暗いなかでその櫛を今更のように透かして見ました。油じみた女の櫛、誰でもあんまりいい感じのするものではありません。殊にそれが川のなかから出て来たことを考えると、ますますいい心持はしないわけです。隠亡堀の直助権兵衛という形で、阿部さんはその櫛をじっと眺めていると、どこからかお岩の幽霊のような哀れな声が又きこえました。

「置いてけえ。」

今までは知らなかったが、それではここが七不思議の置いてけ堀であるのかと、阿部さんは屹《きっ》と眼を据えてそこらを見まわしたが、暗い水の上にはなんにも見えない。細かい雨が音もせずにしとしとと降っているばかりです。阿部さんは再び自分の臆病を笑って、これもおれの空耳であろうと思いながら、その櫛を川のなかへ投げ込みました。

「置いていけと言うなら、返してやるぞ。」

釣竿と魚籠を持って、笑いながら行きかけると、どこかで又よぶ声がきこえました。

「置いてけえ。」

それをうしろに聞きながして、阿部さんは平気で、すたすた帰りました。

二

小身といっても場末の住居ですから、阿部さんの組屋敷は大縄《おおなわ》でかなりに広い空地《あきち》を持っていました。お定まりの門がまえで、門の脇にはくぐり戸がある。両方は杉の生垣で、ちょうど唯今の、わたくしの家のような格好に出来ています。門のなかには正面の玄関口へかようだけの路を取って、一方はそこで相撲でも取るか、剣術の稽古でもしようかというような空地、一方は畑になっていて、そこで汁の実の野菜でも作ろうというわけです。阿部さんはまだ独身で、弟の新五郎は二、三年まえから同じ組内の正木という家へ養子にやって、当時はお幾という下女と主従二人暮しでした。

お幾という女はことし廿九で、阿部さんの両親が生きているときから奉公していたのですが、嫁入り先があるというので、一旦ひまを取って国へ帰ったかと思うと、半年ばかりで又出て来て、もとの通りに使ってもらうことになって、今の阿部さんの代まで長年《ちょうねん》しているのでした。容貌《きりょう》はまず一通りですが、幾年たっても江戸の水にしみない山出しで、その代りにはよく働く。女のいない世帯のことを一手に引受けて、そのあいだには畑も作る。もともと小身のうえに、独身で年のわかい阿部さんは、友だちの付合いや何かでちっとは無駄な金もつかうので、内職の鯉や鰻だけではなかなか内証が苦しい。したがって、下女に払う一年一両の給金すらも、とかくとどこおり勝ちになるのですが、お幾はちっとも厭な顔をしないで、まえにも言う通り、見栄にも振りにも構わずに、世帯のことから畑の仕事まで精出して働くのですから、まったく徳用向きの奉公人でした。

「お帰りなさいまし。」

くぐり戸を推してはいる音をきくと、お幾はすぐに傘をさして迎いに出て来て、主人の手から重い魚籠をうけ取って水口《みずくち》の方へ持って行く。阿部さんも蓑笠でぐっしょり濡れていますから、これも一緒に水口へまわると、お幾は蠟燭をつけて来て、大きい盥に水を汲み込んで、魚籠の魚をうつしていたが、やがて小声で「おやっ」と言いました。

「旦那さま。どうしたのでございましょう。魚籠のなかにこんなものが……。」

手にとって見せたのは黄楊《つげ》の櫛なので、阿部さんも思わず口のうちで「おやっ」と言いました。それはたしかに例の櫛です。三度目にも川のなかへ抛り込んで来た筈だのに、どうしてそれが又自分の魚籠のなかにはいって来たのか。それとも同じような櫛が幾枚も落ちていて、何かのはずみで魚籠のなかに紛れ込んだのかも知れないと思ったので、阿部さんは別にくわしいことも言いませんでした。

「そんなものがどうしてはいったのかな。掃溜へでも持って行って捨ててしまえ。」

「はい。」

とは言ったが、お幾は蠟燭のあかりでその櫛をながめていました。そうして、なんと思ったか、これを自分にくれと言いました。

「まだ新しいのですから、捨ててしまうのは勿体のうございます。」

櫛を拾うのは苦を拾うとかいって、むかしの人は嫌ったものでした。お幾はそんなことに頓着しないとみえて、自分が貰いたいという。阿部さんは別に気にも止めないで、どうでも勝手にするがいいということになりました。きょうは獲物が多かったので、盥のなかには鮒や鯰《なまず》や鰻《うなぎ》がいっぱいになっている。そのなかには、かなり目方のありそうな鰻もまじっているので、阿部さんもすこし嬉しいような心持で、その二、三匹をつかんで引きあげて見ているうちに、なんだかちくりと感じたようでしたが、それなりに手を洗って居間へはいりました。夕飯《ゆうめし》の支度は出来ているので、お幾はすぐに膳ごしらえをしてくる。阿部さんはその膳にむかって箸を取ろうとすると、急に右の小指が灼《や》けるように痛んで、生血《なまち》がにじみ出しました。

「痛い、痛い。どうしたのだろう。」

主人がしきりに痛がるので、お幾もおどろいてだんだん詮議すると、たった今、盥のなかの鰻をいじくっている時に、なにかちくりと触《さわ》ったものがあるという。そこで、お幾はふたたび蠟燭をつけて、台所の盥をあらためてみると、鰻のなかには一匹の蝮《まむし》がまじっていたので、びっくりして声をあげました。

「旦那さま、大変でございます。蝮がはいっております。」

「蝮が……。」と、阿部さんもびっくりしました。まさかに自分の釣ったのではあるまい。そこらの草むらに棲んでいた蝮が魚籠のなかにはいり込んでいたのを、鰻と一緒に盥のなかへ移したのであろう。お幾は運よく咬まれなかったが、自分は鰻をいじくっているうちに、指が触って、咬まれたのであろう。これは大変、まかり間違えば命にもかかわるのだと思うと、阿部さんも真蒼《まつさお》になって騒ぎ出しました。

「お幾。早く医者をよんで来てくれ。」

「蝮に咬まれたら早く手当をしなければなりません。お医者のくるまで打っちゃって置いては手おくれになります。」

お幾は上総《かずさ》の生れで、こういうことには馴れているとみえて、すぐに主人の痛んでいる指のさきに口をあてて、その疵口から毒血を吸い出しました。それから小切《こぎれ》を持ち出して来て、指の付根をしっかりと縛《くく》りました。それだけの応急手当をして置いて、雨のふりしきる暗いなかを医者のところへ駈けて行きました。阿部さんは運がよかったのです。お幾がすぐにこれだけの手当をしてくれたので、勿論その命にかかわるような大事件にはなりませんでした。医者が来て診察して、やはり蝮の毒とわかったので、小指を半分ほど切りました。その当時でも、医者はそのくらいの療治を心得ていたのです。

大難が小難、小指の先ぐらいは、吉原の花魁《おいらん》でも切ります。それで命が助かれば実に仕合せといわなければなりません。医者もこれで大丈夫だと受合って帰り、阿部さんもお幾も先ずほっとしましたが、なるべく静かに寝ていろと医者からも注意されたので、阿部さんはすぐに床を敷かせて横になりました。本所は蚊の早いところですから、四月の末から蚊帳《かや》を吊っています。阿部さんは蚊帳のなかでうとうとしていると、気のせいか、すこしは熱も出たようです。宵から雨が強くなったとみえて、庭のわか葉をうつ音がぴしゃぴしゃときこえます。すると、どこともなしに、こんな声が阿部さんの耳にきこえました。

「置いてけえ。」

かすかに眼をあいて見廻したが、蚊帳の外には誰もいないらしい。やはり空耳だと思っていると、又しばらくして同じような声がきこえました。

「置いてけえ。」

阿部さんも堪らなくなって飛び起きました。そうして、あわただしくお幾をよびました。

「おい、おい。早く来てくれ。」

広くもない家ですから、お幾はすぐに女部屋から出て来ました。

「御用でございますか。」

蚊帳越しに枕もとへ寄って来たお幾の顔が、ほの暗い行燈《あんどう》の火に照らされて、今夜はひどく美しく見えたので、阿部さんも変に思ってよく見ると、やはりいつものお幾の顔に相違ないのでした。

「誰かそこらに居やしないか。よく見てくれ。」

お幾はそこらを見まわして、誰もいないと言ったが、阿部さんは承知しません。次の間から、納戸《なんど》から、縁側から便所から、しまいには戸棚のなかまでも一々あらためさせて、鼠一匹もいないことを確かめて、阿部さんも先ず安心しました。

「まったくいないか。」

「なんにも居りません。」

そういうお幾の顔が又ひどく美しいようにみえたので、阿部さんはなんだか薄気味わるくなりました。まえにも言う通り、お幾は先ず一通りの容貌《きりよう》で、決して美人というたぐいではありません。殊に見栄にも振りにもかまわない山出しで、年も三十に近い。それがどうしてこんなに美しく見えるのか、毎日見馴れているお幾の顔を、今さら見違える筈もない。熱があるので、おれの眼がぼうとしているのかも知れないと阿部さんは思いました。

門のくぐりを推す音がきこえたので、お幾が出てみると、主人の弟の正木新五郎が見舞に来たのでした。お幾は医者へ行く途中で、正木の家の中間に出逢ったので、主人が蝮に咬まれたという話をすると、中間もおどろいて注進に帰ったのですが、あいにくに新五郎はその時不在で、四つ（午後十時）近い頃にようやく戻って来て、これもその話におどろいて夜中すぐに見舞にかけつけて来たというわけです。新五郎はことし十九ですが、もう番入りをして家督を相続していました。兄よりは一嵩《ひとかさ》も大きい、見るからに強そうな侍でした。

「兄さん。どうした。」

「いや、ひどい目に逢ったよ。」

兄弟は蚊帳越しで話していると、そこへお幾が茶を持って来ました。その顔が美しいばかりでなく、阿部さんの眼のせいか、姿までが痩形で、いかにもしなやかに見えるのです。どうも不思議だと思っていると、阿部さんの耳に又きこえました。

「置いてけえ。」

阿部さんはふと考えました。

「新五郎。おまえ今夜泊ってくれないか。いや、看病だけならお幾ひとりでたくさんだが、おまえには別に頼むことがある。おれの大小や、長押《なげし》にかけてある槍なんぞを、みんな何処《どっ》かへ隠してくれ。そうして万一おれが不意にあばれ出すようなことがあったら、すぐに取って押えてくれ。おとなしく言うことを肯かなかったら、縄をかけて厳重に引っくくってくれ。かならず遠慮するな。きっとたのむぞ。」

なんの訳かよく判らないが、新五郎は素直に受合って、兄の指図通りに大小や槍のたぐいを片付けてしまいました。自分はここに泊り込むつもりですから、新五郎は兄と一つ蚊帳にはいる。用があったら呼ぶからといって、お幾を女部屋に休ませる。これで家のなかも、ひっそりと鎮まった。入江町の鐘が九つ（午後十二時）を打つ。阿部さんはしばらくうとうとしていましたが、やがて眼がさめると、少し熱があるせいか、しきりに喉が渇《かわ》いて来ました。女部屋に寝ているものをわざわざ呼び起すのも面倒だと思って、阿部さんはとなりに寝ている弟をよびました。

「新五郎、新五郎。」

新五郎はよく寝入っているとみえて、なかなか返事をしません。よんどころなく大きい声でお幾をよびますと、お幾はやがて起きて来ました。主人の用を聞いて、すぐに茶碗に水を入れて来ましたが、そのお幾の寝みだれ姿というのが又いっそう艶っぽく見えました。と思うと、また例の声が哀れにきこえます。

「置いてけえ。」

心の迷いや空耳《そらみみ》とばかりは思っていられなくなりました。眼の前にいるお幾は、どうしてもほんとうのお幾とは見えません。置いてけの声も、こうしてたびたび聞える以上、どうしても空耳とは思われません。阿部さんは起き直って、蚊帳越しに訊きました。

「おまえは誰だ。」

「幾でございます。」

「嘘をつけ。正体をあらわせ。」

「御冗談を……。」

「なにが冗談だ。武士に祟ろうとは怪《け》しからぬ奴だ。」

阿部さんは茶碗をとって叩き付けようとすると、その手は自由に働きません。さっきから寝入った振りをして兄の様子をうかがっていた新五郎が、いきなりに跳ね起きて兄の腕を取押さえてしまったのです。押さえられて阿部さんはいよいよ焦《じ》れ出しました。

「新五郎。邪魔をするな。早く刀を持って来い。」

新五郎は聴かない振りをして、黙って兄を抱きすくめているので、阿部さんは振り放そうとして身をもがきました。

「ええ、放せ、放せ。早く刀を持って来いというのに……。刀がみえなければ、槍を持って来い。」

さっきの言い渡しがあるから、新五郎は決して手を放しません。兄がもがけばもがくほど、しっかりと押さえ付けている。なにぶんにも兄よりは大柄で力も強いのですから、いくら焦《あせ》っても仕方がない。阿部さんはむやみにもがき狂うばかりで、おめおめと弟に押さえられていました。

「放せ。放さないか。」と、阿部さんは気ちがいのように呶鳴りつづけている。その耳の端では、「置いてけえ。」という声がきこえています。

「これ、お幾。兄さんは蝮の毒で逆上したらしい。水を持って来て飲ませろ。」と、新五郎も堪りかねて言いました。

「はい、はい。」

お幾は阿部さんの手から落ちた茶碗を拾おうとして、蚊帳のなかへ自分のからだを半分くぐらせる途端に、その髪の毛が蚊帳にさわって、何かぱらりと畳に落ちたものがありました。それはかの黄楊《つげ》の櫛でした。

「お話は先ずここ迄です。」と、三浦老人は一息ついた。「その櫛が落ちると、お幾はもとの顔に見えたそうです。それで、だんだんに阿部さんの気も落ちつく。例の置いてけえも聞えなくなる。まず何事もなしに済んだということです。お幾は初めに櫛を貰って、一旦は自分の針箱の上にのせて置いたのですが、蝮の療治がすんで、自分の部屋へ戻って来て、その櫛を手に取って再び眺めているところを急に主人に呼ばれたので、あわててその櫛を自分の頭にさして、主人の枕もとへ出て行ったのだそうです。」

「そうすると、その櫛をさしているあいだは美しい女に見えたんですね。」と、わたしは首をかしげながら訊いた。

「まあ、そういうわけです。その櫛をさしているあいだは見ちがえるような美しい女にみえて、それが落ちると元の女になったというのです。」と、老人は答えた。「どうしてもその櫛になにかの因縁話がありそうですよ。しかしそれは誰の物か、とうとう判らずじまいであったということです。その櫛と、置いてけえと呼ぶ声と、そこにも何かの関係があるのかないのか、それも判りません。櫛と、蝮と、置いてけ堀と、とんだ三題話のようですが、そこになんにも纏まりの付いていないところが却って本筋の怪談かも知れませんよ。それでも阿部さんが早く気がついて、なんだか自分の気がおかしいようだと思って、前もって弟に取押さえ方をたのんで置いたのは大出来でした。さもなかったら、むやみやたらに刀でも振りまわして、どんな大騒ぎを仕でかしたかも知れないところでした。阿部さんはそれに懲りたとみえて、その後は内職の釣師を廃業したということです。」

なるほど老人の言った通り、この長い話を終るあいだに、躑躅見物の女連は帰って来なかった。

落城《らくじょう》の譜《ふ》

一

「置いてけ堀」の話が一席すんでも、女たちはまだ帰らない。その帰らない間に、わたしは引揚げようと思ったのであるが、老人はなかなか帰さない。いろいろの話がそれからそれへはずんで行った。

「いや、あなたがきのうおいでになると、丁度ここに面白い人物が来ていたのですがね。その人は森垣幸右衛門といって――明治以後はその名乗りを取って、森垣道信《みちのぶ》というむずかしい名に換えてしまいましたが――わたくしの久しいお馴染なんです。維新後は一時横浜へ行っていたのですが、その時にかんがえ付いたのでしょう。東京へ帰って来てから時計屋をはじめて、それがうまく繁昌して、今では大森の方へ別荘のようなものをこしらえて、まあ楽隠居というていで気楽に暮しています。なに、わたくしと同じようだと仰しゃるか。どうして、どうして、わたくしなどはどうにかこうにか息をついているというだけで、とても森垣さんの足もとへも寄付かれませんよ。その森垣さんが躑躅見物ながらきのう久しぶりで尋ねてくれて、いろいろのむかし話をしました。その人にはこういう変った履歴があるのです。まあお聴きなさい。」

わたくしはもうその年月を忘れてしまったのですが、きのう森垣さんにいわれて、はっきりと思い出しました。それは文久元年の夏のことで、その頃わたくしはどうも毎晩よく眠られない癖が付きましてね、まあ今日《こんにち》ならば神経衰弱とでもいうのでしょうか、なんだか頭が重っ苦しくって気がふさいで、なにをする元気もないので、気晴しのために近所の小さい講釈場へ毎日かよったことがありました。今も昔もおなじことで、講釈場の昼席などへ詰めかけている連中は、よっぽどの閑人《ひまじん》か怠け者か、雨にふられて仕事にも出られないという人か、まあ、そんな手合《てあい》が七分でした。

わたくしなどもそのお仲間で、特別に講釈が好きというわけでもないのですが、前に言ったような一件で、家にいてもくさくさする、さりとて的《あて》なしに往来をぶらぶらしても居られないというようなことで、半分は昼寝をするようなつもりで毎日出かけていたのでした。それでも半月以上もつづけてかよっているうちに、幾人も顔なじみが出来て、家にいるよりは面白いということになりました。昼席には定連《じようれん》が多いので、ちっとつづけて通っていると、自然と懇意の人が殖えて来ます。その懇意のなかに一人のお武家がありました。

お武家は卅二、三のお国ふうの人で、袴は穿いていませんが、いつも行儀よく薄羽織を着ていました。勤番の人でもないらしい、おそらく浪人かと思っていましたが、この人もよほど閑な体だとみえて、大抵毎日のように詰めかけている。しかもわたくしの隣りに坐っていることもしばしばあるので、自然特別に心安くなりましたが、どこのどういう人だか言いもせず聞きもせず、ただ一通りの時候の挨拶や世間話をするくらいのことでした。ところが、ある日の高座で前講《ぜんこう》のなんとかいう若い講釈師が朝鮮軍記の碧蹄《へきてい》館《かん》の戦いを読んだのです。

明の大軍三十万騎が李如松《りじよしよう》を大将軍として碧蹄館へくり出してくる。日本の方では小早川《こばやかわ》隆景、黒田長政、立花宗茂といったような九州大名が陣をそろえて待ちうける。いや、とてもわたくしが修羅場《しゆらば》をうまく読むわけにはゆかないから、張扇《はりおうぎ》をたたき立てるのは先ずこのくらいにして、さて本文にはいりますと、なにをいうにも敵の大軍が野にも山にも満ち満ちているので、さすがの日本勢もそれを望んで少しく気怯《きおく》れがしたらしい。大将の小早川隆景が早くもそれを看《み》て取って、味方の勇気をくじかせないために、わざと後《うしろ》向きに陣を取らせた。こうすれば敵はみえない。なるほど巧いことをかんがえたと講釈師は言いますが、嘘かほんとうか、それはあなたの方がよく御承知でしょう。そこで小早川は貝をふく者に言い付けて、出陣の貝を吹かせようとしたが、こいつも少しおびえているとみえて、貝を持つ手がふるえている。これはいけない。勇気をはげます貝の音が万一いつもより弱い時は、ますます士気を弱める基《もとい》であると思ったので、小早川自身がその法螺貝を取って馬上で高くふき立てると、それが北風に冴えて、味方は勿論、敵の陣中までもひびき渡る。明の三十万騎は先ずこれに胆《きも》をひしがれて、この戦いに大敗北をするという一条。それを上手な先生が読んだらば定めておもしろいのでしょうが、なにしろ前講の若い奴が、横板に飴で、とぎれとぎれに読むのですからやりきれません。その面白くないことおびただしい。

おまけに夏の暑い時、日の長い時と来ているのですから、大抵のものは薄ら眠くなって、いい心持そうにうとうとと居睡りを始める。そのなかで、かのお武家だけは膝もくずさないで聴いています。尤もふだんから行儀のいい人でしたが、とりわけてきょうは行儀を正しくして一心に聴きすましているばかりか、小早川がいよいよ貝をふくという件《くだり》になると、親の遺言を聴くか、ありがたい和尚さまのお説教でも聴くときのように、じっと眼をすえて、息をのみ込んで、一心不乱に耳をすましているという形であるので、わたくしも少し不思議に思いました。しかし根がお武家であるので、こういう軍談には人一倍の興を催しているのかとも思って、深くは気にも留めませんでした。

七つ（午後四時）過ぎに席がはねて、わたくしはそのお武家と一緒に表へ出て、小半町ほども話しながら来ると、このごろの空の癖で、大粒の雨がぽつりぽつりと降り出して来ました。西の方には夕日が光っているのですから、たいしたことはあるまいとは思いながらも、丁度わたくしの家の路地のそばでしたから、ともかくもちっとのあいだ雨やどりをしてお出でなさいと、相手が辞退するのを無理に誘って、路地のなかにあるわたくしの家へ連れ込みました。連れて来ていい事をしました。ふたりが家の格子をくぐると、ゆう立はぶちまけるように強く降って来ました。

「おかげさまで助かりました。」

お武家はあつく礼を言って、雨の晴れるまで話していました。やがて時分どきになったので、奴豆腐に胡瓜揉みといったような台所料理のゆう飯を出すと、お武家はいよいよ気の毒そうに、幾たびか礼を言って箸をとりました。そのときの話に、そのお武家は奥州の方角の人で、子細あって江戸へ出て、遠縁のものが下谷の龍称寺という寺にいるので、それを頼ってこの間から厄介になっているとのことでした。そのうちに雨もやんで、涼しそうな星がちらちら光って来たので、お武家は繰返して礼を言って帰りました。

唯それだけのことで、こっちではさのみ恩にも被《き》せていなかったのですが、そのお武家はひどく義理がたい人とみえて、あくる日の早朝に菓子折を持って礼に来たので、わたくしもいささか恐縮しました。奥へ通していろいろの話をしているうちに、双方がますます打解けて、お武家は自分の身の上話をはじめました。このお武家が前にいった森垣幸右衛門という人で、その頃はまだ内田という苗字であったのです。

森垣さんは奥州のある大藩の侍で、貝の役をつとめていたのです。いくさの時に法螺貝をふく役です。一口にほらを吹くと言いますけれど、本式に法螺を吹くのはなかなかむずかしい。山伏の法螺でさえ容易でない、まして軍陣の駈引に用いる法螺と来ては更にむずかしいことになっていました。やはりいろいろの譜があるので、それを専門に学んだものでなければ滅多に吹くことは出来ません。拙者は貝をつかまつると言えば、立派に武士の言い立てになったものです。森垣さんはその貝の役の家に生れて去年の秋までは無事につとめていたのですが、人間というものは判らないもので、なまじいに貝が上手であったために、飛んでもないことを仕でかすようになったのです。

二

貝の役はひとりでなく、幾人もあります。わたくしも素人で詳しいことは知りませんだ、やはり貝の師範役というものがあって、それについて子供のときから稽古するのだそうです。森垣さんの藩中では大館《おおだて》宇兵衛という人が師範役でした。その人は貝の名人で、この人が貝を吹くと六里四方にきこえるとか、この人が貝を吹いたら羽黒山の天狗山伏が聴きに来たとか、いろいろの言い伝えがあるそうです。年を取っても不思議に息のつづく人でしたが、三年まえに七十幾歳《いくさい》とかいう高齢で死にました。この人に子はありましたが、歯が悪くて貝の役は勤められず、若いときから他の役にまわされていたので、その家にある貝の秘曲を伝え受けることが出来ませんでした。

わが子にゆずることの出来ないのは初めから判っているので、宇兵衛という人は大勢の弟子のなかから然るべきものを見たてて置きました。見立てられたのが森垣さんで、宇兵衛は自分の死ぬ一年ほど前に、森垣さんを自分の屋敷へよびよせて、貝の秘曲を伝授しました。伝授するといっても、その譜をかいてある巻物をゆずるのです。座敷のまん中にむかい合って、弟子はその巻物をひろげて一心に見ていると、師匠が一度ふいて聞かせる。ただそれだけのことですが、秘曲をつたえられるほどの素養のある者ならば、その譜を見ただけでも十分に吹ける筈だそうです。笙《しょう》の秘曲なぞを伝えるのもやはりそれだそうで、例の足柄山で新羅《しんら》三郎義光が笙の伝授をする図に、義光と時秋とがむかい合って笙を吹いているのは間違っていて、義光は笙をふき、時秋は秘曲の巻を見ているるのが本当だということですが、どうでしょうか。

宇兵衛は三つの秘曲を伝授して、その二つだけは吹いて聞かせましたが、最後のひとつは吹かないで、ただその譜のかいてある巻物をあたえただけでした。

「これは一番大切なものであって、しかも妄《みだ》りに吹くことは出来ぬものである。万一の場合のほかは決して吹くな。おれも生涯に一度も吹いたことはなかった。おまえも吹く時のないように神仏《かみほとけ》に祈るがよい。」

それは落城の譜というのでありました。城がいよいよ落ちるというときに、今が最後の貝をふく。なるほど、これは大切なものに相違ありません。そうして、めったに吹くことの出来ないものです。これを吹くようなことがあっては大変です。貝の役としては、もちろん心得ていなければならないのですが、それを吹くことのないように祈っていなければなりません。

「万一の場合のほかに決して吹くな。」

師匠はくり返して念を押すと、森垣さんもかならず吹かないと誓いを立てて、その譜の巻物をゆずられました。それも畢竟《ひっきょう》は森垣さんの技倆が師匠に見ぬかれたからで、芸道の面目、身の名誉、森垣さんも人に羨まれているうちに、その翌年には師匠の宇兵衛が没しました。こうなると森垣さんの天下で、ゆくゆくは師匠のあとを嗣いで師範役をも仰せ付けられるだろうと噂されていましたが、前にも言った通り、ここに飛んでもない事件が出来《しゅったい》したのです。

森垣さんは師匠から三つの秘曲をつたえられましたが、そのなかで最も大切に心得ろといわれた例の落城の譜――それはどうしても吹くことが出来ない。泰平無事のときに落城の譜をふくということは、城の滅亡を歌うようなもので、武家に取っては此の上もない不吉です。ある意味においては主人のお家を呪うものとも見られます。師匠が固く戒めたのもそこの理屈で、それは森垣さんも万々心得ているのですが、そこが人情、吹くなといわれるとどうしても吹いてみたくて堪《たま》らない。それでも三年ほど辛抱していたのですが、もう我慢が仕切れなくなって来ました。うっかり吹いたらばどんなお咎めをうけるかも知れない。まかり間違えば死罪になるかも知れない。それを承知していながら、何分にも我慢が出来ない。どうも困ったことになったものです。

それでも初めのうちは一生懸命に我慢して、巻物の譜を眺めるだけで堪《こら》えていたのですが、しまいにはどうしても堪え切れなくなって来ました。なんでも八月十四日の晩だそうです。あしたが十五夜で、今夜も宵から月のひかりが皎々《こうこう》と冴えている。森垣さんは縁側に出てその月を仰いでいると、空は見果《みはて》もなしに高く晴れている。露のふかい庭では虫の声がきこえる。森垣さんはしばらくそこに突っ立っているうちに、例の落城の譜のことを思い出すと、もう矢も楯も堪らなくなりました。今夜こそはどうしても我慢が出来なくなりました。

「その時は我ながら夢のようでござった。」と、森垣さんはわたくしに話しました。

まったく夢のような心持で、森垣さんは奥座敷の床の間にうやうやしく飾ってある革の手箱のなかから彼《か》の巻物をとり出して、それを先ずふところに押込み、ふだんから大切にしている法螺の貝をかかえ込んで、自分の屋敷をぬけ出しました。夢のようだとはいっても、さすがに本性は狂いません。城下でむやみに吹きたてると大変だと思ったので、なるべく遠いところへ行って吹くつもりで、明るい月のひかりをたよりに、一里あゆみ、二里あゆみ、とうとう城下から三里半ほども距《はな》れたところまで行き着くと、そこはもう山路でした。路の勝手はかねて知っているので、森垣さんはその山路をのぼって、中腹の平らなところへ出ると、そこには小さい古い社《やしろ》があります。うしろには大木がしげり合っていますが、東南《ひがしみなみ》は開けていて、今夜の月をさえぎるようなものはありません。城の櫓《やぐら》も、城下の町も、城下の川も、夜露のなかにきらきらと光ってみえます。それを遠くながめながら、森垣さんは社の縁に腰をおろしました。

「ここならちっとぐらい吹いても、誰にも覚《さと》られることはあるまい。」

譜はもう暗記するほどに覚えているのですが、それでも念のためにその巻物を膝の上にひろげて、森垣さんは大きい法螺の貝を口にあてました。その時は、もう命はいらないほどに嬉しかったそうです。前にいった足柄山の新羅三郎と時秋とを一人で勤めるような形で、森垣さんはしずかに吹きはじめました。夜ではあり、山路ではあり、ここらをめったに通る者はありません。たまに登ってくる者があったところで、それが何という譜を吹いているのか、とても素人に聞き分けられる筈はないので、森垣さんも多寡《たか》をくくっていました。

それでもやはり気が咎めるので、初めのうちは努めて低く吹いていたのですが、月はいよいよ明るくなる、吹く人もだんだん興に乗ってくる。森垣さんは我をわすれて、喉《のど》いっぱいに高く高く吹き出すと、夜がおいおいに更《ふ》けて、世間も鎮まって来たので、その貝の音は三里半をへだてた城下まで遠くきこえました。

その晩は月がいいので、殿様は城内で酒宴を催していました。もう夜が更けたからといって席を起とうとしたときに、かの貝の音がきこえたので、殿様も耳をかたむけました。家来たちも顔をみあわせました。幕末で世間がなんとなく騒がしくなっていましたが、まさかに隣国から不意に攻めよせて来ようとは思われないので、今ごろ何者が貝をふくのかと、いずれも不思議に思いました。家来たちがすぐに櫓にかけ上がって、貝の音のきこえる方角を聞きさだめると、それは城下から三里あまりを隔てている山の方角であることが判りました。なんにもせよ、夜陰《やいん》に及んで妄りに貝をふきたてて城下をさわがす曲者は、すぐに召捕れという下知があったところへ、家老のなにがしが俄に殿の御前へ出て、容易ならぬことを言上《ごんじょう》しました。

「唯今きこえまする貝の音は、ひと通りの音色ともおぼえませせぬ。」

勿論、それが落城の譜であるかどうかは確かに判らなかったのですが、さすがは家老でも勤めている人だけに、それが尋常の貝の音でないことだけは覚《さと》ったとみえたのです。さてそうなると、騒ぎはいよいよ大きくなって、召捕りの人数がすぐに駈けむかうことになりました。

そんなこととはちっとも知らない森垣さんは、吹くだけ吹いて満足して、年来の胸のかたまりが初めて解けたような心持で、足も軽く戻って来る途中、召捕りの人数に出逢いました。貝を持っているのが証拠で、なんとも言いぬけることが出来ず、森垣さんはその場から城内へ引っ立てられました。これはしまったと、森垣さんももう覚悟をきめたのですが、それでも途中で気がついて、ふところに忍ばせている落城の譜の一巻をそっと路ばたの川のなかへ投げ込みました。夜のことで、幸いに誰にも覚られず、殊にそこは山川の流れがうず巻いて深い渕《ふち》のようになっている所であったので、巻物は忽ちに底ふかく沈んでしまいました。

三

城内へ引っ立てられ、森垣さんは厳重の吟味をうけましたが、月のよいのに浮かれて山へのぼり低く吹いているつもりの貝の音が次第に高くなって、お城の内外をさわがしたる罪は重々おそれ入りましたと申立てたばかりで、落城の譜のことはなんにも言いませんでした。家老はどうも普通の貝の音でないと言うのですが、しょせんは素人で、それがなんの譜であるかということは確かに判りません。もともと秘曲のことですから、ほかに知っている者のあろう筈はありません。もしそれが落城の譜であると知れたら、どんな重い仕置をうけるか判らなかったのですが、何分にも無証拠ですから森垣さんはとうとう強情を張り通してしまいました。それでも唯では済みません。夜中《やちゅう》みだりに貝を吹きたてて城下をさわがしたという廉《かど》で、お役御免のうえに追放を申渡されました。

森垣さんは飛んだことをしたと今更後悔しましたが、どうにも仕方がない。それでも独り身の気安さに、ふだんから親しくしている人達から内証で恵んでくれた餞別の金をふところにして、ともかくも江戸へ出て来たというわけです。落城の譜が崇って森垣さん自身が落城することになったのも、なにかの因縁かも知れません。

「いや、一生の不覚、面目次第もござらぬ。」と、森垣さんも額を撫でていました。

こう判ってみると、わたくしも気の毒になりました。屋敷をしくじったといっても、別に悪いことをしたというのでもない。このさき、いつまでも浪人しているわけにもゆくまいから、なんとか身の立つようにしてあげたいと思ってだんだん相談すると、森垣さんは再び武家奉公をする気はないという。しかしこの人は字をよく書くので、手習の師匠でも始めてはどうだろうということになりました。幸いわたくしの町内に森垣という手習の師匠があって、六七十人の弟子を教えていましたが、これはもう老人、先年その娘のお政というのに婿を取ったのですが、折合いがわるくて離縁になり、二度目の婿はまだ決まらないので、娘は廿六になるまで独身でいる。ここへ世話をしたら双方の都合もよかろうと、わたくしが例のお世話焼きでこっちへも勧め、あっちをも説きつけて、この縁談はいい塩梅《あんばい》にまとまりました。森垣さんはその以来、本姓の内田をすてて養家の苗字を名乗ることになったのです。

「朝鮮軍記の講釈で、小早川隆景が貝を吹く件《くだり》をきいている時には、自分のむかしが思い出されて、もう一度貝をふく身になりたいとも思いましたが、それはその時だけのことで、武家奉公はもう嫌です。まったく今の身の上が気楽です。」と、その後に森垣さんはしみじみと言いました。

そういう関係から森垣さんとは特別に近しく付合って、今日《こんにち》では先方は金持、こちらは貧乏人ですが、相変らず仲よくしているわけです。わたくしは世話ずきで、昔からいろいろの人の世話もしましたが、森垣さんのような履歴を持っているのは、まあ変った方ですね。

森垣さんのお話はこれぎりですが、この法螺の貝について別におかしいお話があります。それはある与力《よりき》のわかい人が組頭《くみがしら》の屋敷へ逢いに行った時のことです。御承知でもありましょうが、旗本でも御家人でも、その支配頭や組頭には毎月幾度という面会日があって、それをお逢いの日といいます。組下のもので何か言い立てることがあるものは、その面会日にたずねて行くことになっているのですが、ほかに言い立てることはありません。なにかの芸を言い立てて役付にしてもらうように頼みに行くのです。定めてうるさいことだろうと思われますが、自分の組内から役付のものがたくさん出るのはその組頭の名誉になるので、組頭は自分の組下の者にむかって何か申立てろと催促するくらいで、面会日にたずねて行けば、よろこんで逢ってくれたそうです。

そこで、その与力は組がしらの屋敷に逢いに行ったのです。こういうことを頼みに行くのは、いずれも若い人ですから、組頭のまえに出てやや臆した形で、小声で物をいっていました。

「して、お手前の申立ては。」と、組頭が訊きました。

「手前は貝をつかまつります。」

組頭は老人で、すこしく耳が遠いところへ、こっちが小声で言っているのでよく聴き取れない。二度も三度も訊きかえし、言い返して、両方がじれ込んで来たので、組頭は自分の耳を扇で指して、おれは耳が遠いから傍へ来て大きい声で言えと指図したので、若い与力はすすみ出てまた言いました。

「手前は貝をつかまつる。」

「なに。」と、組頭は首をかしげた。

まだ判らないらしいので、与力は顔を突き出して呶鳴りました。

「手前は法螺をふく。」

「馬鹿。」

与力はいきなりにその横鬢を扇でぴしゃりとぶたれました。ぶたれた方はびっくりしていると、ぶった方は苦《にが》り切って叱りつけました。

「たわけた奴だ。帰れ、帰れ。」

相手が上役だからどうすることも出来ない。ぶたれた上に叱られて、若い与力は烟《けむ》にまかれて早々に帰りました。すると、その晩になって、組がしらから使が来て、なにがしにもう一度逢いたいから来てくれというのです。今度行ったらどんな目に逢うかと思ったのですが、上役からわざわざの使ですから、断るわけにもゆかないので、内心びくびくもので出かけて行くと、昼間とは大違いで、組頭はにこにこしながら出て来ました。

「いや、先刻《せんこく》は気の毒。どうも年をとると一徹になってな。ははははは。」

　だんだん聴いてみると、この組がしらの老人、法螺を吹くと言ったのを、俗にいわゆるほらを吹くの意味に解釈して、大風呂敷をひろげるということと一途《いちず》に思い込んでしまったのでした。武士は法螺をふくとは言わない、貝を吹くとか、貝をつかまつるとか言うのが当然で、その与力も初めはそう言ったのですが、相手にいつまでも通じないらしいので、世話に砕《くだ》いて「ほらを吹く」と言ったのが間違いの基でした。役付を願うには何かの芸を申立てなければならないが、その申立ての一芸が駄法螺を吹くというのでは、あまりに人を馬鹿にしている、けしからん奴だと組頭も一時は立腹したのですが、あとになってからさすがにそれと気がついて、わざわざ使をやって呼びよせて、あらためてその挨拶に及んだわけでした。

　組がしらも気の毒に思って、特別の推挙をしてくれたのでしょう、その与力は念願成就、間もなく貝の役を仰せ付かることになりました。それを聞きつたえて若い人たちは、

「あいつは旨いことをした。やっぱり人間は、ほらをふくに限る。」と、笑ったそうです。なんだか作り話のようですが、これはまったくの実録ですよ。

老人の話が丁度ここまで来たときに、表の門のあく音がして三、四人の跫音《あしおと》がきこえた。女や子供の声もきこえた。躑躅のお客がいよいよ帰って来たらしい。わたしはそれと入れちがいに席を起つことにした。

権十郎《ごんじゅうろう》の芝居《しばい》

一

これも何かの因縁かも知れない。わたしは去年の震災に家を焼かれて、目白に逃れ、麻布に移って、更にこの三月から大久保百人町に住むことになった。大久保は三浦老人が久しく住んでいたところで、わたしがしばしばここに老人の家をたずねたことは、読者もよく知っている筈である。

老人はすでにこの世にいない人であるが、その当時にくらべると、大久保の土地の姿もまったく変った。停車場の位置もむかしとは変ったらしい。そのころ繁昌した躑躅園は十余年前からすたれてしまって、つつじの大部分は日比谷公園に移されたとか聴いている。わたしが今住んでいる横町に一軒の大きい植木屋が残っているが、それはむかしの躑躅園の一つであるということを土地の人から聞かされた。してみると、三浦老人の旧宅もここから余り遠いところではなかった筈であるが、今日《こんにち》ではまるで見当が付かなくなった。老人の没後、わたしはめったにこの辺へ足を向けたことがないので、ここらの土地がいつの間にどう変ったのかちっともわからない。老人の宅は、むかしの百人組同心の組屋敷を修繕したもので、そこには杉の生垣に囲まれた家が幾軒もつづいていたのを明らかに記憶しているが、今日その番地の辺をたずねても、杉の生垣などは一向に見あたらない。あたりにはすべて当世風の新しい住宅や商店ばかりが建ちつづいている。町が発展するにしたがって、それらの古い建物はだんだんに取毀されてしまったのであろう。

昔話――それを語った人も、その人の家も、みな此の世から消え失せてしまって、それを聴いていた其の当時の青年が今やここに移り住むことになったのである。俯仰《ふぎょう》今昔の感に堪えないとはまったく此の事で、この物語の原稿をかきながらも、わたしは時々にペンを休めていろいろの追憶に耽ることがある。むかしの名残で、今でもここらには躑躅が多い。わたしの庭にもたくさんに咲いている。その紅い花が雨にぬれているのを眺めながら、きょうも、その続稿をかきはじめると、むかしの大久保がありありと眼のまえに浮んでくる。

いつもの八畳の座敷で、老人と青年とが向い合っている。老人は「権十郎の芝居」という昔話をしているのであった。

あなたは芝居のことを調べていらっしゃるようですから、今のことは勿論、むかしのこともよく御存じでしょうが、江戸時代の芝居小屋というものは実にきたない。今日《こんにち》の場末の小劇場だって昔にくらべれば遥かに立派なものです。それでもその当時は、三芝居だとか檜舞台だとかいって、むやみに有難がっていたもので、今から考えるとおかしいくらい。なにしろ、芝居なぞというものは町人や職人が見るもので、いわゆる知識階級の人たちは立寄らないことになっていたのですから、今日とは万事が違います。

それでは学者や侍は芝居をいっさい見物しないかというと、そうではない。芝居の好きな人はやはり覗きに行くのですが、まったく文字通りに「覗き」に行くので、大手《おおで》をふって乗り込むわけにはゆきません。勿論、武家法度《はっと》のうちにも武士は歌舞伎を見るべからずという個条はないようですが、それでも自然にそういう習慣が出来てしまって、武士は先ずそういう場所へ立寄らないことになっている。一時はその習慣もよほどすたれかかったのですが、御承知の通り、安政四年四月の十四日、三丁目の森田座で天竺徳兵衛の狂言を演じている最中に、桟敷《さじき》に見物していた肥後の侍が、たとい狂言とはいえ、子として親の首を打つということがあろうかというので、俄に逆上して桟敷を飛び降り、舞台にいる天竺徳兵衛の市蔵に斬ってかかったという大騒ぎ。その以来、侍の芝居見物ということが又やかましくなりまして、それまでは大小をさしたままで芝居小屋へはいることも出来たのですが、以来は大小をさして木戸をくぐること堅く無用、腰の物はかならず芝居茶屋にあずけて行くことに触れ渡されてしまいました。

それですから、侍が芝居を見るときには、大小を茶屋にあずけて丸腰ではいらなければならない。つまり吉原へ遊びに行くのと同じことになったわけですから、物堅い屋敷では藩中の芝居見物をやかましくいう。江戸の侍もおのずと遠慮勝ちになる。それでもやっぱり芝居見物をやめられないという熱心家は、芝居茶屋に大小をあずけ、羽織もあずけ、そこで縞物の羽織などに着かえるものもある。用心のいいのは、身ぐるみ着かえてしまって、双子《ふたこ》の半纏などを引っかけて、手拭を米屋《こめや》かぶりなどにして土間の隅の方でそっと見物しているものもある。いずれにしても、おなじ銭を払いながら小さくなって見物している傾きがある。どこへ行っても威張っている侍が、芝居へくると遠慮しているというのも面白いわけでした。

前置がちっと長くなりましたが、その侍の芝居見物のときのお話です。市ヶ谷の月桂寺のそばに藤崎余一郎という人がありました。二百俵ほど取っている組与力で、年はまだ廿一、阿母《おっか》さんと中間《ちゅうげん》と下女と四人暮しで、まず無事にお役をつとめていたのですが、この人に一つの道楽がある。それは例の芝居好きで、どこの座が贔屓だとか、どの役者が贔屓だとかいうのでなく、どこの芝居でも替《かわ》り目《め》ごとに覗きたいというのだから大変です。ほかの小遣いはなるたけ倹約して、みんな猿若町へ運んでしまう。侍としてはあまりいい道楽ではありません。いつぞやお話をした桐畑の太夫――あれよりはずっと優《ま》しですけれども、やはり世間からは褒められない方です。

それでも阿母さんは案外に捌《さば》けた人で、いくら侍でも若いものには何かの道楽がある。女狂いよりは芝居道楽の方がまだ始末がいいといったようなわけで、さのみにやかましくも言いませんでしたから、本人は大手をふって屋敷を出てゆく。そのうちに一つの事件が出来《しゅったい》した。というのは、文久二年の市村座の五月狂言は「菖蒲合仇討講談《しょうぶあわせあだうちこうだん》」で、合邦ヶ辻《がっぽうつじ》に亀山の仇討を綴じあわせたもの、役者は関三《せきさん》に団蔵、条三郎、それに売出しの芝翫《しかん》、権十郎、羽左衛門というような若手が加わっているのだから、馬鹿に人気がいい。二番目は堀川の猿まわしで、芝翫の与次郎、条三郎のおしゅん、羽左衛門の伝兵衛、おつきあいに関三と団蔵と権十郎の三人が掛取りを勤めるというのですから、これだけでも立派な呼び物になります。その辻番付をみただけでも、藤崎さんはもうぞくぞくして初日を待っていました。

なんでも初日から五、六日目の五月十五日であったそうです。藤崎さんは例の通りに猿若町へ出かけて行きました。さっきも申す通り、家から着がえを抱えて行く人もあり、前もって芝居町の近所の知人の家《うち》へあずけて置いて、そこで着かえて行く人もありましたが、藤崎さんはそれほどのこともしないで、やはり普通の帷子《かたびら》をきて、大小に雪駄《せった》ばきという拵え、しかし袴は着けていません。茶屋に羽織と大小をあずけて、着ながしの丸腰で木戸をはいる。ともかくも武家である上に、毎々のおなじみですから茶屋でも粗略には扱いません。若い衆に送られて、藤崎さんは土間のお客になりました。

たった一人の見物ですから藤崎さんは無論に割込みです。そのころの平土間《ひらどま》一枡は七人詰ですから、ほかに六人の見物がいる。たとい丸腰でも、髪の結いかたや風俗でそれが武家か町人か十分に判りますから、おなじ枡の人たちも藤崎さんに相当の敬意を払って、なるたけ楽に坐らせてくれました。ほかの六人も一《ひと》組ではありません。四人とふたりの二組で、その一組は町家の若夫婦と、その妹らしい十六七の娘と、近所の人かと思われる廿一二の男、ほかの一組は職人らしい二人づれでした。この二組はしきりに酒をのみながら見物している。藤崎さんも少しは飲みました。

いつの代《よ》の見物人にも役者の好き嫌いはありますが、とりわけて昔はこの好き嫌いが烈しかったようで、自分の贔屓役者は親子兄弟のように可愛がる。自分の嫌いな役者は仇のように憎がるというわけで、役者の贔屓争いから飛んでもない喧嘩や仲違《なかたが》いを生じることもしばしばありました。ところで、この藤崎さんは河原崎権十郎が嫌いでした。権十郎は家柄がいいのと、年が若くて男前がいいのとで、御殿女中や若い娘達には人気があって、「権ちゃん、権ちゃん」と頻りに騒がれていたが、見巧者《みごうしゃ》連のあいだには余り評判がよくなかった。藤崎さんも年の割には眼が肥えているから、どうも権十郎を好かない。いや、好かないのを通り越して、あんな役者は嫌いだとふだんから言っているくらいでした。

その権十郎が今度の狂言では合邦と立場《たてば》の太平次をするのですから、権ちゃん贔屓は大涎《おおよだれ》ですが、藤崎さんは少し納まりません。権十郎が舞台へ出るたびに、顔をしかめて舌打をしていましたが、しまいにはだんだんに夢中になって、口のうちで「ああまずいな、まずいな。下手な奴だな。この大根め。」などと言うようになった。それが同じ枡の人たちの耳にはいると、四人づれのうちの若いおかみさんと妹娘とが顔の色を悪くしました。この女たちは大の権ちゃん贔屓であったのです。そのとなりに坐っていて、権十郎はまずいの、下手だのとむやみに罵っているのだから堪りません。おかみさんもしまいには顳顬《こめかみ》に青い筋をうねらせて、自分の亭主にささやくと、めん鶏勧めておん鶏が時を作ったのか、それとも亭主もさっきから癪にさわっていたのか、藤崎さんにむかって、「狂言中はおしずかに願います。」と、咎めるように言いました。

藤崎さんも逆らわずに、一旦はおとなしく黙ってしまったのですが、少し経つとまた夢中になって、「まずいな、まずいな。」と、口のうちで繰返す。そのうちに幕がしまると、その亭主は藤崎さんの方へ向き直って、切口上《きりこうじょう》で訊きました。

「あなたは先程から頻りに山崎屋をまずいの、下手だの、大根だのと仰しゃっておいでございましたが、どういうところがお気に召さないのでございましょうか。」

前にも申す通り、その当時の贔屓というものは今日《こんにち》とはまた息込みが違っていて、たといその役者に一面識がなくとも、自分が蔭ながら贔屓にしている以上、それを悪くいう奴らは自分のかたきも同様に心得ている時節ですから、この男も眼の色をかえて藤崎さんを詰問したわけです。こういう相手はいい加減にあしらって置けばいいのですが、藤崎さんも年が若い、おまけに芝居きちがいと来ている。まだその上に、町人のくせに武士にむかって食ってかかるとは怪《け》しからん奴だという肚《はら》もある。かたがた我慢が出来なかったとみえて、これも向き直って答弁をはじめました。むかしの芝居は幕間《まくあい》が長いから、こんな討論会にはおあつらえ向きです。

権十郎の芸がまずいか、まずくないか、いつまで言い合っていたところで、しょせんは水かけ論に過ぎないのですが、両方が意地になって言い募りました。ばかばかしいといってしまえばそれ迄ですが、この場合、両方ともに一生懸命です。相手の連れの男も加勢に出て、藤崎さんを言いこめようとする。おかみさんや妹娘までが泣声を出して食ってかかる。近所となりの土間にいる人達もびっくりして眺めている。なにしろ敵は大勢ですから、藤崎さんもなかなかの苦戦になりました。

ほかの二人づれの職人はさっきから黙って聞いていましたが、両方の議論がいつまでも果てしがないので、その一人が横合から口を出しました。

「もし、皆さん。もういい加減にしたらどうです。いつまで言い合ったところで、どうで決着は付きゃあしませんや。第一、御近所の方たちも御迷惑でしょうから。」

藤崎さんは返事もしませんでしたが、一方の相手はさすがに町人だけに、のぼせ切っているなかでも慌てて挨拶しました。

「いや、どうも相済みません。まったく御近所迷惑で申訳もございません。お聴きの通りのわけで、このお方があんまり判らないことを仰しゃるもんですから……。」

「うっちゃってお置きなせえ。おまえさんが相手になるからいけねえ。」と、もう一人の職人が言いました。「山崎屋がほんとうに下手か上手か、ぼんくらに判るものか。」

「そうさな。」と、前の一人が又言いました。「あんまりからかっていると、しまいには舞台へ飛びあがって、太平次にでも咬《くら》いつくかも知れねえ。あぶねえ、あぶねえ。もうおよしなせえ。」

職人ふたりは藤崎さんを横目に視ながらせせら笑いました。

二

この職人たちも権十郎贔屓とみえます。さっきから黙って聴いていたのですが、藤崎さんがあくまでも強情を張って、意地にかかって権十郎をわるく言うので、ふたりももう我慢が出来なくなって、四人づれの方の助太刀に出て来たらしい。口では仲裁するようにいっているが、その実は藤崎さんの方へ突っかかっている。殊に舞台へ飛びあがって太平次にくらい付くなどというのは、例の肥後の侍の一件をあて付けたもので、藤崎さんを武家とみての悪口でしょう。それを聴いて、藤崎さんもむっとしました。

いくら相手が町人や職人でも、一枡のうちで六人がみな敵では藤崎さんも困ります。町人たちの方では味方が殖えたので、いよいよ威勢がよくなりました。

「まったくでございますね。」と、亭主の男もせせら笑いました。「なにしろ芝居とお能とは違いますからね。一年に一度ぐらい御覧になったんじゃあ、ほんとうの芸は判りませんよ。」

「判らなければ判らないで、おとなしく見物していらっしゃればいいんだけれど……。」と、若いおかみさんも厭に笑いました。「これでもわたし達は肩揚のおりないうちから、替り目ごとに欠かさずに見物しているんですからね。」

かわるがわるに藤崎さんを嘲弄するようなことを言って、しまいには何がなしに声をあげてどっと笑いました。藤崎さんはいよいよ癪にさわった。もうこの上はこんな奴等と問答無益《むやく》、片っ端から花道へひきずり出して、柔術の腕前をみせてやろうかとも思ったのですが、どうして、どうして、そんなことは出来ない。侍が芝居見物にくる、単にそれだけならばともかくも黙許されていますが、ここで何かの事件をひき起したら大変、どんなお咎めを蒙《こうむ》るかも知れない。自分の家にも疵が付かないとは限らない。いくら残念でも場所が悪い。藤崎さんは胸をさすって堪《こら》えているよりほかはありません。そこへいい塩梅に茶屋の若い衆が来てくれました。

若い衆もさっきから此のいきさつを知っているので、いつまでも咬み合わして置いて何かの間違いが出来てはならないと思ったのでしょう、藤崎さんをなだめるように連れ出して、別の土間へ引っ越させることにしました。ほかの割込みのお客と入れかえたのです。藤崎さんもこんなところにいるのは面白くないので、素直に承知して引っ越しましたが、今度の場所は今までよりも三、四間あとのところで、喧嘩相手のふた組は眼のまえに見えます。その六人が時々こちらを振返って、なにか話しながら笑っている。きっとおれの悪口をいっているに相違ないと思うと、藤崎さんはますます不愉快を感じたのですが、根が芝居好きですから中途から帰るのも残り惜しいので、まあ我慢して二番目の猿まわしまで見物してしまったのです。

芝居を出たのはかれこれ五つ（午後八時）過ぎで、贅沢な人は茶屋で夜食を食って帰るものもありますが、大抵は浅草の広小路辺まで出て来て、そこらで何か食って帰ることになっている。御承知の奴《やっこ》うなぎ、あすこの鰻めしが六百文、大どんぶりでなかなか立派でしたから、芝居がえりの人達はあすこに寄って行くのが多い。藤崎さんもその奴うなぎの二階で大どんぶりを抱え込んでいると、少しおくれてはいって来たのが喧嘩相手の四人で、職人は連れでないから途中で別れたのでしょう、町人夫婦と妹娘と、もう一人の男とがつながって来たのです。二階は芝居がえりの客がこみ合っているので、どちらの席も余程距《はな》れていましたが、藤崎さんの方ではすぐに気がつきました。

きょうの芝居は合邦ヶ辻と亀山と、かたき討の狂言を二膳込みで見せられたせいか、藤崎さんの頭にも「かたき討」という考えが余ほど強くしみ込んでいたらしく、ここでかの四人づれに再び出逢ったのは、自分の尋ねる仇にめぐり逢ったようにも思われたのです。たんとも飲まないが、藤崎さんの膳のまえには徳利が二本ならんでいる。顔もぽうと紅くなっていました。

そのうちに、かの四人づれもこっちを見つけたとみえて、のび上がって覗きながら又なにか囁きはじめたようです。そうして、時々に笑い声もきこえます。

「けしからん奴らだ。」と、藤崎さんは鰻を食いながら考えていました。かえり討やら仇討やら、いろいろの殺伐な舞台面がその眼のさきに浮び出しました。

早々に飯を食ってしまって、藤崎さんはここを出ました。かの四人づれが下谷の池の端から来た客だということを芝居茶屋の若い衆から聞いているので、藤崎さんは先廻りをして広徳寺の前あたりにうろうろしていると、この頃の天気癖で細かい雨がぽつぽつ降って来ました。今と違ってあの辺は寺町ですから夜はさびしい。藤崎さんはある寺の門の下にはいって、雨宿りでもしているようにたたずんでいると、時々に提灯をつけた人が通ります。その光をたよりに、来る人の姿を一々あらためていると、やがて三、四人の笑い声がきこえました。それがかの四人づれの声であることをすぐに覚《さと》って、藤崎さんは手拭で顔をつつみました。

人は四人、提灯は一つ、それがだんだんに近寄ってくるのを二、三間やり過して置いて、藤崎さんはうしろから足早に付けて行ったかと思うと、亭主らしい男はうしろ袈裟《げさ》に斬られて倒れました。わっといって逃げようとするおかみさんも、つづいて其の場に斬り倒されました。連れの男と妹娘は、人殺し人殺しと呶鳴りながら、跣足《はだし》になって前とうしろへ逃げて行く。どっちを追おうかと少しかんがえているうちに、その騒ぎを聞きつけて、近所の数珠屋《じゅずや》が戸をあけて、これも人殺し人殺しと呶鳴り立てる。ほかからも人の駈けてくる跫音《あしおと》がきこえる。藤崎さんもわが身があやういと思ったので、これも一目散に逃げてしまいました。

下谷から本郷、本郷から小石川へ出て、水戸さまの屋敷前、そこに松の木のある番所があって、俗に磯馴《そな》れの番所といいます。その番所前も無事に通り越して、もう安心だと思うと、藤崎さんは俄にがっかりしたような心持になりました。だんだんに強くなってくる雨に濡れながら、しずかに歩いているうちに、後悔の念が胸さきを衝きあげるように湧いて来ました。

「おれは馬鹿なことをした。」

当座の口論や一分《いちぶん》の意趣で刃傷沙汰に及ぶことは珍しくない。しかし仮にも武士たるものが、歌舞伎役者の上手下手をあらそって、町人の相手をふたりまでも手にかけるとは、まことに類の少い出来事で、いくら仇討の芝居を見たからといって、とんだ仇討をしてしまったものです。藤崎さんも今となっては後悔のほかはありません。万一これが露顕しては恥の上塗りであるから、いっそ今のうちに切腹しようかと思ったのですが、まずともかくも家《うち》へ帰って、母にもそのわけを話して暇乞いをした上で、しずかに最期《さいご》を遂げても遅くはあるまいと思い直して、夜のふけるころに市ケ谷の屋敷へ帰って来ました。

奉公人どもを先ず寝かしてしまって、藤崎さんは今夜の一件をそっと話しますと、阿母《おっか》さんも一旦はおどろきましたが、はやまって無暗に死んではならない、組頭によくその事情を申立てて、生きるも死ぬもその指図を待つがよかろうということになって、その晩はそのままに寝てしまいました。夜があけてから藤崎さんは組頭の屋敷へ行って、一切のことを正直に申立てると、組頭も顔をしかめて考えていました。

当人に腹を切らせてしまえばそれ迄のことですが、組頭としては成るべく組下の者を殺したくないのが人情です。殊に事件が事件ですから、そんなことが表向きになると、当人ばかりか組頭の身の上にも何かの飛ばっちりが降りかかって来ないとも限りません。そこで組頭は藤崎さんに意見して、まず当分は素知らぬ顔をして成行《なりゆき》を窺っていろ。いよいよ詮議が厳重になって、お前のからだに火が付きそうになったらば、おれが内証で教えてやるから、その時に腹を切れ。かならず慌ててはならないと、くれぐれも意見して帰しました。

母の意見、組頭の意見で、藤崎さんも先ず死ぬのを思いとまって、内心びくびくもので幾日を送っていました。斬られたのは下谷の紙屋の若夫婦で、娘はおかみさんの妹、連れの男は近所の下駄屋の亭主だったそうです。斬られた夫婦は即死、ほかの二人は運よく逃れたので、町方《まちかた》でもこの二人についていろいろ詮議をしましたが、何分にも暗いのと不意の出来事に度をうしなっていたのとで、何がなにやら一向わからないというのです。それでも芝居の喧嘩の一件が町方の耳にはいって、芝居茶屋の方を一応吟味したのですが、茶屋でも何かの係り合いを恐れたとみえて、そのお武家は初めてのお客であるから何処の人だか知らないと言い切ってしまったので、まるで手がかりがありません。第一、その侍が果たして斬ったのか、それとも此のごろ流行る辻斬のたぐいか、それすら確かに見きわめは付かないので、紙屋の夫婦はとうとう殺され損という事になってしまいました。

それを聞いて、藤崎さんも安心しました。組頭もほっとしたそうです。それに懲りて、藤崎さんは好きな芝居を一生見ないことに決めまして、組頭や阿母さんの前でも固く誓ったということです。それは初めにも申した通り、文久二年の出来事で、それから六年目が慶応四年、すなわち明治元年で、江戸城の明け渡しから上野の彰義隊一件、江戸じゅうは引っくり返るような騒ぎになりました。そのときに藤崎さんは彰義隊の一人となって、上野に立籠《たてこも》りました。六年前に死ぬべき命を今日まで無事に生きながらえたのであるから、ここで徳川家のために死のうという決心です。

官軍がなぜ彰義隊を打っちゃって置くのか。今に戦争がはじまるに相違ないと江戸じゆうでも頻りにその噂をしていました。わたくしも下谷に住んでいましたから、前々から荷作りをして、さあといったらすぐに立ち退く用意をしていたくらいです。そのうちに形勢がだんだん切迫して来て、いよいよあしたかあさってには火蓋が切られるだろうという五月十四日の午前《ひるまえ》から、藤崎さんはどこへか出て行って、日が暮れても帰って来ません。

「あいつ気怯《きおく》れがして脱走したのかな。」

隊の方ではそんな噂をしていると、夜がふけてから柵を乗り越して帰って来ました。聞いてみると、猿若町《さるわかまち》の芝居を見て来たというのです。こんな騒ぎの最中でも、猿若町の市村座と守田座はやはり五月の芝居興行をしていて、市村座は例の権十郎、家橘《かきつ》、田之助、仲蔵などという顔ぶれで一番目は「八犬伝」中幕は田之助が女形で「大晏寺堤」の春藤《しゅんどう》次郎右衛門をする。二番目は家橘――元の羽左衛門です――が「伊勢音頭」の貢《みつぎ》をするというので、なかなか評判はよかったのですが、時節柄ですからどうも客足が付きませんでした。藤崎さんは上野に立籠っていながら、その噂を聴いてかんがえました。

「一生の見納めだ。好きな芝居をもう一度みて死のう。」

隊をぬけ出して市村座見物にゆくと、なるほど景気はよくない。しかしここで案外であったのは、あれほど嫌いな河原崎権十郎が八犬伝の犬山道節をつとめて、藤崎さんをひどく感心させたことでした。しばらく見ないうちに、権十郎はめっきりと腕をあげていました。これほどの役者を下手だの、大根だのと罵ったのを、藤崎さんは今更恥かしく思いました。やっぱり紙屋の夫婦の眼は高い。権十郎は偉い。そう思うにつけても藤崎さんはいよいよ自分の昔が悔まれて、舞台を見ているうちに自然と涙がこぼれたそうです。そうして、権十郎と紙屋の夫婦への申訳に、どうしても討死をしなければすまないと、覚悟の臍《ほぞ》をかためたそうです。

そのあくる日は官軍の総攻撃で、その戦いのことは改めて申すまでもありません。藤崎さんは真先に進んで、一旦は薩州の兵を三橋《みはし》あたりまで追いまくりましたが、とうとう黒門口で花々しく討死をしました。それが五月十五日、丁度かの紙屋の夫婦を斬った日で、しかも七回忌の祥月命日《しょうつきめいにち》にあたっていたというのも不思議です。

もう一つ変っているのは、藤崎さんの死骸のふところには市村座の絵番付を入れていたということです。彰義隊の戦死者のふところに経文を巻いていたのはたくさんありました。これは上野の寺内《じない》に立籠っていた為で、なるほど有りそうなことですが、芝居の番付を抱いていたのは藤崎さん一人でしょう。番付の捨てどころがないので、なんということなしにふところへ捻じ込んで置いたのか、それとも最後まで芝居に未練があったのか、いずれにしても江戸っ子らしい討死ですね。
河原崎権十郎は後に日本一の名優市川團十郎になりました。

春色梅《しゅんしょくうめ》ごよみ

一

思い出すと、そのころの大久保辺はひどく寂しかった。つつじのひと盛りを過ぎると、まるで火の消えたように鎮まり返って、唯やかましく聞えるのは、そこらの田に啼く蛙《かわず》の声ばかりであった。往来のまん中にも大きな蛇がのたくっていて、わたしは時々におどろかされたことを記憶している。幾度も言うようであるが、まったくここらは著しく変った。

それでも幾分か昔のおもかげが残っていて、今でも比較的に広い庭園や空地を持っている家では、一種の慰み半分に小さい野菜畑などを作って素人園芸を楽しんでいるのも少くない。わたしの家のあき地にも玉蜀黍《とうもろこし》が栽えてあって、このごろはよほど伸びた長い葉があさ風に青く乱れているのも、又おのずからなる野趣がないでもない。三浦老人の旧宅にも玉蜀黍が栽えてあって、秋の初めにたずねてゆくと、老人はその出来のいいのを幾分か御自慢の気味で、わたしを畑へ案内して見せたこともあった。焼いて食わせてくれたこともあった。家へのみやげにといって大きいのを七、八本も抱えさせられて、少々ありがた迷惑に感じたこともあった。

それも今では懐かしい思い出の一つとなった。わたしはこのごろ自分の庭のあき地を徘徊して、朝に夕にめっきりと伸びてゆくとうもろこしの青い姿を見るたびに、三浦老人その人のすがたや、その当時はまだ青二才であった自分の若い姿などが見返られて、今後さらに二十余年を経過したらば、ここらのありさまも又どんなに変化するかなどということも考えさせられる。

これから紹介するのは、今から二十幾年前の秋、そのとうもろこしの御馳走になりながら、縁さきにアンペラの座蒲団をしいて、三浦老人とむかい合っていたときに聴かされた昔話の一つである。その頃にくらべると、ここらの藪蚊はよほど減った。それだけは土地繁昌のおかげである。

老人は語った。

これはここから余り遠くないところのお話で、新宿の新屋敷——といっても、あなたがたにはお判りにならないかも知れませんが、つまり今日《こんにち》の千駄ヶ谷の一部を江戸時代には新屋敷と唱《とな》えていました。そこには、大名の下屋敷もある、旗本の屋敷もある。ほかに御家人の屋敷もたくさんありましたが、なんといっても場末ですから随分さびしい。往来のところどころに草原がある。竹藪がある。うら手の方には田圃がみえる、田川が流れているという道具立てですから、大抵お察しください。その六軒町というところに高松勘兵衛という百俵取りの御家人が住んでいました。

いつぞやは御家人たちの内職のお話をしたことがありましたが、この人は槍をよく使うので近所の武家の子供たちを弟子に取っている。流儀は木下流——木下淡路守利常《きのしたあわじのかみとしつね》という人が槍術の一流をはじめたので、それを木下流というのです。この人は内職でなく、もともと武芸が好きで、欲を離れて弟子を取立てていたのですから、人間は律儀《りちぎ》一方で武士気質《かたぎ》の強い人、御新造《ごしんぞ》はおみのさんといって夫婦のあいだに姉弟《きょうだい》の子どもがある。姉さんはお近さんといって廿四、弟は勘次郎といって十八歳、そのまん中にまだひとり女の子があったのですが、それは早くに死んだそうです。お父《とっ》さんはまだ四十五六の勤め盛りですから、息子の部屋住みは当然でしたが、姉さんのお近さんはもう廿四にもなってなぜ自分の家に居残っているかというと、これはこの春まで御奉公に出ていたからです。

武家の娘でも奉公に出ます。勿論、町人の家《うち》に奉公することはありませんが、自分の上役の屋敷に奉公するのは珍しくありません。御家人のむすめが旗本屋敷に奉公するなどは幾らもありました。一つは行儀見習のためで、高松のお近さんも十七の春から薙刀《なぎなた》の出来るのを言い立てに、本郷追分の三島信濃守という四千石の旗本屋敷へ御奉公にあがりまして、お嬢さま付となっていました。旗本も四千石となると立派なもので、ほとんど一種の大名のようなものです。大名はどんなに小さくとも大名だけの格式を守ってゆかなければならず、参観交代もしなければなりませんから、内証はなかなか苦しい。したがって、一万石や二万石ぐらいの木葉《こっぱ》大名よりも、四千石、五千石の旗本の方がその生活は却って豊かなくらいでした。

三島の屋敷も評判の物堅い家風でした。高松さんもそれを知って自分の娘を奉公に出したのですが、まったく奥も表も行儀が正しく、武道の吟味が強い。お近さんはお嬢さまのお相手をして薙刀の稽古を励む。ほかの腰元たちも一緒になって薙刀や竹刀《しない》撃ちの稽古をする。まるで鏡山の芝居を観るようです。奥さまは勿論ですが、殿様も時々に奥へお入りになって、女どもの試合を御覧になるのですから、女たちも一層熱心に稽古をする。女でさえも其の通りですから、まして男でこの屋敷に奉公するほどのものは、足軽中間《ちゅうげん》にいたるまで竹刀の持ちようは確かに心得ているというわけで、まことに武張った屋敷でした。

「武家に奉公するものは武芸を怠ってはならぬ。まして今の時世であるから、なんどき何事が起らないとも限らぬ。男も女もその用心を忘れまいぞ。」

これが殿様や奥様の意見で、屋敷のもの一統へ常日頃から厳重に触れ渡されているのです。お近さんという娘は子供のときからお父《とっ》さんの仕付けをうけていますから、こういう屋敷にはおあつらえ向きで、主人の首尾もよく、自分も満足して、忠義一途《いちず》に幾年のあいだを勤め通して、薙刀や竹刀撃ちに娘ざかりの月日を送っていました。これはお近さんに限らず、御殿奉公をする者はみなそうでしたろうが、取りわけてこの屋敷は武芸専門というのですから、勤め向きも余計に骨が折れたろうと思われます。しかし、どの奉公人もそれを承知で住み込んだものばかりですから、別に苦労とも思わなかったのです。お近さんなどは宿下《やどさが》りで自分の家へ帰ったときに、それを自慢らしく両親に吹《ふい》聴《ちょう》し、親たちも一緒になって喜んでいたくらいでした。

それで済めば天下泰平、いや、ちっとぐらいの騒動が起っても大丈夫であったのですが、ここに一つの事件が出来《しゅったい》した。というのは、この屋敷のお嬢さまが病気になったのです。なにしろ殿様も奥様も前にいったような気風の人たちですから、どうも今どきの若い者は気に入らない。したがって、今日《こんにち》までに縁組の相談があっても、あんな柔弱な奴のところへは嫁にやれないとか、あんな不心得の人間を婿には出来ないとか、いろいろむずかしいことを言って断ってしまうので、自然に縁遠い形になって、お嬢さまは廿一になるまで親の手許にいて、相変らず薙刀や竹刀撃ちの稽古をつづけている。そのうちに何という病気か判らない、その頃の詞《ことば》でいうと、ぶらぶら病いというのに罹《かか》って、どうも気分がすぐれない、顔の色もよくない。どっと寝付くほどの大病でもないが、なにしろ半病人のすがたで、薙刀のお稽古もこの頃は休み勝ちになりました。

「これは静かなところでゆるゆると御養生遊ばすに限ります。」

医者もこう勧め、両親もそう思って、お嬢さまはしばらく下屋敷の方に出《で》養生ということになりました。大きい旗本はみな下屋敷を持っています。三島家の下屋敷は雑司ヶ谷にありました。

お近さんもお嬢さまのお供をして雑司ヶ谷へゆくことになったのは、安政四年の桜の咲く頃で、そこらの畑に菜の花が一面に咲いているのをお嬢さまは珍しがったということでした。

二

どこでも下屋敷は地所をたくさんに取っていますから庭も広い、空地も多い。庭には桜や山吹が咲きみだれている。天気のいい日にはお嬢さまも庭に出て、木の蔭や池のまわりなどをそぞろ歩きして、すこしは気分も晴れやかになるだろうと思いのほか、うららかな日に庭へ出て、あたたかい春風に吹かれていると、却って頭が重くなるとかいって、お嬢さまはめったに外へも出ない。ただ垂れこめて鬱陶《うっとう》しそうに春の日永を暮している。殊に花どきの癖で、ことしの春も雨が多い。そばに付いている者までが自然に気が滅入って、これもお嬢さま同様にぶらぶら病いにでもなりそうになって来ました。医者は三日目に一度ずつ見まわりに来てくれるが、お嬢さまはどうもはっきりとしない。するとある日のことでした。きょうも朝から絹糸のような春雨が音もなしにしとしとと降っている。お嬢さまは相変らず鬱陶しそうに黙っている。お近さんをはじめ、そばに控えている二、三人の腰元もただぼんやりと黙っていました。

こんなときには琴を弾《ひ》くとか、歌でも作るとか、なにか相当の日ぐらしもある筈ですが、屋敷の家風が例の通りですから、そんな方のことは誰もみな不得手です。屋敷奉公のものは世間を知らないから世間話の種もすくない。勿論、ここでは芝居の噂などが出そうもない。ただ詰まらなそうに睨み合っているところへ、お仙という女中がお茶を運んで来ました。お仙は始終この下屋敷の方に詰めているのでした。

「どうも毎日降りまして、さぞ御退屈でいらせられましょう。」

みんなも退屈し切っているところなので、このお仙を相手にしていろいろの話をしているうちに、なにかの切っかけからお仙はそのころ流行の草双紙の話をはじめました。それは例の種員《たねかず》の「しらぬい譚《ものがたり》」で、どの人も生れてから殆ど一度も草双紙などを手に取ったこともない人達なので、そのおもしろさに我を忘れて、皆うっとりと聴き惚れていました。

お嬢さまも、その草双紙の話がひどく御意《ぎょい》に入ったとみえて、日が暮れてからも又その噂が出ました。

「仙をよんで、さっきの話のつづきを聴いてはどうであろう。」

誰も故障をいう者はなくて、お仙はお嬢さまの前によび出されました。そうして五つ(午後八時)の時計の鳴る頃まで、青柳春之助や鳥山秋作《あきさく》の話をしたのですが、それが病み付きになってしまって、それからはお仙が毎日「しらぬい譚」のお話をする役目をうけたまわることになりました。お仙がどうしてこんな草双紙を読んでいたかというと、この女は三島家の知行所《ちぎょうしょ》から出て来た者ではなくて、下谷の方から――実はわたくしの家の近所のもので、この話もその女から聞いたのです。――奉公にあがっている者ですから、家にいたときに草双紙も読んでいる。芝居もときどきには覗いている。そういうわけですから、例の「しらぬい譚」も知っていて、測らずもそれがお役に立ったのです。

一体お仙はどんな風にその話をしたのか知りませんが、なにしろ聴く人たちの方は薙刀や竹刀のほかには今までなにも知らなかった連中ばかりですから、初めて聴かされた草双紙の話が馬鹿におもしろい。みんなは口をあいて聴いているという始末。しかしお仙も「しらぬい譚」を暗記しているわけでもないのですから、話にあいまいなところも出て来る。聴いている方では焦れったくなる。それが嵩《こう》じて、とうとうその「しらぬい譚」の草双紙を借りて読もうということになって、お仙がそのお使を言い付かって、牛込辺のある貸本屋を入れることになりました。

どこの大名でも旗本でも、下屋敷の方は取締りがずっとゆるやかで、下屋敷ではまあ何をしてもいいということになっていました。殊にそれがお嬢さまの気保養にもなるというので、下屋敷をあずかっている侍達もその貸本屋の出入りを大目に見ていたらしいのです。くどくも言う通り、お嬢さまをはじめ、お付の女たち一同は生れてから初めて草双紙などというものを手に取ったので、まず第一に、絵がおもしろい、本文《ほんもん》もおもしろい。みんな夢中になって草双紙の話ばかりしている。貸本屋の方ではいいお得意が出来たと思って、いろいろの草双紙を持ち込んでくる。それでも、まあ「田舎源氏」や何かのうちはよかったのですが、だんだん進んで来て、人情本などを持ち込むようになる。

まず「娘節用」が序開きで、それから「春色梅ごよみ」「春色辰巳園《たつみのその》」などというものが皆《み》んなの眼にはいって、お近さんまでが狂訓亭主人の名を識るようになると、若い女の多いこの下屋敷の奥には一種の春色がみなぎって来ました。今までは半病人であったお嬢さまの顔色も次第に生々《いきいき》して、ときどきには笑い声もきこえる。この頃は貸本屋があまりに繁く出入りをするので、困ったものだと内々は顔をしかめている侍たちも、それがためにお嬢さまの御病気がだんだんによくなるというのですから、押切ってそれを遮《さえぎ》るわけにもゆかないで、まあ黙って観ているのでした。

そうして、夏も過ぎ、秋も過ぎましたが、お嬢さまはまだ本郷の屋敷へ戻ろうといわない。お付の女中たちも本郷へお使に行ったときには、いい加減の嘘をこしらえて、お嬢さまの御病気はまだほんとうに御本復にならないなどと言っている。本郷へ帰れば殿様や奥様の監視のもとに又も薙刀や竹刀をふり廻さなければならない。それよりも下屋敷に遊んでいて、夏の日永、秋の夜永に、狂訓亭主人の筆の綾をたどって、丹次郎や米八の恋に泣いたり笑ったりしている方がおもしろいというわけで、武芸を忘れてはならぬという殿様や奥様の教訓よりも、狂訓亭の狂訓の方が皆んなの身に沁み渡ってしまったのです。

そのなかでもその狂訓に強く感化されたのは、かのお近さんでした。どうしたものか、この人が最も熱心に狂訓亭崇拝者になり切ってしまって、読んでいるばかりでは堪能が出来なくなったとみえて、わざわざ薄葉《うすよう》の紙を買って来て、それを人情本いわゆる小本《こほん》の型に切って、原本をそのまま透き写しにすることになったのです。お近さんは手筋がいい、その器用と熱心とで根気よく丹念に一枚ずつ写していって、幾日かかったのか知りませんが、ともかくもその年の暮までに梅ごよみ四編十二冊、しかも口絵から挿絵まで残らず綺麗に写しあげてしまったそうです。今のお近さんの宝というのは、御奉公に出るときにお父さんから譲られた二字国俊——おそらく真物《ほんもの》ではあるまいと思われますが——の短刀と「春色梅ごよみ」十二冊の写本とで、この二つは身にも換えがたいというくらいの大切なものでした。

「どうも困ったものだ。」と、下屋敷の侍たちはいよいよ眉をひそめました。

いくら下屋敷だからといって、あまりに猥《みだ》らな不行儀なことが重なると、打っちゃって置くわけにはゆかない。殊に三島の屋敷は前にも申す通り、武道の吟味の強い家風ですから、そんなことが上屋敷の方へきこえると、ここをあずかっている者どもの越度《おちど》にもなるので、もう何とかしなければなるまいかと内々評定《ひょうじょう》しているうちに、貸本屋の方ではいよいよ増長して、その頃は春色何とかいうもの以上に春色を写してあるらしい猥らな書物をこっそりと持ち込んで来るのを発見したので、侍たちももう猶予していられなくなって、貸本屋は出入りを差止められてしまいました。お仙もあやうく放逐されそうになったが、これはお嬢さまのお声がかりで僅かに助かりました。

貸本屋の出入りが止まるとなると、お近さんの写本がいよいよ大切なものになって、お近さんは内証でそれを読んで聞かせて皆んなを楽しませていました。——野にすてた笠に用あり水仙花、それならなくに水仙の、霜除けほどなる侘住居——こんな文句は皆んなも暗記してしまうほどになりました。そうしているうちに、こんなことが自然に上屋敷の方へ洩れたのか、あるいは侍たちも持て余して密告したのか、いずれにしてもお嬢さまを下屋敷に置くのはよろしくないというので、病気全快を口実に本郷の方へ引戻されることになりました。それは翌年の二月のことで、ちょうど出代《でがわ》り時であるので、お近さんともう一人、お冬とかいう女中がお暇《いとま》になりました。下屋敷の方ではお仙がとうとう放逐されてしまいました。

普通の女中とは違って、お近さんはお嬢さまのお嫁入りまでは御奉公する筈で、場合によってはそのお嫁入り先までお供するかも知れないくらいであったのに、それが突然にお暇になった。表向きにお人減らしというのであるが、どうもかの貸本屋一件が祟りをなして、お近さんともう一人の女中がその首謀者と認められたらしいのです。それはかのお仙の放逐をみても察しられます。

いつの代でもそうでしょうが、取分けてこの時代に主人が一旦暇をくれると言い出した以上、家来の方ではどうすることも出来ません。お近さんはおとなしくこの屋敷をさがるよりほかはないので、自分の荷物を取りまとめて新屋敷の親許へ帰りました。その葛籠《つづら》の底には、かの「春色梅ごよみ」の写本が忍んでいました。

三

お父《とっ》さんの高松さんは物堅い人物ですから、娘が突然に長《なが》の暇《いとま》を申渡されたについて少しく不審をいだきまして、一応はお近さんを詮議しました。

「どうも腑に落ちないところがある。奉公中に何かの越度《おちど》でもあったのではないか。」

「そんなことは決してございません。」と、お近さんは堅く言い切りました。「時節柄、お人減らしと申すことで、それは奥様からもよくお話がございました。」

まったくこの時節柄であるから、諸屋敷で人減らしをすることも無いとはいえない。殊に三島の屋敷のことであるから、武具馬具を調えるために他の物入りを倹約する、その結果が人減らしとなる。そんなことも有りそうに思われるので、高松さんも娘の詮議は先ずそのくらいにして置きました。おっ母さんも正直な人ですから、別にわが子を疑うようなこともなく、それで無事に済んでしまったのですが、それから三《み》月四《よ》月と過ぎるうちに、お父さんの気に入らないようなことがいろいろ出来たのです。

高松さんの屋敷では槍を教えるので、毎日十四五人の弟子が通ってくる。そのなかで肩揚げのある子供たちが来たときには、お近さんはその稽古場を覗いても見ませんが、十八九から二十歳《はたち》ぐらいの若い者が来ると、お近さんは出て行って何かの世話を焼く。時には冗談などを言うこともあるので、お父さんは苦《にが》い顔をして叱りました。

「稽古場へ女などが出てくるには及ばない。」

それでもやはり出て来たり、覗きに来たりするので、その都度に高松さんは機嫌を悪くしました。ある時、久し振りで薙刀を使わせてみると、まるで手のうちは乱れている。もともと薙刀を言い立てに奉公に出たくらいで、その後も幾年のあいだ、お嬢さまに付いて稽古を励んでいたというのに、これは又どうしたものだと高松さんも呆れてしまいました。それればかりでなく万事が浮わついて、昔とはまるで別の人間のようにみえるので、お父さんはいよいよ機嫌を悪くしました。

「どうも飛んだことをした。こう知ったら奉公などに出すのではなかった。」

高松さんは時々に顔をしかめて、御新造に話すこともありました。そのうちに六月の末になる。旧暦の六月末ですから、土用のうちで暑さも強い。師匠によると土用休みをするのもあるが、高松さんは休まない。きょうも朝の稽古をしまって、汗を拭きに裏手の井戸端へ出ました。場末の組屋敷ですから地面は広い。裏の方は畑になって、やはり玉蜀黍《とうもろこし》などが栽えてある。その畑のなかに白地の単衣《ひとえもの》をきた女が忍ぶように立っている。それがお近さんであることは高松さんにはすぐに判ったのですが、向うではちっとも気が付かないで、何か一心に読み耽っているらしい。以前ならばそのままに見過してしまったのでしょうが、この頃はひどく信用を墜《おと》しているお近さんが、わざわざ畑のなかへ出て、玉蜀黍のかげに隠れるようにして何か読んでいる。それがお父さんの注意をひいたので、高松さんは抜足をしてそっとそのうしろへ廻って行きました。

日をよけ、人目をよけて、お近さんが玉蜀黍の畑のなかで一心に読んでいたのは例の写本の一冊でした。こんなものが両親の眼に止まっては大変ですから、お近さんは自分の葛籠《つづら》の底ふかく秘めて置いて、人に見付からないようなところへ持ち出して、そっと読んでいる。そこをけさは運悪くお父さんに見付けられたのです。

「これはなんだ。」

だしぬけにその本を取上げられてしまったので、お近さんはもうどうすることも出来ない。しかし「春色梅ごよみ」という外題《げだい》を見ただけでは、お父さんにもその内容は一向わからないのですから、お近さんも何とか頓智をめぐらして、うまく誤魔化したいと思ったのですが、困ったことには本文ばかりでなく、男や女の挿絵がはいっている。それを見ただけでも大抵は想像が付く筈です。お近さんも返事につかえておどおどしていると、高松さんは娘の襟髪をつかみました。

「けしからん奴だ。こんなものをどうして持っている。さあ、来い。」

内へ引摺って来て、高松さんは厳重に吟味をはじめました。お近さんは強情に黙っていたが、それでお父さんが免《ゆる》す筈がない。弟の勘次郎を呼んで、姉の葛籠をあらためて見ろという。もうこうなっては運の尽きで、お近さんの秘密はみな暴露《ばくろ》してしまいました。なにしろその写本があわせて十二冊もあるので、高松さんも一時は呆れるばかりでしたが、やがて両の拳《こぶし》を握りつめながら、むすめの顔を睨みつけました。

「いや、これで判った。三島の屋敷から不意に暇を出されたのも、こういう不埒があるからだ。女の身として、まして武家の女の身として、かような猥らな書物を手にするなどとは、呆れ返った奴だ。」

さんざん叱り付けた上で、高松さんは弟に言い付けて、その写本全部を庭さきで焼き捨てさせました。お近さんが丹精した「春色梅ごよみ」十二冊は、炎天の下で白い灰になってしまったのです。お近さんは縁側に手をついたままで黙っていましたが、それがみんな灰になってゆくのを見たときには涙をほろほろとこぼしたそうです。それを横眼に睨んで、お父さんは又叱りました。

「なにが悲しい。なにを泣く。たわけた奴め。」

　おっ母さんはさすがに女で、なんだか娘がいじらしいようにも思われて来たのですが、問題が問題ですから何とも取りなす術《すべ》もない。その場は先ずそれで納まったのですが、高松さんは苦り切っていて、その日一日は殆ど誰とも口をきかない。お近さんは自分の部屋にはいって泣いている。今日《こんにち》の詞でいえば、一家は暗い空気に包まれているとでもいう形で、その日も暮れてしまいました。

　その夜なかの事です。昼間の一件でむしゃくしゃするのと、今夜は悪く蒸し暑いのとで、高松さんは夜のふけるまで眠られずにいると、裏口の雨戸をこじ明けるような音がきこえたので、もしや賊でもはいったのかと、すぐに蚊帳《かや》をくぐって出て、長押《なげし》にかけてある手槍の鞘を払って、台所の方へ出てみると、一つの黒い影が今や雨戸をあけて出ようとするところでした。あいにくに今夜は暗い晩でその姿もよくは判らないが、ともかくも台所の広い土間から表へ出てゆく影だけは見えたので、高松さんはうしろから声をかけました。

「誰だ。」

　相手はなんにも返事もしないで、土間に積んである薪《まき》の一つをとって、高松さんを目がけて叩きつけると、暗いのでよけ損じて、高松さんはその薪ざっぽうで左の腕を強く打たれました。名をきいても返事をしない、しかも手むかいをする以上は、もう容赦はありません。高松さんは土間に飛び降りて追いかけると、相手は素ばやく表へぬけて出る。なにしろ暗いので、もし取逃がすといけないと思ったので、高松さんはその跫音《あしおと》をたよりに持っている槍を投げつけると、さすがは多年の手練で、その投げ槍に手応《てごた》えがあったと思うと、相手は悲鳴をあげて倒れました。

この騒ぎに家じゅうの者が起きてみると、ひとりの女が投げ槍に縫われて倒れていました。背から胸を貫かれたのですから、もちろん即死です。それはお近さんで、着換え二、三枚を入れた風呂敷づつみを抱えていました。

お近さんは家出をして、どこへ行こうとしたのか、それは判りません。しかしお仙の話によると、それより五、六日ほど前に、お仙が大木戸の親類まで行ったとき、途中でお近さんに逢ったそうです。お近さんはひどく懐かしそうに話しかけて、わたしは再び奉公に出たいと思うが、どこかに心当りはあるまいか、屋敷にはかぎらない、町家でもいいというので、町家でもよければ心あたりを探してみようと答えて別れたことがあるといいますから、あるいはお仙のところへでも頼って行くつもりであったかも知れません。別に男があったというような噂はなかったそうです。

お父さんに声をかけられた時、こっちの返事の仕様によっては真逆《まさか》に殺されもしなかったでしょうに、手むかいをしたばっかりに飛んでもないことになってしまいました。しかしお近さんの身になったら、その薪ざっぽうを叩きつけたのが、せめてもの腹癒せであったかも知れません。

「これもわたしが種を蒔いたようなものだ。」

お仙はあとでしきりに悔んでいました。三島のお嬢さまはその後どうしたか知りません。お近さんのお父さんは十五代将軍の上洛のお供をして、明治元年の正月、かの伏見鳥羽の戦いで討死したということです。

旗本《はたもと》の師匠《ししょう》

一

あるときに三浦老人がこんな話をした。

「いつぞや『置いてけ堀』や『梅暦』のお話をした時に、御家人たちがいろいろの内職をすると言いましたが、その節も申した通り、同じ内職でも刀を磨いだり、魚を釣ったりするのは、世間体《てい》のいい方でした。それから、髪を結うのもいいことになっていました。陣中に髪結いはいないから、どうしてもお互いに髪を結い合うよりほかはない。それですから、武士が他人の髪を結っても差支えないことになっている。もちろん女や町人の頭をいじるのはいけない。さらに上等になると、剣術柔術の武芸や手習学問を教える。これも一種の内職のようなものですが、こうなると立派な表芸で世間の評判もよし、上《かみ》のお覚えもめでたいのですから、一挙両得ということにもなります。」

「やはり月謝を取るのですか。」と、わたしは訊いた。

「しょせんは内職ですから、月謝を取りますよ。」と、老人は答えた。「小身の御家人たちは内職ですが、御家人も上等の部に属する人や、または旗本衆になると、大抵は無月謝です。旗本の屋敷で月謝を取ったのはないようです。武芸ならば道場が要る。手習学問ならば稽古場が要る。したがって、炭や茶もいる、第一に畳が切れる。まだそのほかに、正月の稽古はじめには余興の福引などをやる。歌がるたの会をやる。初午《はつうま》には強飯《こわめし》を食わせる。三月の節句には白酒をのませる。五月には柏餅を食わせる。手習の師匠であれば、たなばた祭もする。煤はらいには甘酒をのませる。餅搗《つ》きには餅を食わせるというのですから、師匠は相当の物入りがあります。それで無月謝、せいぜい盆正月の礼に半紙か扇子か砂糖袋を持って来るぐらいのことですから、欲得づくでは出来ない仕事です。ことに手習子でも寄せるとなると、主人ばかりではない、女中や奥様までが手伝って世話を焼かなければならないようにもなる。毎日随分うるさいことです。」

「そういうのは道楽なんでしょうか。」

「道楽もありましょうし、人に教えてやりたいという奇特《きどく》な心掛けの人もありましょうし、上のお覚えをめでたくして自分の出世の蔓にしようと考えている人もありましょうし、それは其の人によって違っているのですから、一概にどうというわけにもゆきますまい。又そのなかには、自分の屋敷を道場や稽古場にしているというのを口実に、知行所から余分のものを取立てるのもある。むかしの人間は正直ですから、おれの殿様は剣術や手習を教えて、知行所の者共も大勢の世話をしていらっしゃるのだから、定めてお物入りも多かろうと、知行所の者共も大抵のことは我慢して納めるようにもなる。こういうのは、弟子から月謝を取らないで、知行所の方から月謝を取るようなわけですが、それでも知行所の者は不服をいわない。江戸のお屋敷では何十人の弟子を取っていらっしゃるそうだなどと、却って自慢にしている位で、これだけでも今とむかしとは人気《じんき》が違いますよ。いや、その無月謝のお師匠さまについて、こんなお話があります。」

赤坂一ツ木に市川幾之進という旗本がありました。大身というのではありませんが、二百五十石ほどの家柄で、持明院《じみょういん》流の字をよく書くというところから、前にいったように手蹟指南をすることになりました。この人はまことに心掛けのよろしい方で、それを出世の蔓にしようなどという野心があるでもなし、蔵前取《くらまえど》りで知行所を持たないのですから、それを口実に余分のものを取立てるという的があるでもなし、つまりは自分の好きで、自分の身銭《みぜに》を切って大勢の弟子の面倒をみているというわけでした。

市川さんはそのころ四十前後、奥さんはお絹さんといって卅五、六。似たもの夫婦というたとえの通り、この奥さんも親切に弟子たちの世話を焼くので、まことに評判がよろしい。お照さんということし十六の娘があって、これも女中と一緒になって稽古場の手伝いをしていました。市川さんの屋敷はあまり広くないので、十六畳ほどのところを稽古場にしている。勿論、それを本業にしている町の師匠とは違いますから、弟子はそんなに多くない。町の師匠ですと、多いのは二百人ぐらい、少くも六、七十人の弟子を取っていますが、市川さんなどの屋敷へかよってくるのは大抵二、三十人ぐらいでした。

そこでちょっとお断り申して置きますが、こういう師匠の指南をうけに来るものは、かならず武家の子供に限ったことはありません。町人職人の子供でも弟子に取るのが習いでした。師匠が旗本であろうが、御家人であろうが、弟子師匠の関係はまた格別で、そのあいだに武家と町人との差別はない。すでに手蹟を指南するという以上は、大工や魚屋の子供が稽古に来ても、旗本の殿様がよろこんで教えたものです。それですから、こういう屋敷の稽古になると、武家の息子や娘も来る、町人や職人の子供も来るというわけで、師匠によっては武家と町人との席を区別するところもあり、又は無差別に坐らせるところもありましたが、男の子と女の子とは必ず別々に坐らせることになっていました。市川さんの屋敷では武家も町人も無差別で、なんでも入門の順で天神机を列べさせることになっていたそうです。

一体、町家の子供は町の師匠にかようのが普通ですが、下町《したまち》と違って山の手には町の師匠が少いという事情もあり、たといその師匠があっても、お屋敷へ稽古にかよわせる方が行儀がよくなるといって、わざわざ武家の指南所へかよわせる親達もある。瘦せても枯れても旗本の殿様や奥様がよだれくりの世話を焼いてくれて、しかもそれが無月謝というのだから有難いわけです。その代りに仕付け方はすこしきびしい。なにしろお師匠さまは刀をさしているのだから怖い。それがまた当人の為にもなると、喜んでいる親もあるのでした。市川さんのところにも町の子供が七、八人かよっていましたが、市川さんも奥さんも真っすぐな気性の人でしたから、武家の子供も町家の子供もおなじように教えます。そのあいだにちっとも分け隔てがない。それですから、町家の親達はいよいよ喜んでいました。

それだけならば、至極結構なわけで、別にお話の種になるような事件も起らない筈ですが、嘉永二年の六月十五日、この日は赤坂の総鎮守氷川《ひかわ》神社の祭礼だというので、市川さんの屋敷では強飯をたいて、なにかの煮染《にし》めものを取添えて、手習子たちに食べさせました。きょうはお稽古は休みです。土地のお祭ですから、どこの家でも強飯ぐらいは拵えるのですが、子供たちはお師匠さまのお屋敷で強飯の御馳走になって、それから勝手に遊びに出る。それが年々の例になっているので、ことしもいつもの通りにあつまって来る。奥さんやお嬢さんや女中が手伝って、めいめいの前に強飯とお煮染めをならべる。いくら行儀がいいといっても、子供たちのことであり、殊にきょうはお祭だというのですから、大勢がわあわあ騒ぎ立てる。それでもふだんの日とは違うから、誰も叱らない。子供たちはいい気になって騒ぐ。そのうちに、今井健次郎ということし十二になる男の児が三河屋綱吉という同い年の児の強飯のなかへ自分の箸を突っ込んだ。それが喧嘩のはじまりで、ふたりがとうとう組討ちになると、健次郎の方にも四、五人、綱吉の方にも三、四人の加勢が出て、畳の上でどたばたという大騒ぎが始まりました。

健次郎はこの近所に屋敷を持っている百石取りの小さい旗本の倅で、綱吉は三河屋という米屋の倅です。師匠はふだんから分け隔てのないように教えていても、屋敷の子と町家の子とのあいだには自然に隔てがある。さあ喧嘩ということになると、武家の子は武家方、町家の子は町家方、たがいに党を組んでいがみ合うようになります。きょうも健次郎の方には武家の子どもが加勢する。綱吉の方には町家の子どもが味方するというわけで、奥さんや女中が制してもなかなか鎮まらない。そのうちに健次郎をはじめ、武家の子供たちが木刀をぬきました。子供ですから木刀をさしている。それを抜いて振りまわそうとするのを見て、師匠の市川さんももう捨て置かれなくなりました。

「これ、鎮まれ、鎮まれ、騒ぐな。」

いつもならば叱られて素直に鎮まるのですが、きょうはお祭で気が昂《た》っているのか、どっちもなかなか鎮まらない。市川さんは壁にかけてあるたんぽ槍をとって、木刀をふりまわしている二、三人を突きました。突かれた者はばたばた倒れる。これで先ず喧嘩の方は鎮まりました。突かれた者は泣顔をしているのを、奥さんがなだめて帰してやる。町家の組も叱られて帰る。どっちにも係り合わなかった者はおとなしいと褒められて帰る。壁にかけてあるたんぽ槍は単に嚇しのためだと思っていたら、きょうはほんとうに突かれたので、子供たちも内々驚いていました。

その日はそれで済みましたが、あくる朝、黒鍬《くろくわ》の組屋敷にいる大塚孫八という侍がたずねて来て、御主人にお目にかかりたいと言い込みました。黒鍬組は円通寺の坂下にありまして、御家人のなかでも小身者が多かったのです。市川さんはともかくも二百五十石の旗本、まるで格式が違います。殊に大塚の悴孫次郎はやはりここの屋敷へ稽古にかよっているのですから、大塚はいっそう丁寧に挨拶しました。さて一通りの挨拶が済んで、それから大塚はこんなことを言い出しました。

「せがれ孫次郎めは親どもの仕付け方が行きとどきませぬので、御覧の通りの不行儀者、さだめてお眼にあまることも数々《かずかず》であろうと存じまして、甚だ赤面の次第でございます。」

それを序開きに、彼はきのうの一条について師匠に詰問をはじめたのです。前にもいう通り、身分違いの上に相手が師匠ですから、大塚は決して角立《かどだ》ったことは言いません。あくまでも穏かに口をきいているのですが、その口上の趣意はまさしく詰問で、今井の子息健次郎どのが三河屋のせがれ綱吉と喧嘩をはじめ、武家の子供、町家の子供がそれに加勢して挑《いど》み合った折柄に、師匠の其許《そこもと》はたんぽ槍を繰り出して、武家の子ども二、三人を突き倒された。本人の健次郎どのはいうに及ばず、手前のせがれ孫次郎もその槍先にかかったのである。それがために孫次郎は脾腹《ひばら》を強く突かれて、昨夜から大熱を発して苦しんでいる。勿論、一旦お世話をねがいましたる以上、不行儀者の御折檻《ごせっかん》はいかようになされても、かならずお恨みとは存じないのであるが、喧嘩両成敗という掟にはずれて、そのみぎりに町家の子供には何の御折檻も加えられず、武家の子供ばかりに厳重のお仕置をなされたのはいかなる思召《おぼしめし》でござろうか。弟子の仕付け方はそれでよろしいのでござろうか。念のためにそれを伺いたいというのでした。

市川さんは黙って聴いていました。

二

質《たち》のわるい弟子どもを師匠が折檻するのはめずらしくはない。町の師匠でも弓の折れや竹切れで引っぱたくのは幾らもあります。かみなり師匠のあだ名を取っているような怖い先生になると、自分の机のそばに薪《まき》ざっぽうを置いているのさえある。まして、武家の師匠がたんぽ槍でお見舞い申すぐらいのことは、その当時としては別に問題にはなりません。大塚もそれをとやこう言うのではないが、なぜ町家の子供をかばって、武家の子供ばかりを折檻したかと詰問したいのです。どこの親もわが子は可愛い。現に自分のせがれは病人になるほどの酷《ひど》い目に逢っているのに、相手の方はみな無事に帰されたという。それはいかにも片手落ちの捌きではないかという不満が胸いっぱいにみなぎっているのです。もう一つには、なんといっても相手は町人の子供である。町人の子供と武士の子供が喧嘩をした場合に、武家の師匠が町人の贔屓をして、武士の子供を手ひどく折檻するのは其の意を得ないという肚《はら》もあります。かたがたして大塚は早朝からその掛合いに来たのでした。

相手に言うだけのことを言わせて置いて、それから市川さんはその当時の事情をよく説明して聞かせました。自分は師匠として、決してどちらの贔屓をするのでもないが、この喧嘩は今井健次郎がわるい。他人の強飯のなかに自分の箸を突っ込むなどは、あまりに行儀の悪いことである。子供同士であるから喧嘩は已むを得ないとしても、稽古場でむやみに木刀をぬくなどはいよいよ悪い。お手前はなんと心得てわが子に木刀をささせて置くか知らぬが、子供であるから木刀をさしているので、大人の真剣もおなじことである。わたしの稽古場では木刀をぬくことを固く戒めてある。それを知りつつ妄《みだ》りに木刀をふりまわした以上、その罪は武家の子供らにあるから、わたしは彼等に折檻を加えたので、決して町人の子供の贔屓をしたのではない。その辺は思い違いのないようにして貰いたいと言いました。

「御趣意よく相判りました。」と、大塚も一応はかしらを下げました。「町人の子供は仕合せ、なんにも身に着けて居りませぬのでなあ。」

かれは忌《いや》な笑いをみせました。大塚にいわせると、しょせんは子供同士の喧嘩で、武家の子供は木刀をさしていたから抜いたのである。町家の子供はなんにも持っていないから空手で闘ったのである。町家の子供とても何かの武器を持っていれば、やはりそれを振りまわしたに相違ない。木刀をぬいたのは勿論わるいが、それらの事情をかんがえたら、特に一方のみをきびしく折檻するのは酷《こく》である。こう思うと、かれの不満は依然として消えないのです。

もう一つには、ここへ稽古にくる武士の子供は、武士といっても貧乏旗本や小身の御家人の子弟が多い。町家の子供の親たちは、かの三河屋をはじめとして皆相当の店持ちですから、名こそ町人であるがその内証は裕福です。したがって、その親たちが平生《へいぜい》からいろいろの付届けをするので師匠もかれらの贔屓をするのであろうという、一種の僻《ひが》みも幾分かまじっているのです。それやこれやで、大塚は市川さんの説明を素直に受け入れることが出来ない。しまいにはだんだんに忌味を言い出して、当世は武士より町人の方が幅のきく世の中であるから、せいぜい町人の御機嫌を取る方がよかろうというようなことを仄《ほの》めかしたので、市川さんは立腹しました。

くどくも言うようですが、黒鍬というのは御家人のうちでも身分の低い方で、人柄もあまりよくないのが随分ありました。大塚などもその一人で、表面はどこまでも下手《したて》に出ていながら、真綿で針を包んだようにちくりちくりとやりますから、正直な市川さんはすっかり怒ってしまったのです。

「わたしの言うことが判ったならば、それでよし、判らなければ、以後は子供をここへよこすな、もう帰れ、帰れ。」

こうなれば喧嘩ですが、大塚も利口ですからここでは喧嘩をしません。一旦はおとなしく引揚げましたが、その足で近所の今井の屋敷へ出向きました。今井のせがれは喧嘩の発頭人《ほっとうにん》ですから、第一番にたんぽ槍のお見舞をうけたのですが、家へ帰ってそんなことを言うと叱られると思って、これは黙っていましたから、親たちも知らない。そこへ大塚が来てきのうの一件を報告して、手前のせがれはそれがために寝付いてしまったが、御当家の御子息に御別条はござらぬかという。今井は初めてそれを知って、せがれの健次郎を詮議すると、当人も隠し切れないで白状に及びましたが、幸いこれには別条はなかった。しかし大塚の話をきいて、今井も顔の色を悪くしました。

今井の屋敷の主人は佐久馬といって、ことし四十前後の分別盛り、人間も曲った人ではありませんでしたが、今日の詞でいえば階級思想の強い人で、武士は食わねど高楊枝、貧乏旗本と軽《かろ》しめられても武士の家ということを非常の誇りとしている人物。したがって平生から町人どもを眼下に見くだしている。その息子が町人の子と喧嘩して、師匠が町人のほうの贔屓をして、わが子にたんぽ槍の仕置を加えたということを知ると、どうもおもしろくない。おまけに大塚がいろいろの尾鰭をつけて、そばから煽るようなことを言いましたから、今井はいよいよおもしろくない。しかしさすがに大塚とは違いますから、子供の喧嘩に親が出て、自分がむやみに市川さんの屋敷へ掛合いに行くようなことはしませんでした。

「幾之進殿の仕付け方、いささか残念に存ずる廉《かど》がないでもござらぬが、一旦その世話をたのんだ以上、とやこう申しても致し方があるまい。」

今井は穏かにこう言って大塚を帰しました。しかし忰の健次郎を呼び付けて、きょうから市川の屋敷へは稽古にゆくなと言い渡しました。大塚のせがれは病中であるから、無論ゆきません、これで武家の弟子がふたり減ったわけです。今井を煽動しても余り手応えがないので、大塚はさらに自分の組内をかけまわって、市川の屋敷では町家の子供ばかりを大切にして、武家の子供を疎略にするのは怪《け》しからぬと触れてあるいたので、黒鍬の組内の子供達はひとりもかよって来なくなりました。今井はさすがに触れて歩くようなことはしませんが、何かのついでには其の話をして、市川の仕付け方はどうも面白くないというような不満を洩らすので、それが自然に伝わって、武家の子供はだんだんに減るばかり、ふた月三月の後には、市川さんと特別に懇意にしている屋敷の子が二、三人かよって来るだけで、その他の弟子はみな町家の子になってしまいました。なんといっても武家の師匠ですから、武家の子供がストライキをやって、町家の子供ばかりがかよって来るのでは少し困ります。それでも市川さんは無頓着に稽古をつづけていました。

一ツ木辺は近年あんなに繁華になりましたが、昔は随分さびしいところで、竹藪などがたくさんありました。現に大田蜀山人の書いたものをみると、一ツ木の藪から大蛇があらわれて、三つになる子供を呑んだということがあります。子供を呑んだのは嘘かほんとうか知りませんけれども、ともかくもそんな大蛇も出そうなところでした。その年の秋のひるすぎ、市川さんの屋敷から遠くないところの路ばたに四、五人の子供が手習草紙をぶら下げながら草花などをむしっていました。それはみな町家の弟子で、帰りに道草を食っていてはならぬ、かならず真っすぐに家に帰れ、と師匠から言い渡されているのですが、やはり子供ですからそうはゆきません。殊にきょうは天気がいいので、稽古の帰りに遊んでいる。そのなかには三河屋の綱吉もいました。ほかにもこの間の喧嘩仲間が二人ほどまじっていました。

この子供たちが余念もなしに遊んでいると、竹藪の奥から五、六人の子供が出て来ましたが、どれもみな手拭で顔をつつんで、その上に剣道の面をつけているので、人相はちょっとわからない。それが木刀や竹刀を持って飛び出して来て、町家の子供たちをめちゃめちゃになぐり付けました。そのなかで、三河屋の綱吉は第一に目指されて、ほとんど正気をうしなうほどに打ち据えられてしまいました。

子供たちはおどろいて泣きながら逃げまわる。それでも素ばしっこいのが師匠の屋敷へ逃げて帰って、そのことを訴えたので、居あわせた中間ふたりと若党とがすぐに其の場へ駈けつけると、乱暴者はもう逃げてゆくところでした。

そのなかに餓鬼大将らしい十六七の少年が一人まじっている。そのうしろ姿が、かの大塚孫次郎の兄の孫太郎らしく思われたが、これは真っ先に逃げてしまったので、確かなことは判りませんでした。

こういうわけで、相手はみな取逃がしてしまったので、撲られた方の子供たちを介抱して屋敷へ一旦連れて帰ると、三河屋の綱吉が一番ひどい怪我をして顔一面に腫れあがっている。次は伊丹屋という酒屋の忰で、これも半死半生になっている。その他は幸いに差したることでもないので、それぞれに手当をして送り帰しましたが、三河屋と伊丹屋からは釣台をよこして子供を引取ってゆくという始末。どちらの親たちも工面《くめん》がいいので、出来るだけの手当をしたのですが、やはり運がないとみえて、三河屋の忰はそれから二日目の朝、伊丹屋のせがれは三日目の晩に、いずれも息を引取ってしまいました。

さあ、そうなると事が面倒です。いくら子供だからといって人間ふたりの命騒ぎですから、なかなかむずかしい詮議になったのですが、なにをいうにも相手をみな取逃がしたので、確かな証拠がない。前々からの事情をかんがえると、その下手人も大抵判っているのですが、無証拠ではどうにも仕様がない。且《かつ》は町人の悲しさに、三河屋も伊丹屋も結局泣き寝入りになってしまったのは可哀そうでした。

それからひいて、市川さんも手習の指南をやめなければならない事になりました。市川さんは支配頭のところへ呼び出されて、お手前の手蹟指南は今後見合せるようにとの諭達《ゆたつ》を受けました。理屈をいっても仕様がないので、市川さんはその通りにしました。

それで済んだのかと思っていると、市川さんはやがてまた小普請入りを申付けられました。これも手蹟指南の問題にかかり合いがあるのか無いのか判りませんが、なにしろお気の毒なことでした。いつの代にもこんなことはあるのでしょうね。

刺青《ほりもの》の話《はなし》

一

そのころの新聞に、東京の徴兵検査に出た壮丁《そうてい》のうちに全身にみごとな刺青をしている者があったという記事が掲げられたことがある。それが話題となって、三浦老人は語った。

「今どきの若い人にはめずらしいことですね。昔だってむやみに刺青をしたものではありませんが、それでも今とは違いますから、銭湯にでも行けばきっと一人や二人は背中に墨や朱を入れたのが泳いでいたものです。中には年のゆかない小僧などをつかまえて、大供《おおども》が面白半分に彫るのがある。素人に彫られては堪《たま》らない、小僧はひいひい言って泣く。実に乱暴なことをしたものです。刺青をしているのは仕事師と駕籠屋、船頭、職人、遊び人ですが、職人も堅気な人間は刺青などをしません。刺青のある職人は出入りをさせないなどという家《うち》もありますから、いい職人になろうと思う者は、うかつに刺青などは出来ないわけです。武家の中間などにも刺青をしているものがありました。堅気の商人のせがれでありながら、若いときの無分別に刺青をしてしまって、あとで悔んでいるのもある。いや、それについておかしいお話があります。なんでも、浅草辺のことだそうですが、祭礼のときに何か一趣向しようというので、町内の若い者たちが評議の末に、三十人ほどが背中をならべて一匹の大蛇を彫ることになったのです。三十人が鱗《うろこ》のお揃いを着ていて、それが肌ぬぎになってずらりと背中を列べると一匹の大蛇の刺青になるという趣向、まったく奇抜には相違ないので、祭礼の当日には見物人をあっといわせたのですが、さあ其のあとが困った。三十人が一度に列んでいれば一匹の形になるが、ひとり一人に離れてしまうとどうにもならない。それでも蛇のあたまを彫った者はまあいいのですが、そのほかの者はみんな胴ばかりだから困る。背中のまん中を蛇の胴が横切っているだけでは絵にも形にもならない。といって、一旦彫ってしまったものは仕方がない。図柄によっては、なんとか彫りたして誤魔化すことも出来ますが、大蛇の胴ではどうも困ると洒落たいくらいで、これらは一生の失策でしょう。しかしこんなおかしいお話ばかりではない、刺青のためには又こんな哀れなお話もあります。わたくしは江戸時代に源七という刺青師を識っていまして、それから聴いたお話ですが……。その源七というのは見あげるような大坊主で、冬になると河豚《ふぐ》をさげて歩いているという、いかにも江戸っ子らしい、おもしろい男でしたよ。」

老人が源七から聴いたという哀話は、大体こういう筋であった。

あれはたしか文久……元年か二年頃のこととおぼえています。申すまでもなく、電車も自動車もない江戸市中で、唯一《ゆいいつ》の交通機関というのは例の駕籠屋で、大伝馬町の赤岩、芝口の初音屋、浅草の伊勢屋と江戸勘、吉原の平松などというのが其の中で幅を利かしたもんでした。多分その初音屋の暖簾下《のれんした》か出店かなんかだろうと思いますが、芝神明の近所に初島という駕籠屋がありました。なかなか繁昌する店で、いつも十五六人の若い者がころがっていて、親父は清蔵、むすこは清吉といいました。清吉はことし十九で、色の白い細おもての粋《いき》な男で、こういう商売の息子にはおあつらえ向きに出来上がっていたんですが、唯一の瑕《きず》というのは身体に刺青のないことでした。なぜというのに、この男は子供のときから身体が弱くって、絶えず医者と薬の御厄介になっていたので、両親も所詮《しょせん》ここの家の商売は出来まいと諦めて、子供の時から方々へ奉公に出した。が、どうもこういう道楽稼業の家に育ったものには、堅気の奉公は出来にくいものと見えて、どこへ行っても辛抱がつづかず、十四五の時から家へ帰って清元のお稽古かなんかして、唯ぶらぶら遊んでいるうちに、蛙の子は蛙で、やっぱり親の商売を受け嗣ぐようなことになってしまった。年は若し、男はよし、稼業が稼業だから相当に金まわりはよし、まず申分のない江戸っ子なんですが、裸稼業には無くてはならぬ刺青が出来ない。刺青をすれば死ぬと、医者から固く誡められているのです。

前にも申す通り、この時代の職人や仕事師には、どうしても喧嘩と刺青との縁は離れない。とりわけて裸稼業の駕籠屋の背中に刺青がないというのは、亀の子に甲羅《こうら》がないのと同じようなもので、まず通用にはならぬといってもいいくらいです。いくら大きい店の息子株でも、駕籠屋は駕籠屋で、いざというときには、お客に背中を見せなければならない。裸稼業の者に取っては、刺青は一種の衣服《きもの》で、刺青のない身体をお客の前に持ち出すのは、普通の人が衣服を着ないで人の前に出るようなものです。まあ、それほどでないとしても、刺青のない駕籠屋と、掛声の悪い駕籠屋というものは、甚だ幅の利かないものに数えられている。清吉はいい男で、若い江戸っ子でしたが、可哀そうに刺青がないから、どうも肩身が狭い。掛声なんぞは練習次第でどうにでもなるが、刺青の方はそうはゆかない。体質の弱い人間が生身《なまみ》に墨や朱をさすと、生命《いのち》にかかわると昔からきまっているんだから、どうにも仕様がない。

背中一面の刺青をみて、威勢がいいとか粋だとかいう人は、その威勢のいい男や粋な大哥《あにい》になるまでの苦しみを十分に察してやらなければなりません。同じく生身をいじめるのでも、灸を据えるのとは少し訳が違います。第一に非常に金がかかる、時間がかかる。銭の二百や三百持って行ったって、物の一寸と彫ってくれるものではありません。又どんなに金を積んだからといって、一度に八寸も一尺も彫れる訳のものではありません。そんな乱暴な事をすれば忽ちに大熱を発して、死んでしまうと伝えられているのです。要するに少しずつ根気よく彫って行くのが法で、いくら焦《あせ》っても急いでも、半月や一月《ひと》で倶利迦羅《くりから》紋々の立派な阿哥《おあにい》さんが無造作に出来上がるという訳にもゆかないのです。

刺青師は無数の細い針をたばねた一種の簓《ささら》のようなものを用いて、しずかに丁寧に人の肉を突き刺して、これに墨や朱をだんだんにさして行くのですが、朱をさすのは非常の痛みで、大抵の強情我慢の荒くれ男でも、朱入りの刺青を仕上げるまでには、鬼の眼から涙を幾たびかこぼすといいます。しかも大抵の人は中途できっと多少の熱が出て、飯も食えないような半病人になる。こんな苦しみを幾月か辛抱し通して、ここに初めて一人前の江戸っ子になるのですから、どうしてなかなかのことではありません。

こんなわけだから、生きた身体に刺青などという事はとても虚弱な人間のできる芸ではない。清吉も近来はよほど丈夫になったと人もいい、自分もそう信じているのですが、土台の体格が孱弱《かよわ》く出来ているのですから、とても刺青などという荒行《あらぎょう》の出来るからだではない。勿論、方々の医師にも診てもらったが、どこでも申合したように、お前のからだには決して刺青なぞをしてはならぬ。そんな乱暴なことをすると命がないぞと、脅《おど》かすように誡められるのですが、当人はどうも思い切れないので、方々の刺青師にも相談してみたが、これも一応は清吉の身体をあらためて、お前さんはいけねえとかぶりを振るのです。医者にも誡められ、刺青師にも断られたのだから、もう仕様がない。あたら江戸っ子も日蔭の花のように、明るい世界へは出られない身の上、これがいっそしがない半端《はんぱ》人足だったら、どうも仕方がないと諦めてしまうかも知れないが、なまじい相当の家に生れて、立派な大哥株《あにさんかぶ》で世間が渡られる身体だけになおなおお辛いわけです。

店にころがっている大勢の若い者は、みんなその背中を墨や朱で綺麗に彩色している。ある者は雲に竜を彫っている。ある者は巌に虎を彫っている。ある者は義経を背負っている。ある者は弁慶を背負っている。ある者は天狗を描いている。ある者は美人を描いている。こういうのがたくさんごろごろしているなかで、大哥《あにい》と呼ばれる清吉がひとり、生れたままのなま白い肌をさらしているというのは、幅の利かないことおびただしい。若い者だから無理はありません、清吉はひとに内証で涙を拭いていることもあったそうです。

この初島の近所に梅の井とかいう料理茶屋があって、これもかなりに繁昌していたそうですが、そこの娘にお金ちゃんという美《い》い女がいました。これもかなりに繁昌していたそ……。といってしまえば、大抵まあお話は判っているでしょう。清吉とは一つ違いの十八で、お金清吉という相合傘《あいあいがさ》が出来たと思ってください。両方の親たちも薄々承知で、まあ出来たものならばゆくゆくは一緒にしてやろう位に思っていたのです。芝居でもするように、ここで敵役《かたきやく》の悪侍なんぞが邪魔にはいらないんですから、お話がちっともおもしろくないようですが、どうも仕方がありません。ところが、ここに一つの捫着《もんちゃく》が起った。というのは、なんでも或る日のこと、その梅の井の門口《かどぐち》で酔っ払いが二、三人で喧嘩を始めたところへ、丁度にかの清吉が通りあわせて、見てもいられないから留《とめ》男《おとこ》にはいると、相手は酔っているので何かぐずぐず言ったので、清吉も癪にさわって肌をぬいだ。すると、相手はせせら笑って、「へん、刺青もねえ癖に、乙《おつ》う大哥《あにい》ぶって肌をぬぐな。」とか、なんとか言ったそうです。

それを聞くと清吉は赫《かっ》となって、まるで気ちがいのようになって、穿いている下駄をとって相手をめちゃめちゃに殴り付けたので、相手も少し気を呑まれたのでしょう、おまけに酔っているからとてもかなわない、這《ほう》ほうのていで起きつ転《ころ》びつ逃げてしまったので、まあその場は納まりましたが、梅の井の家内の者も門《かど》に出て、初めからそれを見ていたのですが、その時に家の女房、即ちお金のおふくろがなんの気なしに、「ああ、清さんもいい若い者だが、ほんとうに刺青のないのが瑕《きず》だねえ。」と、こう言った。それがお金の耳にちらりとはいると、これもなんだか赫として、自分の可愛い男に刺青のないという事が、恥かしいような、口惜《くや》しいような、言うにいわれない辛さを感じたのです。

二

勿論、清吉が堅気の人でしたら、刺青のないということも別に問題にもならず、お金もなんとも思わなかったのでしょうが、相手が駕籠屋の息子だけにどうも困りました。お金のおふくろも、もとより悪気で言ったわけではない、ゆくゆくは自分の娘の婿になろうという人を嘲弄《ちょうろう》するような料簡で言ったのではない。なんの気もなしに口がすべったただけのことで、それはお金もよく知っていたのですが、それでもなんだか口惜しいような、きまりが悪いような、自分の男と自分とが同時に嘲弄されたように感じられたのです。それもおとなしい娘ならば、胸に思っただけのことで済んだのかも知れませんが、お金はすこぶる勝気な女で、赫となるとすぐ門口へかけ出して、幾らかおふくろに面当ての気味もあったのでしょう。

「清ちゃん、なぜお前さんは刺青をしないんだねえ。」と、今や肌を入れようとする男の背中を、平手でぴしゃりと叩いたのです。

事件は唯それだけのことで、惚れている女に背中を叩かれたというだけのことですが、どうもそれだけのことでは済まなくなった。前にも言う通り、梅の井の家内の者も大勢そこに出ている。喧嘩を見る往来の人も集まっている。その大勢が見ている真ん中で、自分の惚れている女に「刺青がない。」と言われたのは、胸に焼鉄《やきがね》と言おうか、眼のなかに錐《きり》と言おうか、とにかく清吉にとっては急所を突かれたような痛みを感じました。お金のおふくろは清吉やお金を嘲弄するつもりで言ったのではなかったが、お金の耳にはそれが一種の嘲弄のようにきこえる。お金もまた、清吉を侮辱するつもりではなかったのですが、清吉の身にはそれが嘲弄のように感じられる。つまりは感情のゆき違いといったようなわけで、さらでも逆上《のぼ》せている清吉はいよいよ赫となりました。そうなると、男は気が早い。物をもいわずにお金の島田をひっ攫んで往来へ横っ倒しに捻じ倒すと、あいにくに水が撒いてあったので、お金は可哀そうに帯も着物も泥まぶれになる。それでも、利かない気の女だから倒れながら呶鳴りました。

「清ちゃん、あたしをどうするんだえ。腹が立つならいっそ男らしく殺しておくれ。」

清吉はもうのぼせ切っていたと見えて、勿論、ほんとうに殺す気でもなかったのでしょうが、うぬっと言いながら又ぞろ自分の下駄をとったので、梅の井の人達もおどろいて飛び出して、右ひだりから清吉を抱きすくめてしまったが、こうなると又おふくろが承知しない。

「清ちゃん。なんだって家《うち》の娘をこんなひどい目に逢わせたんだえ。刺青が無いから無いといったのがどうしたんだ。お前さんはなんと思っているか知らないが、これはあたしの大事な娘なんだよ。指でも差すと承知しないから……。ふざけた真似をおしでないよ。」

お金と清吉との関係を万々承知ではあるけれども、自分の見る前で可愛い娘をこんな目に逢わされては、母の身として堪忍ができない。こっちも江戸っ子で、料理茶屋のおかみさんです。腹立ちまぎれに頭から罵倒《こきおろ》すように呶鳴りつけたから、いよいよ事件は面倒になって来ました。清吉も黙ってはいられない。

「ええ、撲ろうが殺そうがおれの勝手だ。この阿魔《あま》はおれの女房だ。」

「洒落たことをお言いでない。おまえさんは誰を媒酌人《なこうど》に頼んで、いつの幾日《いつか》に家のお金を女房に貰ったんだ。神明さまの手洗い水で顔でも洗っておいでよ。ほんとうにばかばかしい。」

おふくろは畳みかけて罵倒したのです。いくら口惜しがっても清吉は年が若い、口のさきの勝負ではとてもここのおふくろに敵《かな》わないのは知れている。それでも負けない気になってふた言三言いい合っているうちに、周囲にはいよいよ人立ちがして来たので、おふくろの方でも焦れったくなって来た。

「お前さんのような唐人を相手にしちゃあいられない。なにしろ、お金はあたしの娘なんだからね。当人同士どんな約束があるか知らないが、お金を貰いたけりゃあ、その背中へ立派に刺青をしておいでよ。」

おふくろは勝鬨のような笑い声を残して、奥へずんずんはいってしまうと、お金はなんにも言わずにつづいて行ってしまった。取残された清吉は身ぶるいするほど口惜しがりました。

「うぬ、今に見ろ。」

その足で、すぐに駈け込んだのが源七老爺《じい》さんの家《うち》でした。じいさんはそのころ宇田川横町に住んでいて、近所の人ですからお互いに顔を知っていたのです。

おなじ悪口でも、いっそ馬鹿とかたわけとか言われたのならば、清吉もさほどには感じなかったのかも知れないのですが、ふだんから自分も苦に患《や》んでいる自分の弱味を真正面から突かれたので、その悪口がいっそう手ひどくわが身に応《こた》えたのでしょう。源七にむかって、なんでもいいから是非刺青をしてくれと頼んだのですが、じいさんも素直に諾《うん》とは言わなかったそうです。

「お前さんはからだが弱いので、刺青をしないということもかねて聞いている。まあ、止した方がいいでしょうよ。」

こんな一通りの意見は、のぼせ切っている清吉の耳にはいろう筈がありません。邪《じゃ》が非《ひ》でも刺青をしてくれ、それでなければ男の一分《いちぶん》が立たない。死んでも構わないから彫ってくれと、こういうのです。源七も仕方がないから、まあ、ともかくも念のためにその身体をあらためて見ると、なるほどいけない。こんな孱弱《かよわ》いからだに朱や墨をさすのは、毒をさすようなものと思ったが、当人は死んでも構わないと駄々を捏《こ》ねているのですから、この上にはもうなんとも言いようがない。それでも商売人は馴れているから、先ずこんなことを言いました。

「それほどお望みなら彫ってあげてもいいが、きょうはお前さんが酔っているようだから、およしなさい。」

清吉は酔っていないと言いました。けさから一杯も酒を飲んだことはないと言ったのですが、源七はその背中の肉をなでてみて、少しかんがえました。

「いえ、酒の気《け》があります。酒を飲まないにしても、味醂のはいったものを何かたべたでしょう。少しでも酒の気があっては、彫れませんよ。」

酒と違って、味醂は普通の煮物にも使うのですから、果して食ったか食わないか、自分にもはっきりとは判らない。これには清吉もちっと困った。

「味醂の気があってもいけませんか。」

「いけません。すこしでも酔っているような気があると、墨はみんな散ってしまいます。」

刺青師が無分別の若者を扱うには、いつも此の手を用いるのだそうです。この論法できょうもいけない、あしたもいけないと言って、二度も三度も追い返すと、しまいには相手も飽きて、来なくなる。それでも強情に押掛けてくる奴には、まず筋彫りをすると言って、人物や花鳥の輪郭を太い線で描く。その場合にはわざと太い針を用いて、せいぜい痛むようにちくりちくりと肉を刺すから堪らない。大抵のものは泣いてしまいます。よしんば歯を食いしばってこらえても、身体の方が承知しないで、きっと熱が出る、五、六日は苦しむ。これで大抵のものは降参してしまうのです。源七もこの流儀で、味醂の気があるのを口実にして、一旦は先ず体よく清吉を追い返したのですが、なかなかこの位のことで諦めるのではない。あくる日もその明くる日も毎日毎日根よく押掛けて来るので、源七じいさんもしまいには根負けをしてしまって、それほど熱心ならばともかくも彫ってみましょうという事になりました。

　そこで源七は先ず筋彫りにかかった。一体なにを彫るのかといって雛形の手本をみせると、清吉は「嵯峨や御室《おむろ》」の光国と滝夜叉《たきやしゃ》を彫ってくれという注文を出しました。おなじ刺青でも二人立《ににんだち》と来ては大仕事で、殊に滝夜叉は傾城《けいせい》の姿ですから、手数がなかなか掛かる。無論、手間賃は幾らでもいいというのですが、この男の瘠せたなま白い背中に、それほど手の込んだ二人立が乗る訳のものではないので、もうちっと軽いものをといろいろに勧めたのですが、清吉はどうしても肯《き》かない。是非とも「嵯峨や御室」を頼むと強情を張るので、源七はまた弱らせられました。しかし、あとで考えると、それにも一応理屈のあることで、かのお金はおとしのお祭に踊屋台に出た。それが右の「嵯峨や御室」で、お金は滝夜叉を勤めて、たいそう評判がよかったのだそうです。そういう因縁があるので、清吉は自分の背中にも是非その滝夜叉を彫ってもらいたいと望んだわけでした。

　源七もいよいよ根負けがして、まあなんでもいい、当人の注文通りに滝夜叉でも光国でも彫ることにして、例の筋彫りで懲りさせてしまおうという料簡で、まず下絵に取りかかりました。それから例の太い針でちくりちくりと突っ付き始めたが、清吉は眼をつぶって、歯を食いしばって、じっと我慢をしている。痛むかと訊いても、痛くないと答える。それでも元来無理な仕事をするのですから、強情や我慢ばかりでは押通せるものではありません。半月も立たないうちに幾度もひどい熱が出て、清吉はほとんど半病人のようになってしまったが、それでも根よくかよって来ました。

当人の親たちもたいへん心配して、そんな無理をすると身体に障るだろうと、たびたび意見をしたのですが、清吉はどうしても肯かない。例の通り、死んでも構わないと強情を張り通しているのだから、周囲の者も手を着けることが出来ない。親たちも店の者もただ心配しながら日を送っているうちに、清吉はだんだんに弱って来ました。顔の色は真蒼《まっさお》になって、ことし十九の若い者が杖をついて歩くようになった。それでも毎日かさずかよって来るので、源七はその強情に驚くというよりも、なんだか可哀そうになって来ました。この上につづけて彫っていれば、どうしても死ぬよりほかはない。最初からもう一月《ひとつき》の余になるが、滝夜叉の全身の筋彫りがようよう出来上がったぐらいのものので、これから光国の筋彫りを済まして、さらに本当の色ざしを終るまでには、幾日かかるか判ったものではない。清吉がその総仕上げまで生きていられないことは知れ切っているので、なんとかしてここらで思い切らしたいものだと源七もいろいろに考えていると、なんでも冬のなかばで、霙《みぞれ》まじりの寒い雨が降る日だったそうです。清吉はもう歩く元気もない、殊に雨が降っているせいでもありましょう、自分の家の駕籠に乗せられて源七の家へ来ました。なんぼなんでももう見てはいられないので、半分死んでいるような清吉にむかって、わたしは医者でないから、ひとの身体のことはよく判らないが、多年の商売の経験で大抵の推量は付く。おまえさんがこの上無理に刺青をすれば、どうしても死ぬに決まっているが、それでも構わずにやる気か、どうだといって嚙んで含めるように意見をすると、当人ももう大抵覚悟をしていたと見えて、今度はあまり強情を張りませんでした。

この時に清吉は初めてかのお金の一条をうちあけて、自分はどうしてもこの身体に刺青をして、梅の井の奴等に見せてやろうと思ったのだが、それももう出来そうもない。滝夜叉も光国も出来上がらないうちに死んでしまうらしい。ついては「嵯峨や御室」の方は中止して、左の腕に位牌、右の腕に石塔を彫ってもらいたいと、やつれた顔に涙をこぼして頼んだそうです。源七じいさんも「その時にはわたしも泣かされましたよ。」と、わたくしに話しました。

どうで死ぬと覚悟をしている人の頼みだから、源七も否《いや》とは言わなかった。その後も清吉は駕籠でかよって来るので、源七も一生懸命の腕をふるって、位牌と石塔とを彫りました。それがようやく出来あがると、清吉は大変によろこんで、あつく礼をいって帰ったが、それから二日ほど経って死んでしまいました。初島の家から報らせてやると、梅の井のお金もおふくろも駈けつけて来ましたが、いまさら泣いても謝っても追っ付くわけのものではありません。菩提寺の和尚さまは筆を執って、仏の左右の腕に彫られている位牌と石塔とに戒名をかいてやったということです。

雷《らい》見《み》舞《まい》

一

六月の末であった。

梅雨の晴間をみて、ふた月ぶりで大久保をたずねると、途中から空の色がまた怪しくなって、わたしが向ってゆく甲州の方角から意地わるくごろごろいう音がきこえ出した。どうしようかと少し躊躇したが、たいしたこともあるまいと多寡をくくって、そのままに踏み出すと、大久保の停車場についた頃から夕立めいた大粒の雨がざっとふり出して、甲州の雷《らい》はもう東京へ乗り込んだらしく、わたしの頭のうえで鳴りはじめた。

傘は用意して来たが、この大雨を衝いて出るほどの勇気もないので、わたしは停車場の構内でしばらく雨やどりをすることにした。そのころの構内は狭いので、わたしと同じような雨やどりが押合っているばかりか、往来の人たちまでが屋根の下へどやどやと駈け込んで来たので、ぬれた傘と濡れた袖とが摺れ合うように混雑していた。わたしの額には汗がにじんで来た。

わたしのそばには老女が立っていた。老女はもう六十を越えているらしいが、あたまには小さい丸髷をのせて、身なりも貧しくない、色のすぐれて白い、上品な婦人であった。かれはわたしと肩をこすり合うようにして立っているので、なにともなしに一種の挨拶をした。

「どうも悪いお天気でございますね。」

「そうです。急にふり出して困ります。」と、わたしも言った。

「きょう一日は、どうにか持つだろうと思っていましたのに……。」

こんなことを言っているうちにも、雷《らい》はかなりに強く鳴って通った。その一つは近所へ落ちたらしかった。老女は白い顔を真蒼《まつさお》にそめ換えて、殆どわたしのからだへ倒れかかるように倚《よ》りかかって眼をとじていた。雷の嫌いな女、それは珍しくもないので、わたしはただ気の毒に思ったばかりであった。

実はわたし自身もあまり雷は好きではないので、いい加減に通り過ぎてくれればいいと内心ひそかに祈っていると、雨は幸いに三十分を過ぎないうちに小降りになって、雷の音もだんだんに東の空へ遠ざかったので、気の早い人達はそろそろ動きはじめた。わたしもやがて空を見ながら歩き出すと、老女もつづいて出て来た。かれも小さい洋傘《こうもり》を持っていた。

構外へ出ると、雲のはげた隙間から青い空の色がところどころに洩れて、路ばたの草の露も明るく光っていた。わたしも他の人たちとあとやさきになって、雨あがりの路をたどってゆくと、一台の人車《くるま》がわたしたちを乗り越して通り過ぎた。雨ももう止んで、その車には幌《ほろ》がおろしてなかったので、車上の人がかの老女であることはすぐに判った。老女はわたしに黙礼して通った。

三浦老人の家《うち》は往来筋にあたっていないので、その横町へまがる時には、もう私と一緒にあるいている人はなかった。往来が少いだけに、横町は殊に路が悪かった。そのぬかるみを注意して飛び渡りながら、ふと向うを見ると、丁度かの家の門前から一台のから車が引っ返して来るところであった。客はもう門をくぐってしまったので、そのうしろ姿もみえなかったが、車夫の顔には見おぼえがあった。彼はかの老女をのせて来た者に相違なかった。

あの女も三浦老人の家へ来たのか。

わたしはちょっと不思議なようにも感じた。停車場で一緒に雨やどりをして、たとい一言でも挨拶した女が、やはり同じ家をたずねてゆく人であろうとは思わなかった。勿論、そんな偶然はあり勝ちのことではあろうが、この場合、かれと我との間に何か一種の糸がつながってでもいるように思われないこともなかった。かれはどういう人であろうかと、私はあるきながら想像した。かれは老人の親戚であろうか、知人の細君か未亡人であろうか。それとも――老人がむかしの恋人ではあるまいか――こう考えて来たときに、わたしは思わず微笑して自分の空想をあざけった。

いずれにしても、来客のあるところへ押掛けてゆくのはよくない。いっそ引き返そうかと思ったが、雨にふりこめられ、雷におびやかされ、ぬかるみを辿ってここまで来たことを考えると、このままむなしく帰る気にもなれなかったので、わたしは邪魔をするのを承知の上で、思い切ってそのあとから門をくぐることにした。雨もやみ、傘を持っているにも拘《かかわ》らず、停車場から僅かの路を人車に乗ってくるようでは、かの老女もあまり生活に困らない人であろうなどと、わたしは又想像した。

門をはいって案内を求めると、おなじみの老婢《ばあや》が出て来た。いつもは笑ってわたしを迎えるかれがきょうは少し迷惑そうな顔をして、その返事に躊躇しているようにも見えるので、わたしは今更に後悔して、やはり門前から引っ返せばよかったと思ったが、もうどうすることも出来ないので、奥へ取りつぎに行くかれのうしろ姿を気の毒のような心持で見送っていると、やがてかれは再び出て来て、いつもの通りにわたしを案内した。

「御用のお客様じゃないのでしょうか。お邪魔のようならば又うかがいますが……。」と、わたしは遅蒔きながら言った。

「いいえ、よろしいそうでございます。どうぞ。」と、ばあやは先に立って行った。

いつもの座敷には、あるじの老人と客の老女とが向い合っていた。老女はわたしの顔をみて、これも一種の不思議を感じたように挨拶した。停車場で出逢った話をきいて、三浦老人も笑い出した。

「ははあ、それは不思議な御縁でしたね。むかしから雨宿りなぞというものは、いろいろの縁をひくものですよ。人情本なんぞにもよくそんな筋があるじゃありませんか。」

「それでもこんなお婆さんではねえ。」

老女は声をあげて笑った。年にも似合わない華やかな声がわたしの注意をひいた。

「先刻《さつき》はまことに失礼をいたしました。」と、女はかさねて言った。「わたくしはかみなり様が大嫌いで、ごろごろというとすぐに顔の色が変りますくらいで、若いときには夏の来るのが苦になりました。それに、当節とちがいまして、昔はかみなり様が随分はげしく鳴りましたから、まったく半病人で暮す日がたびたびございました。」

「ほんとうにお前さんの雷《らい》嫌いは格別だ。」と、三浦老人も笑った。「なにしろ、それがためにに侍ひとりを玉無しにしたんだからね。」

「ああ、もうその話は止しましょうよ。」と、女は顔をしかめて手を振った。

「まあ、いいさ。」と、老人はやはり笑っていた。「こちらはそういう話がたいへんにお好きで、麹町からわざわざこの大久保まで、時代遅れのじいさんの昔話を聴きにおいでなさるのだ。おまえさんも罪ほろぼしに一つ話してお聞かせ申したらどうだね。」

「ぜひ聴かして頂きたいものですね。」と、わたしも言った。この老女の口から何かのむかし話を聞き出すということが、一層わたしの興味を惹いたからであった。

「だって、あなた。別におもしろいお話でもなんでもないんですから。」と、女は迷惑そうに顔をしかめながら笑っていた。

「どうしても聴かして下さるわけにはいかないでしょうか。」と、わたしも笑いながら催促した。

「困りましたね。まったく詰まらないお話なんですから。」

「詰まらなくてもようござんすから。」

「だって、いけませんよ。ねえ、三浦さん。」と、かれは救いを求めるように老人の顔をみた。

「そう押合っていては果てしがない。」と、老人は笑いながら仲裁顔に言った。「じゃあ、一旦言い出したのが私の不祥で、今更どうにも仕様がないから、わたしが代理で例のおしゃべりをすることにしましょうよ。おまえさんも係り合いだから、おとなしくここに坐っていて、わたしの話の間違っているところがあったら、一々そばから直してください。逃げてはいけませんよ。」

いよいよ迷惑そうな顔をしている女をそこに坐らせて置いて、老人はいつものなめらかな調子で話しはじめた。

二

どこかに迷惑がる人がいますから、店の名だけは堪忍してやりますが、場所は吉原で、花魁《おいらん》の名は諸越《もろこし》とおぼえていて下さい。安政の末年のことで、その諸越のところへ奥州のある大名――といっても、例の仙台さまではありません、もっと江戸に近いところの大名がかよっていたのです。仙台や尾張や、それから高尾をうけ出した榊原などは、むかしから有名になっていますが、まだそのほかにも廓《くるわ》通いをした大小名はたくさんあります。しかも遠い昔ばかりでなく、文化、文政から天保以後になっても、廓へ入り込んだ殿様はいくらもありましたから、あえて珍しいことでもないのですが、その諸越という女がおそろしく雷を嫌ったということがお話の種になるのです。そのつもりでお聴きください。

その大名は吹けば飛ぶような木葉《こっぱ》大名でなく、立派に大名の資格をそなえている家柄の殿様でしたが、それがしきりに諸越のところへかよってゆく。勿論、大名のお忍びですから、頻りにといったところで、月に二、三度ぐらいのことでしたが、それでも殿様は大執心で、相方《あいかた》の女に取っても、その店に取っても、大変にいいお客様であったのです。

諸越が雷を嫌うということは、殿様もよく知っている。そこで、雷が鳴ると、その屋敷から諸越のところへお見舞の使者が来ることになっていました。随分ばかばかしいようなお話で、今日《こんにち》の人たちは嘘のように思うかも知れませんが、これは擬《まが》いなしの実録です。勿論、小さい雷ならば構わないでしょうが、少し強い雷が鳴り出すと、屋敷の侍が早駕籠に乗って吉原へ駈けつけて、お見舞の菓子折か何かをうやうやしく花魁に献上するというわけです。いかに主命でも、ともかくも一人の武士が花魁のところへ雷見舞にゆくというのですから、重々難儀の役廻りで、相当の年配のものは御免を蒙って引下がりますから、この役目はいつも若侍がうけたまわることになっていました。

ところで、その年の夏は先ず無事に済んでいたのですが、どういう陽気の加減か、その年は十月の末に颶風《はやて》のような風がふき出して、石ころのような大きい雹《ひょう》が雨まじりに降る。それと一緒にひどい雷が一時《いっとき》あまりも鳴りひびいたので、江戸じゅうの者もびっくりしました。この屋敷でもおどろきました。もう大丈夫と油断していると、この大雷が不意に鳴り出したのです。殊に時ならぬ雷というのですから、なおさらお見舞を怠ってはならぬと、殿様のお指図を待つまでもなく、屋敷からは倉田大次郎という若侍を走らせて、諸越花魁の御機嫌を伺わせることにしました。

大次郎はすぐに支度をして、さすがに裃は着ませんけれども、紋付の羽織袴というこしらえで、干菓子の大きい折をささげて、駕籠をよし原へ飛ばせました。大次郎はことし廿二で、ふだんから殿様のお供をして吉原へゆく者ですから、くるわ内の勝手はよく心得ています。ただ困ったことには、この人も雷嫌いで、稲妻がぴかりと光ると、あわてて眼をつぶるという質《たち》ですから、雷見舞のお使にはいつも相役の村上という男をたのんでいたのですが、きょうはあいにくその村上が下屋敷の方へ行って、屋敷に居あわせない。今日とちがいますから、電話をかけて急に呼び戻すというわけにはいかないので、よんどころなく自分が引受けて出ることになりました。大次郎も侍ですから、雷が怖いといって役目を辞退することは出来ません。風が吹く、雨がふる、雹が降る、雷が鳴る、実にさんざんな天気の真っ最中に、大次郎は駕籠でのり出しました。本人にとっては、羅生門にむかう渡辺綱よりも大役でした。

屋敷を出たのは、夕七つ（午後四時）少し前で、雨風はまだやまない。ときどきに大きい稲妻が飛んで、大地もゆれるような雷が鳴りはためく。駕籠のなかにいる大次郎はもう生きている心地もないくらいで、眼をふさぎ、耳をふさいで、おそらく口のうちでお念仏でも唱えていたことでしょう。本人の雷ぎらいということは、屋敷でも大抵知っていたでしょうが、場所が場所だけに無暗の者をやるわけにもいかなかったのかも知れません。いずれにしても、雷ぎらいの人間を雷見舞にやろうというのですから、甓を火事見舞にやるようなもので、どうも無理な話です。その無理からここに一つの事件が出来《しゅったい》したのは、まことによんどころないことでした。

浅草へかかって、馬道《うまみち》の中ほどまで来ると、雷は又ひとしきり強くなって、なんでも近所へ一、二カ所も落ちたらしい。雹はやんだが、雨風が烈しいので、駕籠屋も思うように駈けられない。駕籠の中では大次郎がふるえ声を出して、早くやれ、早くやれと急《せ》きたてます。いくら急かれても、駕籠屋もいそぐわけには行かない。そのうちに大きい稲妻が又ひかる。大次郎はもう堪《たま》らなくなって、一生懸命に呶鳴りました。

「どこでもいいから、そこらの家《うち》へ着けてくれ。」

どこでもといっても、まさかに米屋や質屋へかつぎ込むわけにもいかないので、駕籠屋はそこらを見まわすと、五、六軒さきに小料理屋の行燈《あんどう》がみえる。駕籠屋はともかくもその門口《かどぐち》へおろすと、大次郎は待ちかねたように転げ出して、その二階へ駈けあがりました。駕籠に乗った侍が飛び込んで来たのですから、そこの家でも疎略にはあつかいません。女中共もすぐに出て来て、お世辞たらたらで御注文をうけたまわろうとしても、客は真蒼になって座敷のまん中に俯伏していて、しばらくは何にも言いません、急病人かと思って一旦はおどろいたが、雷が怖いので逃げ込んで来たということが判って、家でも気をきかして、時候はずれの蚊帳を吊ってくれる、線香を焚いてくれる。これで大次郎もすこし人ごこちが付きました。そのうちに雷の方もすこし収まって来たので、大次郎もいよいよほっとしていると、わかい女中が酒や肴を運んで来ました。なにを誂えたのか、誂えないのか、大次郎も夢中でよく覚えていませんが、こういう家の二階へあがった以上、そのままに帰られないくらいのことは心得ていますから、大次郎は別になんにもいわないで、その酒や肴を蚊帳のなかへ運ばせました。

「あなた、虫おさえに一口召上がれよ。」

女中も蚊帳のなかへはいって来ました。大次郎も飲める口ですし、まったく虫おさえに一杯飲むのもいいと思ったので、その女の酌で飲みはじめました。吉原の酒の味も知っている人ですから、まんざらの野暮ではありません。その女にも祝儀をやって、冗談の一つ二つも言っているうちに、雨風もだんだんに鎮まって雷の音も遠くなりましたから、大次郎はいよいよ元気がよくなりました。相手もちょっと踏めるような御面相の女で、頻りにちやほやとお世辞をいう。それに釣り込まれて飲んでいるうちに、大次郎もよほど酔いが廻って来ました。しかし生酔い本性たがわずで、雷見舞の役目のことが胸にありますから、大次郎もあまり落ちついてお神輿《みこし》を据えているわけにはいきません。いい加減に切りあげて帰ろうとすると、女はなんとか彼《か》とかいって頻りにひき止めました。

三

大次郎は悪い家へはいったので、ここの家の表看板は料理屋ですが、内実は淫売屋《じごくや》でした。江戸時代に夜鷹《よたか》は黙許されていましたが、淫売はやかましい。ときどきお手がはいって処分をうけるのですが、やはり今日とおなじことで狩り尽くせるものではありません。大次郎は無論にそんな家とは知らないで、夢中で飛び込んだのです。駕籠屋もおそらく知らないで普通の小料理屋と思って担ぎ込んだのでしょうが、家には首の白いのが四、五人もたむろしていて、盛んに風紀をみだしている。そこへ身綺麗な若い侍が飛び込んで来たので、向うではいい鳥ござんなれと手ぐすね引いて持ちかけるというわけです。大次郎はふり切って帰ろうとする。女は無理にひきとめる。それがだんだん露骨になって来たので、大次郎も気がついて、ああ、飛んだところへ引っかかったと思ったが、今更どうすることも出来ない。あやまるようにして勘定をすませて、さて帰ろうとすると、自分の大小がみえない。

「これ、おれの大小をどうした。」

「存じませんよ。」と、女は澄ましていました。

「存じないことはない。探してくれ。」

「でも、存じませんもの。あなた、お屋敷へお忘れになったのじゃありませんか。」

「馬鹿をいえ。侍が丸腰で屋敷を出られるか。たしかに何処かにあるに相違ない。早く出してくれ。」

　女は年こそ若いが、なかなか人を食った奴で、こっちが焦《じ》れるほどいよいよ落ちつき払って、平気にかまえているのです。小面《こづら》が憎いと思うけれど、ここで喧嘩も出来ない。淫売屋というなかにも、ここの家はよほど風のわるい家で、大次郎の足どめに大小を隠してしまったらしい。いよいよ憎い奴だとは思うものの、ここへ飛び込んで来たときは半分夢中であったので、いつどうして大小を取りあげられたのかちっとも覚えがない。こうなると水かけ論で、いつまで押問答をしていても果てしが付かないことになるので、大次郎も困りました。

　勿論、たしかに隠してあるに相違ないのですから、表向きにすれば取返す方法がないことはない。町内の自身番へ行って、その次第をとどけ出れば、ここの家の者どもは詮議をうけなければならない。武士が大小をささずに来たなどというのは、常識から考えても有りそうもないことですから、ここの家で隠したという疑いはすぐにかかる。まして隠し売女を置いているということまでが露顕しては大変ですから、ここで大次郎が「自身番へゆく」と一言《ひとこと》いえば、相手も兜をぬいで降参するかも知れないのですが、残念ながらそれが出来ない。表向きにすれば、第一に屋敷の名も出る。ひいては雷見舞の一件も露顕しないとも限らないので、大次郎はひどく困りました。相手の方でもまさかに雷見舞などとは気がつきませんでしたろうが、たといどっちが悪いにもせよ、侍が大小を取られたの、隠されたのといって、表向きに騒ぎ立てるのは身の恥ですから、よもや自身番などへ持ち出しはしまいと多寡をくって、どこまでも平気であしらっている。こんな奴等に出逢ってはかないません。

こうなったら仕方がないから、金でもやって大小を出してもらうか、それとも相手の言うことを肯いて遊んでゆくか、二つに一つよりほかはないのですが、可哀そうに大次郎はあまりたくさんの金を持っていない上に、ここで祝儀をやったり法外に高い勘定を取られたりしたので、紙入れにはもう幾らも残っていないのです。ほかの品ならば、打っちゃったつもりで諦めて帰りますが、武士の大小、それを捨てて丸腰では表へ出られません。大次郎も困り果てて、嚇したり、賺《すか》したりしていろいろに頼みましたが、相手はあくまでシラを切っているのです。年のわかい大次郎はだんだんに焦れ込んで来ました。

「では、どうしても返してくれないか。」

「でも、無いものを無理じゃありませんか。」

「無理でもいいから返してくれ。」

「まあ、ゆっくりしていらっしゃいよ。そのうちには又どっからか出て来ないとも限りませんから。」

「それ、みろ。おまえが隠したのじゃないか。」

「だって、あなたがあんまり強情だからさ。あなたがわたしの言うことを肯いてくれなければ、わたしの方でもあなたの言うことを肯きませんよ。そこが、それ、魚心に水ごころとかいうんじゃありませんか。」

「だから、また出直してくる。きょうは堪忍してくれ。もう七つを過ぎている。おれは急いでゆかなければならない。」

「七つ過ぎにはゆかねばならぬ――へん、きまり文句ですね。」

大次郎はいよいよ焦れて来ました。

「これ、どうしても返さないか。」

「返しません。あなたが言うことを肯かなければ……。」

言いかけて、女はきゃっといって倒れました。そこにあった徳利で眉間をぶち割られたのです。大次郎は徳利を持ったままで突っ立ちました。

「さあ、どこに隠してある。案内しろ。」

女の悲鳴をきいて、下から亭主や料理番や、ほかに三、四人の男どもが駈けあがって来ました。どうでこんな家ですから、亭主はごろつきのような奴で、ちょうど仲間の木《こっ》葉《ぱ》ごろがあつまって、奥で手なぐさみをしているところでしたから、すぐにどやどやと駈けつけて来たのです。来てみると、この始末ですから承知しません。大事の玉を疵物にされては、侍でもなんでも容赦は出来ない。取っ捉まえて自身番へ突き出せと、腕まくりをして摑みかかる。それを突き倒して次の間へ飛び出すと、そこには夜具でも入れてあるらしい押入れがある。もしやと思って明けてみると、果して自分の大小が夜具のあいだに押込んでありました。手早くひき摺り出して腰にさすと、又うしろから摑み付く奴がある。なにしろ多勢《たぜい》に無勢《ぶぜい》ですし、こっちも少しのぼせていますから、もうなんの考えもありません。大次郎は摑みつく奴を力まかせに蹴放して、また寄って来ようとするところを抜撃ちに斬りました。

「わあ、人殺しだ。」

騒ぎまわる奴等をつづいて二、三人斬り倒して、大次郎は二階から駈け降りました。びっくりしている駕籠屋にむかって、大次郎は叱るように言いました。

「いそいで吉原へやれ。」

駕籠屋も夢中でかつぎ出しました。

「実に飛んだことになったものですよ。」と、三浦老人は溜息をついた。「大次郎という人はその足で吉原へ飛んで行って、諸越花魁に逢って、式《かた》のごとくに雷見舞の口上をのべて帰りました。帰っただけならばいいのですが、屋敷へ帰ってから切腹したそうです。相手が相手ですから、あるいは殺し得で済んだかも知れなかったのですが、ともかくもそれだけの騒ぎを仕でかしたので、世間の手前、屋敷でも捨てて置かれなかったのか。それともお使に出た途中で、こんなことを仕でかしては申訳がないというので、当人が自分から切腹したのか。それとも表向きになっては雷見舞の秘密が露顕するというので、当人に因果をふくめて自滅させたのか。そこらの事情はよく判りませんが、いずれにしても一人の侍がよし原へ雷見舞にやられて、結局痛い腹を切るようになったのは事実です。料理屋の方でも二人は即死、ほかの怪我人は助かったそうです。」

「まったく飛んだことになったものでした。」と、わたしも溜息をついた。「その後もその大名は吉原へかよっていたのですか。」

「いや、それに懲りたとみえて、その後はいっさい足踏みなしで、諸越花魁も大事のお客を取逃がしてしまったわけです。」

言いながら老人は老女の顔を横眼にみた。わたしも思わずかれの顔を見た。三人の眼が一度に出逢うと、老女はあわてて俯向いてしまった。しばしの沈黙の後に、老人は庭をみながら言った。

「さっきの雷で梅雨もあけたと見えますね。」

庭には明るい日が一面にかがやいていた。

下屋敷《しもやしき》

一

その次に三浦老人をたずねると、又もや一人の老女が来あわせていた。但しかれはこの間の「雷見舞」の女主人公とは全く別人で、若いときには老人と同町内に住んでいた人だということであった。

老人はかれを私に紹介して、この御婦人もいろいろの面白い話を知っているから、ちっと話してもらえというので、わたしはいつもの癖で、是非なにか聴かしてくださいと幾たびか催促すると、この老女もやはり迷惑そうに辞退していたが、とうとう私に責め落されて、丁寧な口調でしずかに語り出した。

はい。年を取りますと、近いことはすぐに忘れてしまって、遠いことだけはよく覚えているとか申しますけれど、やはりそうも参りません。わたくし共のように年を取りますと、近いことも遠いこともみんな一緒に忘れてしまいます。なにしろもう六十になりますんですもの、そろそろ耄碌しましても致し方がございません。唯そのなかで、今ではっきり覚えておりまして、雨のふる寂しい晩などに其の時のことを考え出しますと、なんだかぞっとするようなことがたった一つございます。はい、それを話せと仰しゃるんですか。なんだか厭なお話ですけれども、まあ、わたくしの懺悔ながらに、これからぽつぽつお話し申しましょうか。

それは安政五年――午歳《うまどし》のことでございます。わたくしは丁度十八で、小石川巣鴨町の大久保式部少輔さまのお屋敷に御奉公にあがっておりました。お高は二千三百石と申すのですから、お旗本のなかでも歴々の御大身《ごたいしん》でございました。今のお若い方々はよく御存じでございますまいが、千石以上のお屋敷となりますと、それはそれは御富貴《ごふうき》なもので、御家来にも用人、給人、中小姓、若党、中間のたぐいが幾人もおります。女の奉公人にも奥勤めもあれば、表勤めもあり、お台所勤めもあって、それも大勢おりました。わたくしは十六の春から奥勤めにあがりまして、あしかけ三年のあいだ先ず粗相もなしに勤め通しておりました。

安政午歳――御存知の通り、大コロリの流行《はや》った怖ろしい年でございました。しかしそれはおもに下町のことで、山の手の方には割合に病人も少のうございましたから、お屋敷勤めのわたくし共は唯その怖ろしい噂を聞きますだけで、そんなに怯《おび》えるほどのこともございませんでした。勿論、八月の朔日《ついたち》から九月の末までに、江戸じゅうで二万八千人も死んだとかいうのでございますから、その噂だけでも実に大変で、さすがの江戸も一時は火の消えたように寂しくなりました。そういうわけでございますから、その十一月には例年の通り猿若町《さるわかまち》の三芝居に役者入れ替りはありましたが、顔見世狂言は見合せになりました。これから申上げますのは、その役者のお話でございます。

一体わたくしのお屋敷では、殿様を別として、どなたもお芝居がお好きでございました。殿様は御養子で、ことし丁度三十でいらっしゃるように承っておりました。奥様は七つ違いの廿三で、御縁組になってからもう六年になるそうですが、まだお子さまは一人もございませんでした。御先代の奥様は芳桂院さまと仰せられまして、目黒のお下屋敷の方に御隠居なすっていらっしゃいましたが、このお方が歌舞伎を大層お好きでございまして、ことに御隠居遊ばしてからは世間に御遠慮も少いので、三芝居を替り目毎にかならず御見物なさるというほどの御贔屓でございました。そのお血をお引きになったのかも知れません、奥様もやはりお芝居がお好きで、いつも芳桂院さまのお供で御見物にお出かけなさいました。殿様は苦々《にがにが》しいことに思召《おぼしめ》していたに相違ありませんが、なにぶんにも家柄の低い家《うち》から御養子にいらっしゃったという怯味《ひけみ》があるので、まあ大抵のことは黙って大目に見ていらしったようでございます。それでも芳桂院さまは一度こんなことを仰せられたことがございました。

「わたしの生きているうちはよろしいが、わたしの亡い後には女共の芝居見物は一切やめさせたい。」

ちょっとうけたまわりますと、なんだか手前勝手のお詞《ことば》のようにも聞えます。自分の生きているうちは芝居を見ても差支えないが、自分の死んだあとには誰も芝居を見てはならぬ――それほどに見て悪いものならば、御自分が先ずお見合せになったらよさそうなものだと、誰もまあ言いたくなります。まして芝居見物のお供を楽しみにしている女中たちですもの、誰だってそれをありがたく聞くものはありません。わたくしにしても、恐れながら御隠居さまが手前勝手の仰せのように考えておりましたのは、全くわたくしどもの考えが至らなかったのでございます。

芳桂院さまは四月の末におなくなりあそばして、目黒の方はしばらくあき屋敷になっておりましたが、その八月の末頃から奥様が一時お引移りということになりました。それは例のコロリがだんだんに本郷、小石川の方へも拡がってまいりましたので、今日《こんにち》で申せば転地というような訳で、お下屋敷の方へお逃げになったのでございます。その当時、目黒の辺はまるで片田舎のようでございましたから、さすがのおそろしい流行病《はやりやまい》もそこまでは追っ掛けて来なかったのでございます。奥様にはお気に入りの女中がふたり付いてまいりました。それはお朝ということし二十歳《はたち》の女と、わたくしとの二人で、さびしいお下屋敷へ参るのはなんだか島流しにでも逢ったような心持も致しましたが、お上屋敷よりもお下屋敷の方が御奉公もずっと気楽でございます。万事が窮屈でありません。もう一つには、例のコロリの噂を聞かないだけでも心持がようございます。かたがたして、わたくし共も別に忌《いや》だとも思わないで、奥様のお供をしてまいりました。お下屋敷には以前からお留守居をしている稲瀬十兵衛という老人のお侍夫婦のほかに、お竹とお清という二人の女中がおりました。そこへわたくし共がお供をして参ったのですから、お下屋敷の女中は四人になったわけで、急に賑やかになりました。

しかしそのお竹とお清とは、どちらも御知行所《ごちぎょうしょ》から御奉公に出ましたもので、江戸へ出るとすぐにお下屋敷の方へ廻されたのですから、まあ山出しも同様で、江戸の事情などはなんにも知らないようでした。大勢の女中の中からわたくしども二人がお供に選ばれましたのは、前にも申上げた通り、奥様のお気に入りで、いつも芝居のお供をしていたからでございましょう。目黒へまいってからも、奥様はわたくし共をお召しなすって、毎日芝居のお話をなすっていらっしゃいました。わたくし共も喜んで役者の噂などをいたしておりました。

わたしの亡い後は——と、芳桂院さまが仰しゃっても、やはりそうはまいりません。芳桂院さまがおなくなりになった後でも、奥様はたびたびお忍びで猿若町へお越しになりました。わたくし共もそれを楽しみに御奉公いたしておるようなわけでございました。目黒へまいりましてから、ひと月ばかりは何事もございませんでしたが、忘れもいたしません、九月の廿一日の夕方でございました。わたくしがお風呂をいただいて、身化粧《みじまい》をして、奥へまいりますと、奥様は御縁の端《はな》に出て、虫の声でも聞いていらっしゃるかのように、じっと首をかしげていらっしゃいました。なにしろ、あの辺のことでございますし、お下屋敷の方はお手入れも自然怠り勝ちになっておりますので、お庭には秋草がたくさんに茂っていて、芒《すすき》の白い花がゆう闇のなかに仄《ほの》かに揺れていたのが、今でもわたくしの眼に残っております。

「町や。」と、奥様はわたくしの名をお呼びになりました。「朝はどうしています。」

「わたくしと入れ替って、お風呂をいただいております。」

奥様はだまってうなずいていらっしゃいましたが、やがて低い声で、こう仰しゃいました。

「町や、お前は浅草に知合いの者が多かろう。踊りの師匠も識っていますね。」

「はい、存じております。」

　わたくしは花川戸の坂東小翫《こがん》という踊りの師匠に七年ほども通いまして、それを言い立てに御奉公にあがったくらいでございますから、勿論その師匠をよく存じて居ります。師匠はもう四十二三の女で、弟子も相当にございました。その弟子のうちに、市川照之助という若い役者のあることをわたくしから奥様にお話し申上げたこともございました。奥様は今夜それを不意に仰せ出されまして、お前はその照之助を識っているかというお訊《たず》ねでございましたが、実のところ、わたくしはその照之助をよく識らないのでございます。いえ、舞台の上ではたびたび見て居りますけれども、わたくしが師匠をさがる少し前から稽古に来た人ですし、男と女ですから沁々《しみじみ》と口を利いたこともありませんし、唯おたがいに顔をみれば挨拶するくらいのことで、同じ師匠の格子をくぐりながらも、ほんの他人行儀に付き合っていたのですから、先方ではもう忘れているかも知れないくらいです。で、わたくしは其の通りのことを申上げますと、奥様は黙って少し考えていらっしゃいましたが、又こう仰しゃいました。

「お前はよく識らないでも、その師匠は照之助をよく識っていましょうね。」

「それは勿論でございます。」

　奥様はわたくしを顎《あご》でお招きになりまして、御自分のそばへ近く呼んで、その照之助に一度逢うことは出来まいかという御相談がありました。わたくしも一時は返事に困って、なんと申上げてよいか判りませんでしたが、唯今とは違いまして、その時分の人間は主命ということを大変に重いものに考えておりましたのと、わたくしもまだ年が若し、根が浅薄《あさはか》な生れ付きでございますのとで、とうとうその役目を引受けてしまったのでございます。つまりわたくしから師匠の小瓢にたのんで、師匠から照之助に話してもらって、照之助をこのお下屋敷へ呼ぼうというのでございます。

照之助というのは、そのころ廿一二の女形で、二丁目――市村座でございます――に出ておりましたが、年が若いのと家柄がないせいでございましょう、余り目立った役も付きませんで、いつもお腰元か茶屋娘ぐらいが関の山でしたが、この盆芝居の時にどうしてか、おなじお腰元でも少し性根のある役が付きまして、その美しい舞台顔がわたくしどもの眼に初めてはっきりと映りました。奥様も可愛らしい役者だと褒めておいでになりました。今になって考えますと、このお下屋敷へお引移りになりましたのも、コロリのためばかりではなかったのかも知れません。まったくその照之助と申しますのは、少し下膨《しもぶく》れの、眼つきの美しい、まるでほんとうの女かと思われるような可愛らしい男でございました。

奥様は手文庫から二十両の金を出して、わたくしにお渡しになりました。これは照之助にやるのではない、その橋渡しをしてくれる師匠にやるのだということでございました。そこへお朝が風呂から帰ってまいりましたので、お話はそのままになりました。

わたくしはその明くる日、すぐに浅草の花川戸へまいりまして、むかしの師匠の家をたずねました。そうして、ゆうべの話をそっといたしますと、小瓢も一旦は首をかしげていました。それは相手が武家の奥方であるのと、もう一つには、わたくしの年がまだ若いので何をいうのかと疑っているので、すぐにはなんとも挨拶をしないらしく見えましたから、わたくしは袱紗《ふくさ》につつんだ金包みを出して師匠の眼の前に置きました。二十両——その時分には実に大金でございます。師匠もそれを見て安心したのでしょう。いえ、安心というよりも、その大金をみて急に欲心が起ったのでしょう。わたくしのいうことを信用して、それからまじめに相談相手になってくれました。

「照之助さんもこれから売出そうというところで、ふところがなかなか苦しいんですからね。そこを奥様によくお話しください。」

どうで金のいるのは判り切っていることですから、わたくしも承知して別れました。今おもえば実に大胆ですが、そのときには使者の役目を立派につとめおおせたという手柄自慢が胸いっぱいになって、わたくしは勇ましいような心持で目黒へ帰りました。帰って奥様に申上げると、奥様も大層およろこびで、その御褒美に、縮緬のお小袖を下されました。

「朝に申してもよろしゅうございますか。」と、わたくしは奥様にうかがいました。ほかの女中はともあれ、お朝には得心させて置かないと、照之助を引込むのに都合が悪いと思ったからでございます。奥様もそれを御承知で、朝にだけは話してもよいと仰しゃいました。お朝も奥様の前へ呼ばれまして、いくらかのお金を頂戴しました。

二

それから五日ほど経って、わたくしが花川戸へ様子を訊きにまいりますと、師匠はもう照之助に吹き込んで置いてくれたそうで、いつでも御都合のよい時にお屋敷へうかがいますという返事でございました。では、あしたの晩に来てくれという約束をいたしまして、わたくしはきょうも威勢よく帰って来ました。すぐに奥様にそのお話をして、それから自分の部屋へ退がって、お朝にもそっと耳打ちをいたしますと、お朝はなぜだか忌《いや》な顔をしていました。

その明くる日――わたくしは朝からなんだかそわそわして気が落着きませんでした。奥様は勿論ですが、自分も髪をゆい直したり、着物を着かえたり、よそ行きの帯を締めたりして、一生懸命お化粧《つくり》をして、日の暮れるのを待っていました。お朝はきょうも忌な顔をしていました。

「わたしはなんだか頭痛がしてなりません。もしやコロリにでもなったんじゃないかしら。」

「まさか。」と、わたくしは笑いました。「今夜は照之助が来るんじゃありませんか。おまえさんも早く髪でも結い直してお置きなさいよ。照之助はおまえさんの御贔屓役者じゃありませんか。」

　お朝は黙っていました。お朝も盆芝居から照之助を大変に褒めていることを知っていますから、わたくしも笑いながらこう言ったのですが、お朝はにこりともしませんでした。お朝はどちらかといえば大柄の、小ぶとりに肥った女で、色も白し、眼鼻立ちもまんざら悪くないのですが、疱瘡《ほうそう》のあとが顔じゅうに薄く残って、俗に薄《うす》いもという顔でした。とりわけて眉のあたりにその痕が多く残っているので、眉毛は薄い方でした。ほんとうのあばた面《づら》さえたくさんにある時代ですから、薄いもぐらいはなんでもありません。誰も別に不思議には思っていませんでしたが、当人はひどくそれを気にしているらしく、時々に鏡を見つめて悲しそうに溜息をついていることがあるので、わたくしもなんだか可哀そうに思ったことも度々ありました。お朝はきょうも、その鏡を見つめたときと同じような悲しい顔をして、いつまでも黙っていました。

「おまえさん。今夜は照之助が来るんですよ。」と、わたくしは少しはしゃいだ調子で、お朝の肩を一つ叩きました。なんという蓮葉なことでございましょう。今かんがえると冷汗が出ます。

「奥様のところへ来るんじゃありませんか。」と、お朝は口のうちで言いました。

「そりゃあたりまえさ。いいじゃありませんか。」と、わたくしは又笑いました。わたくしは朝から無暗に笑いたくって仕様がないので、お朝をその相手にしようと思って、さっきからいろいろに誘いかけるのですが、お朝はどうしても唇をほぐしませんでした。わたくしが笑えば笑うほど、お朝の顔はだんだんに陰《くも》って来て、ろくろくに返事もしませんでした。

「今夜は四つ（午後十時）を合図に、照之助はお庭の木戸口へ忍んで来るから、木戸をあけてすぐに奥へ連れて行くんですよ。よござんすか。」と、わたくしは低い声で話しました。

「わたしは気分が悪くっていけないから、今夜の御用は勤められないかも知れません。お前さん、何分たのみます。」と、お朝は元気のない声で言いました。

気分が悪いというのですからどうも仕方がありません。わたくしもよんどころなしに黙ってしまいました。秋の日は短いといいますけれども、きょうの一日はなかなか暮れませんので、わたくしは起ったり居たりして、日の暮れるのを待っていました。どうも自分の部屋にじっと落着いていられないので、わたくしはお庭口から裏手の方へふらふら出て行きますと、うら手の井戸のそばにお朝がぼんやりと立っていました。時刻はもう七つ（午後四時）下がりでしたろう。薄いゆう日が丁度お朝のうしろに立っている大きい柳の痩せた枝を照らして、うす白く枯れかかったその葉の影がいよいよ白く寂しくみえました。そこらのあき地には色のさめた葉鶏頭が将棋だおしに幾株も倒れていて、こおろぎが弱い声で鳴いていました。お朝は深い井戸を覗いているらしゅうございましたが、その澄んだ井戸の水には秋の雲が白く映ることをわたくし共は知っています。お朝もきっとその雲の姿をながめているのであろうと推量しましたので、別に嚇《おど》かしてやろうというつもりでもありませんでしたが、わたくしはなんという気もなしに抜足をして、そっと井戸の方へ忍んで行きますと、お朝は気がついて振向きました。薄いもの白い顔が洗われたように夕日に光っているのは、今まで泣いていたらしく思われたので、わたくしもびっくりしました。まさかに身を投げるつもりでもありますまい。第一になぜ泣いているのか、その理屈が呑み込めませんでした。お朝はわたくしの顔をみると、すぐに眼をそむけて、黙って内へはいってしまいました。わたくしは少し呆気《あっけ》に取られて、そのうしろ姿を見送っていました。

どうにかこうにか長い日が暮れて、わたくしはほっとしました。しかしこれから大切な役目があるのですから、どうしてなかなか油断はなりませんでした。わたくしはお風呂へはいって、いつもよりも白粉を濃く塗りました。だんだん暗くなるに連れて、わたくしは自然に息がはずんで、なんだか顔がほてって来ました。照之助が来る——それがむやみに嬉しいのですが、なぜ嬉しいのか、判りませんでした。自分のところへお婿が来る——その時には、丁度こんな心持ではないかと思われました。

お朝はいよいよ気分が悪くなったといって、夕方からとうとう夜具をかぶってしまいました。ほかの女中——お竹とお清とは、前にも申した通りの山出しですから心配はありませんが、ただ不安心なのは留守居の侍の稲瀬十兵衛夫婦でございます。女房の方は病身で、その上に至極おとなしい人間ですから、あまり気を置くこともないのですが、夫の方は——これも正直一方で、眼さきの働く人間ではありませんが、それでも一人前の侍ですから、うっかり気を許すわけにはいきません。わたくしは唯それを心配していますと、その十兵衛は宵からどこへか出て行ってしまいました。女房の話によると、なにか親類に不幸が出来たとかいうのです。

なんという都合のいいことでしょう。わたくしは手をあわせて遠くから浅草の観音さまを拝みました。そのことを奥様に申上げますと、奥様も黙って笑っておいでになりました。奥様はどんなお心持であったか知りませんけれども、わたくしは襟もとがぞくぞくして、生れてから今夜ぐらい嬉しいことはないように思われました。

そのうちに約束の刻限がまいりました。あいにくに宵から陰って、今にも泣き出しそうな暗い空模様になりましたが、たとい雨が降っても照之助は来るに相違ありませんから、天気のことなどは余り深く考えてもいませんでした。不動さまの四つの鐘のきこえるのを合図に、わたくしはそっとお庭に出て、木戸の口に立ち番をしていますと、旧暦の九月ももう末ですから、夜はなかなか冷えて来て、広いお庭の闇のなかで竹藪が時々にがさがさと鳴る音が寒そうにきこえます。お屋敷の屋根の上まで低く掩いかかった暗い大空に、五位鷺《ごいさぎ》の鳴いて通るのが物すごくきこえます。これがふだんならば、臆病なわたくしにはとても辛抱は出来そうにもないのでございますが、今夜はいつもと違って気がいっぱいに張りつめています。幽霊の冷たい手で一度ぐらい顔をなでられても驚くのではありません。わたくしは息をつめて、その人の来るのを今か今かと待ち設けていました。

振返ってみますと、奥様のお居間の方には行燈の灯がすこし黄いろく光っていました。その行燈の下で奥様はなにか草双紙でも御覧になっている筈ですが、どんなお心持でその草双紙を読んでいらっしゃるか、わたくしにも大抵思いやりが出来ます。それにつけても、照之助が早く来てくれればいいと、わたくしも頸を長くして耳を引っ立てていますと、どこやらで犬の吠える声が時々にきこえますが、人の跫音《あしおと》らしいものは聞えません。勿論、日が暮れてからはめったに往来のある所ではございませんから。

そのうちに、低い跫音――ほんとうに遠い世界の響きを聞くような、低い草履の音が微かにきこえました。わたくしははっと思うと、からだが急に赫とほてってまいりました。ちっとも油断しないで耳を立てていますと、案の通りその跫音は木戸の外へひたひたと寄って来ましたので、さっきから待ちかねていたわたくしは、すぐに木戸をあけて暗いなかを透かして視ますと、そこには人が立っているようでございました。

「照之助さんでございますか。」

わたくしは低い声で訊きました。

「さようでございます。」

外でも声を忍ばせて言いました。

「どうぞこちらへ。」

照之助は黙ってそっとはいって来ましたので、わたくしは探りながらその手をとって、お居間の方へ案内してまいりました。照之助もなんだかふるえているようでしたが、わたくしは全くふるえまして、胸の動悸がおそろしいほどに高くなってまいりました。五位鷺がまた鳴いて通りました。

奥様はわたくしに琴を弾けと仰しゃいました。それは十兵衛の女房や、ほかの女中二人に油断させるためでございます。わたくしはあとの方に引き退がって、紫ちりめんの羽織の襟から抜け出したような照之助の白い頸すじを横目にみながら、おとなしく琴をひいておりましたが、なんだか手のさきがふるえて、琴爪が糸に付きませんでした。奥様は照之助と差しむかいで、芝居のお話などをしていらっしゃいました。

唯それだけのことでございます。全くそれだけのことでございました。それが物の半《はん》時《とき》とは経ちませんうちに、大変なことが出来《しゅったい》いたしました。いつの間にどうして忍んで来たのか知りませんが、かの稲瀬十兵衛が真っ先に立って、ほかに四人の侍や若党がこのお居間へつかつかと踏み込んでまいりました。それはみんなお上屋敷の人達でございます。わたくしは眼がくらむほどに驚きまして、思わず畳に手をついてしまいますと、侍たちは無言で照之助の両手を押さえました。もうどうする事も出来ません。わたくしはそっと眼をあげてうかがいますと、奥様は真蒼な顔をして、くちびるをしっかり結んで、ただ黙って坐っておいでになりました。照之助の顔色はもう土のようになって、身動きも出来ないように竦《すく》んでいますのを、侍たちはやはり無言で引っ立てて行きました。出てゆく時に、照之助は救いを求めるような悲しい眼をして、奥様とわたくしの方を一度見かえりましたが、わたくし共にも今更どうすることも出来ないので、唯だまって見送っていますと、侍たちは照之助を引っ立てて縁伝いにお庭口へ降りて、横手の方へ連れて行くようでございました。わたくしは不安心で堪りませんから、そっと起ち上がってお庭へ降りました。照之助がどうなるのか、その行末が見とどけたいので、跫音をぬすんで怖々にそのあとをつけて行きますと、なにしろ外は真っ暗なので、侍たちもわたくしには気が付かないらしゅうございました。

お座敷の横手には古い土蔵が二棟つづいております。照之助はその二番目の土蔵の前へ連れてゆかれますと、土蔵の中にはさっきから待ち受けている人があるとみえて、手燭《てしょく》の灯が小さくぼんやりとともっていました。わたくしも奥様の御用で、二、三度この土蔵のなかへはいったことがございますが、お屋敷の土蔵だけに普通の町家のよりもずっと大きく出来ておりまして、昼間でも暗い冷たい忌なところでございます。中には大きい蛇が棲んでいるとかいって、お竹やお清に嚇《おど》されたこともありましたが、その暗い隅にはまったく蛇でも棲んでいそうに思われました。照之助はその土蔵のなかへ引摺り込まれたので、わたくしは少し不思議に思いました。

もしこの河原者を成敗《せいばい》するならば、裏手のあき地へでも連れ出しそうなものです。なぜこの土蔵の中までわざわざ連れ込んだのかと見ていますと、侍のひとりが奥にある大きい長持の蓋をあけました。その長持はわたくしも知っております。全体が溜塗《ためぬり》のようになっていて、角々《かどかど》には厚い金物が頑丈に打付けてございます。わたくしも正面から平気でのぞく訳にはまいりません。壁虎《やもり》のように扉のかげに小さく隠れて、そっと隙見を致しているのですから、暗い土蔵の中はよく見えません。たった一つの手燭の灯が大勢の袖にゆれて、時々に見えたり隠れたりしているかと思ううちに、その長持の蓋をおろす音が高くきこえました。つづいて錠を下ろすらしい金物の音ががちがちと響きました。そのおそろしい音がわたくしの胸に一々強くひびいて、わたくしはもう息も出ないようになりました。そのうちに侍たちは自分の仕事を済ませて、奥からだんだんに出て来るようですから、わたくしはふるえる足を引摺って早々に逃げて帰りました。そうして、もとのお居間の縁さきから這いあがって、こわごわに内を覗いてみますと、燈火《あかり》はまたたきもしないで静かにお座敷を照らしているばかりで、そこに奥様のおすがたは見えませんでした。あとで聞きますと、奥様はかの十兵衛が御案内して、御門の外に待っているお駕籠に乗せられて、すぐにお上屋敷の方へ送り帰されたのだそうでございます。

照之助は長持に押込まれて、土蔵の奥に封じ籠められてしまいました。奥様はお上屋敷へ送られてしまいました。その次にはわたくしの番でございます。どうなることかとその晩はおちおち眠られませんでした。その怖ろしい一夜があけますと、又ここに一つの事件が出来《しゅったい》していました。お朝が裏手の井戸に身を投げて死んでいるのでございます。いつどうして死んだのか判りません。ひょっとすると、照之助のことが露顕したのは、お朝が十兵衛に密告したのではないかとも思われますが、証拠のないことですから、なんとも申されません。

わたくしはなんのお咎めもなしに、翌日長《なが》のお暇《いとま》になって、早々に親もとへ退がりましたが、照之助はどうなりましたか、それは判りません。生きたままで長持に封じ籠められて、それぎり世に出ることが出来ないとすれば、あまりにむごたらしいお仕置です。わたくしが奥様のお使さえ勤めなければ、こんなことも出来しなかったのでございましょう。ほんとうに飛んでもない罪を作ったと一生悔んでおります。その以来、芝居というものがなんだか怖ろしくなりまして、わたくしはもう猿若町へ一度も足を踏み込んだことはございませんでした。師匠の小瓢の話によりますと、照之助の美しい顔はそれぎり舞台に見えないと申します。

それから三年ほどの後に、わたくしは不動さまへ御参詣に行きましたので、そのついでにお下屋敷の近所までそっと行ってみますと、お屋敷は以前よりも荒れまさっているようでしたが、ふた棟の土蔵はむかしのままに大きく突っ立って、古い瓦の上に鴉が寒そうに啼いていました。その土蔵の長持の底には、美しい歌舞伎役者が白い骨《こつ》になって横たわっているかと思うと、わたくしは身の毛がよだって逃げ出しました。

ここまで話して、老女はひと息つくと、三浦老人が代って注を入れてくれた。

「いつぞや梅暦のお話をしたことがあるでしょう。筋は違うが、これもまあ同じようないきさつで、むかしの大名や旗本の下屋敷には、いろいろの秘密がありましたよ。」

矢《や》がすり

一

ある時に、三浦老人は又こんな話をして聴かせた。それは近ごろ矢場《やば》というものがすっかりすたれて、それが銘酒屋や新聞縦覧所に変ってしまったという噂が出たときのことである。明治以後でも矢場は各所に残っていて、いわゆる左り引きの姐さんたちが白粉の匂いを売物にしていたのであるが、日清以後からだんだんに衰えて、このごろでは殆どその跡を絶ったなどという話も出た。その末に、老人はこう言った。

矢場女と一口に言いますけれど、江戸のむかしは、矢場女や水茶屋の女にもなかなかえらいのがありまして、どこの誰といえば世間にその名を知られているのが随分あったものです。これは慶応の初年のことですが、そのころ芝の神明の境内にお金《きん》という名代《なだい》の矢場女がありました。店の名を忘れましたが、当人は矢がすりという綽名《あだな》をつけられて、容貌《きりよう》のいいのと、腕があるのとで近所は勿論、浅草あたりの矢場遊びの客までも吸いよせるという人気はすさまじいものでした。

この女が、なぜ矢飛白《やがすり》という綽名をつけられたかというと、すぐれて容貌がよく、こんな稼業にはめずらしい上品な女なのですが、玉に瑕《きず》というのは全くこのことでしょう。右の頰に薄いかすり疵のあとがあるのです。当人の話では、射垜《あづち》の下へ矢を拾いに行ったときに、いたずらか粗相か、客の射出した矢がうしろから飛んで来て、なにごころなく振向いたお金の頰をかすったので、こんな疵になったというのでした。矢とり女の尻を射るのは時々にやるいたずらですが、顔を射るのはひどい。たとい小さい擦《かす》り疵にしても、あの美しい顔に疵をつけるとはとんだ罪を作ったものだと、贔屓連はしきりに同情する。それがまた人気の一つになって、誰が言い出したともなく、矢がすりという綽名をつけられるようになったのです。

そのうちに、当人が自分でかんがえ出したのか、それとも誰かが知恵をつけたのか、お金は矢がすりの着物を年じゅう着ていることになりました。つまり顔の矢がすりを着物の矢がすりに附会《こじつけ》てしまったわけで、矢がすりの着物をきているから矢がすりのお金というのだろうと、早呑込みをする人もだんだん多くなって、顔の矢がすりか、着物の矢がすりか、あだ名の由来もはっきりとは判らなくなってしまいました。いずれにしても、矢がすりお金といえば神明第一の売れっ子で、この店はいつも大繁昌《おお》、楊弓《ようきゅう》の音の絶える間がないくらいでした。

そうなると又おせっかいに此の女の身元を穿索するものがある。お金のおやじはここらの矢場や水茶屋へ菓子を売りにくる安兵衛という男で、そのひとり娘、そういう因縁から自分も肩あげの取れない時分から矢取女になったのだそうで、おやじは二、三年前に世を去って、今ではおふくろだけが残っている。お金はことし二十歳《はたち》だといっているが、ほんとうは一つ二つぐらい越しているだろうという評判。いや、年の方は一つや二つ違ったところで、さしたる問題でもないのですが、一体このお金に亭主があるかないか、勿論、表向きの亭主はないにきまっているが、いわゆる内縁の亭主とか、色男とか旦那とかいうようなものが、あるかないか、それを念入りに探索する人もあったのですが、どうも確かなことは判らない。ところが、この慶応元年の正月頃から一人の若い侍がこの矢場へ時々に遊びに来ました。

侍も次三男の道楽者などは矢場や水茶屋ばいりをするのはめずらしくない。唯それだけでは別に問題にもならないのですが、その侍はまだ十八九で、人品もいい、男振りもすぐれていい。そうして、かのお金となんだか仲よく話しているというのですから、これは、どうしても見逃がされません。朋輩の女もすぐに眼をつける。出入りの客や地廻り連も黙ってはいない。あいつはどうもおかしいという噂がたちまちに拡まってしまいました。

「あのお客はどこのお屋敷さんだえ。」と、朋輩が岡焼半分に訊いても、お金は平気でいました。

「どこの人だか知るものかね。」

こう言って澄ましているのですが、どうも一通りの客ではないらしいという鑑定で、お金はあの若い侍と訳があるに相違ないと決められてしまって、「あん畜生、うまくやっていやあがる。」とか、「あの野郎、なま若けえ癖に、太てえ奴だ。」とか、地まわり連のうちには随分憤慨しているのもありましたが、なにしろ相手は侍ですから無暗に喧嘩を吹っかけるわけにもいかないので、横眼で睨んで店さきを通りながら、何か当てこすりの鼻唄でも歌って行くぐらいのことでした。そのうちにお金が神明から姿を消してしまったので、近所の騒ぎはまた大きくなりました。主人の家でもおどろいて、取りあえず片門前に住んでいるおふくろの所へ聞きあわせにやると、おふくろも知らないで、唯おどろいているばかりです。

「お金の奴め、とうとうあの侍と駈落ちをきめやあがった。」

近所ではその噂で持ち切っていました。なにしろ神明で評判者の矢がすりが不意に消えてなくなったのですから、やれ駈落ちだの心中だのと、それからそれへと尾鰭をつけて、いろいろのことを言いふらす者もあります。とりわけて心配したのは矢場の主人で、呼び物のお金がいなくなっては早速に商売にさわるので、心あたりをそれぞれに詮議しましたがどうも判らない。勿論その若侍もそれぎり姿をみせない。それから考えると、どうしてもその若侍がお金をさそい出したものと思われるのも無理はありません。

それからひと月あまりも過ぎて、三月はじめの暖かい晩のことです。かの若侍がふらりとやって来て、神明の境内をひやかして歩いて、お金の矢場の前に立ったのを、地廻り連が見つけたので承知しません。殊にそのなかには二、三人のごろつきもまじっていたから、なお堪りません。

「ひとの店の女を連れ出せば拐引《かどわかし》だ。二本差でも何でも容赦が出来るものか。」

こんなことを言って嗾《けし》かけるから、いよいよ騒ぎは大きくなります。大勢は侍を取囲んで、お金の店のなかへ引摺り込みました。侍はおとなしい人でしたが、町人の手籠め同様に逢っては、これも黙ってはいません。

「これ、貴様たちは何をするのだ。」

「なにをするものか。さあ、ここの店の矢がすりをどこへ隠した。正直にいえ。」

「矢がすりをかくした……。それはどういうわけだ。」

「ええ、白ばっくれるな。正直に言わねえと、侍でも料簡しねえぞ。早く言え、白状しろ。」

「白状しろとはなんだ。武士にむかって無礼なことを申すな。」

「なにが無礼だ。かどわかし野郎め。ぐずぐずしていると袋叩きにして自身番へ引渡すぞ。」

　相手が若いので、いくらか馬鹿にする気味もある。その上に大勢をたのんで頻りにわやわや騒ぎ立てるので、若い侍はだんだんに顔の色をかえました。店のおかみさんも見かねたように出て来ました。

「まあ、どなたもお静かにねがいます。店のさきで騒がれては手前どもが迷惑いたします。」

　口ではこんなことを言っていますが、その実は自分がごろつき共を頼んでこの若侍をひき摺り込ませたのですから、騒ぎの鎮まる筈はありません。大勢は若侍を取囲んで、矢がすりのありかを言え、お金のゆくえを白状しろと責めるのです。そのうちに弥次馬がだんだんにあつまって来て、ここの店さきは黒山のような人立ちになりました。

「あいつが矢がすりをかどわかしたのだそうだ。見かけによらねえ侍じゃあねえか。」

「おとなしそうな面《つら》をしていて、呆れたものだ。」

いろいろの噂が耳にはいるから、侍ももう堪らなくなりました。身分が身分、場所が場所ですから、初めはじっと我慢していたのですが、なにをいうにも年が若いから、こうなると幾らか逆上《のぼせ》ても来ます。侍は眼を据えて、自分のまわりを取りまいている奴等を睨みつけました。

「場所柄と存じて堪忍していれば、重々無礼な奴。もう貴様たちと論は無益《むやく》だ。道をひらいて通せ、通せ。」

持っている扇で眼さきの二、三人を押退けて、そのまま店口から出て行こうとすると、押退けられた一人がその扇をつかみました。侍は振払おうとする。そのうちに誰かうしろから侍の袖をつかむ奴があるから、侍は又それを振払おうとする。そのなかに悪い奴があって、侍の刀を鞘ぐるめに抜き取ろうとする。侍もいよいよ堪忍の緒を切って、持っている扇をその一人にたたき付けたかと思うと、いきなりに、刀をひきぬいて振りまわした。

「それ、抜いたぞ。」

抜いたらば早く逃げればいいのですが、大勢の中にはごろつきもいる。喧嘩ずきの奴もいるので、相手が刀を抜いたと見て、その胸をおさえ付けようとする者がある。下駄をぬいで撲ろうとする者がある。ひどい奴はどこからか水を持って来て、侍の顔へぶっかけるのがある。こうなると、若い侍は一生懸命です。もう何の容赦も遠慮もなしに、抜いた刀をむやみに振りまわして、手あたり次第に斬りまくる。たちまちに四、五人はそこに斬り倒されたので、さすがの大勢《おおぜい》もぱっと開く。その隙《すき》をみて侍は足早にそこを駈け抜けてしまいました。

「人殺しだ、人殺しだ。」

ただ口々に騒ぎ立てるばかりで、もうその後を追う者もない。侍のすがたが見えなくなってから、騒ぎはいよいよ大きくなりました。なにしろ即死が三人、手負が五人で、手負のなかにもよほど手重いのが二人ほどあるというのですから大変です。勿論、式《かた》の通りに届け出て検視をうけたのですが、その下手人は誰だか判らない。場所が場所ですから、神明の八人斬りというので、たちまち江戸じゅうの大評判になりました。

二

お金のおふくろのお幸というのが今度の事件について先ず調べを受けました。神明の境内で起った事件ですから、寺社奉行の係です。かの若侍がお金を連れ出したという疑いから、こんな騒動が持ちあがったのですから、どうしてもお金とその侍との関係を詮議する必要がある。そうすれば、自然にお金のゆくえも判り、侍の身許もわかるに相違ないというので、お金のおふくろは片門前の裏借家から家主《いえぬし》同道で呼び出されました。お金の主人から問い合せがあった時には、お幸はなんにも知らないようなことを言っていました。今度の呼び出しを受けても、最初はやはり曖昧のことを言っていたのですが、だんだんに吟味が重なって来ると、もう隠してもいられないので、とうとう正直に申立てました。お金は桜井衛守《えもり》という三百五十石取りの旗本のむすめで、かの矢がすりにはこういう因縁があるのでした。

桜井衛守というのは本所の石原に屋敷を持っていて、弓の名人といわれた人でした。奥様はお睦《むつ》といって夫婦のあいだにお金と庄之助という子供がありました。衛守という人も立派な男振り、お睦も評判の美人、まことに一対《つい》の夫婦と羨まれていたのですが、どういう魔がさしたものか、その奥様が用人神原《かんばら》伝右衛門のせがれ伝蔵と不義を働いていることが主人の耳にも薄々はいったらしいので、ふたりも落着いてはいられません。伝蔵の身よりの者が奥州白河にあるので、ひとまずそこへ身を隠すつもりで、内々で駈落ちの支度をしていました。そのとき、伝蔵は二十歳《はたち》、奥様のお睦は廿三で、娘のお金は年弱の三つ、弟の庄之助はこの春生れたばかりの赤ん坊であったそうです。

年下の家来と駈落ちをするほどの奥様でも、ふだんから姉娘のお金をひどく可愛がっていたので、この子だけは一緒に連れて行きたいという。これには伝蔵もすこし困ったでしょうが、なにしろ主人で年上の女のいうことですから、結局承知してお金だけを連れ出すことになりました。十二月の十三日、きょうは煤《すす》はきで、屋敷じゅうの者も疲れて眠っている。その隙をみて逃げ出そうという手筈で、男と女は手まわりの品を風呂敷づつみにして、お金の手をひいて夜なかに裏門からぬけ出しました。年弱の三つという女の児を歩かせてゆくわけにはいきませんから、表へ出るとお睦はお金を背中に負《おぶ》いました。伝蔵は荷物を背負《しょ》いました。大川づたいに綾瀬の上《かみ》へまわって、千住から奥州街道へ出るつもりで、男も女も顔をつつんで石原から大川端へ差しかかると、あいにく今夜は月があかるいので、駈落ちをするには都合のわるい晩でした。おまけに筑波おろしが真向《まとも》に吹きつけて来る。ふたりは一生懸命にいそいでゆくと、うしろで犬の吠える声がきこえる。人の跫音《あしおと》もきこえました。

脛《すね》に疵持つふたりは若《も》しや追っ手かと胸を冷やしたが、なにぶんにも月が明るいのでどうすることも出来ない。むやみに急いで多田の薬師の前まで来ると、うしろから弦《つる》の音が高くきこえて、伝蔵は背中から胸へ射とおされたから堪りません。そのままばったり倒れました。お睦はおどろいて介抱しようとするところへ、二の矢が飛んで来てその襟首から喉を射ぬいたので、これも二言といわずに倒れてしまいました。

不義者ふたりを射留めたのは、主人の桜井衛守です。かねて二人の様子がおかしいと眼をつけていたので、弓矢を持ってすぐに追いかけて来て、手練の矢さきで難なく二人を成敗《せいばい》してしまったのです。伝蔵もお睦も急所を射られて、ひと矢で往生したのですが、おふくろに負われていたお金だけは助かりました。しかしお睦の襟首に射込んだ矢がお金の右の頰をかすったので、矢疵のあとが残りました。お金が真っすぐに負われていたら、おふくろと一緒に射とおされてしまったかも知れなかったのですが、子供のことですから半分眠っていて、首を少しく一方へかしげていた為に、かすり疵だけで済んだのでした。

不義者を成敗したのですから、桜井さんには勿論なんのお咎めもありません。用人の神原伝右衛門はわが子の罪をひき受けて切腹しました。これでこの一件も落着《らくぢやく》したのですが、さてそのお金という娘の始末です。わが子ではあるが、不義の母が連れ出した娘であると思うと、桜井さんはどうも可愛くない。殊にその頰に残っている矢疵を見るたびに忌《いや》な心持をさせられるので、思い切って屋敷から出してしまうことにしました。表面は里子《さとご》に出すということにして、その実は音信不通の約束で、出入りの植木屋の万吉というものにやったのですが、その万吉も女房のお幸も気だてのいい者で、すべての事情を承知の上でお金を引取って、うみの娘のように育てているうちに、亭主の万吉が早く死んだので、お幸はお金を連れ子にして神明の安兵衛のところへ再縁しました。安兵衛は神明の矢場や水茶屋へ菓子を売りにゆくので、その縁でお金も矢場へ出るようになった。それは前にも申上げた通りです。

　お幸は亭主運のない女で、前の亭主にも早く死別れ、二度目の亭主の安兵衛にも死別れて、今では娘のお金ひとりを頼りにしていましたが、昔の約束を固く守って、かの矢疵の因縁はお金にも話したことはありません。子供のときに吹矢《ふきや》で射られたなどといい加減のことを言い聞かせて置いたので、お金も自分の素姓を夢にも知らなかったのです。そのうちに、今年の春になって、突然かの若侍がたずねて来ました。若侍はお金の弟の庄之助で、その当時はまだ当歳の赤児でしたが、だんだん成長するにつれて、母のことや姉のことを知りましたが、植木屋の万吉はもう此の世を去り、その女房はどこへか再縁してしまったというので、姉のありかを尋ねる手がかりもなかったのです。この庄之助という人は姉弟《きょうだい》思いで、子供のときに別れた姉さんに一度逢いたいと祈っていると、ことし十九の春になって、神明の矢場に矢がすりお金という女があることを、ふと聞き出しました。

　頬に矢疵があるといい、その名前といい、年頃といい、もしやと思ってそっと見にゆくと、どうもそれらしく思われたが、うかつにそんなことを言い出すわけにもいかないので、ただ一通りの遊びのように見せかけて、幾たびか神明通いをした上で、だんだんにお金とも馴染になって、その実家は片門前にあることや、おふくろの名はお幸ということなどを確かめたので、ある日片門前の家へたずねて行って、おふくろのお幸に逢いました。お幸も最初はあやぶんでいたのですが、庄之助の方から自分の屋敷の名をあかし、あわせて一切《いっさい》の秘密をうち明けたので、お幸もはじめて安心して、これも正直に何もかも打明けることになりました。お金は初めて自分の素姓を知って驚いたわけです。

そこで庄之助は姉にむかって言いました。

「お父さまは近ごろ御病身で、昨年の夏から御隠居のお届けをなされまして、若年《じゃくねん》ながら手前が家督を相続しております。つきましてはひとりのお姉《あねえ》さまを唯今のようなお姿にして置くことはなりませぬ。表向きに屋敷へお連れ申すことは出来ませずとも、どこぞに相当の世帯をお持ちなされて、義理の母御と御不自由なくお暮しなさるように、手前がきっとお賄《まかな》い申します。」

そうなればまことに有難い話で、お幸にもちろん異存のあろう筈はありませんでしたが、お金はすこし返事に困りました。矢場女をやめて、弟の仕送りで気楽に暮していかれるのは結構ですが、お金には内証の男がある。上手に逢曳《あいびき》をしているので今まで誰にも覚《さと》られなかったのですが、お金には新内松《しんないまつ》という悪い男が付いているのです。以前は新内の流しをやっていて、今の商売は巾着切《きんちゃっき》り、そこで綽名を新内松という苦味《にがみ》走った大哥《あに》さんに、お金はすっかり打込んでいる。新内松と矢がすりお金、その頃ならば羽左衛門に田之助とでもいいそうな役廻りですが、この方にはたいした芝居もなくて済んでいたところへ、十九年ぶりで弟の庄之助が突然にたずねて来て、自分の姉として世話をしてやろうという。お金にとっては有難迷惑です。

たとい本所の屋敷へ引取られないでも、今の商売をやめて弟の世話になるのは、いかにも窮屈であり、又自分の男のかかり合いから、どんなことで弟に迷惑をかけないとも限らない。さりとて新内松と手を切って、堅気に暮すなどという心は微塵もないので、お金はなんとかして庄之助の相談を断りたいと思ったが、まさかに巾着切りを男に持っていますと正直に言うことも出来ない。よんどころなくいい加減の挨拶をして其の場は別れたのですが、もとより矢場の稼ぎをやめるのでもなく、その後も相変らず神明の店にかよっていると、庄之助はその後たびたび尋ねて来て、早く神明の方をやめてくれと催促する。おふくろのお幸もそばから勧める。お金ももう断り切れなくなって、男と相談の上で一旦どこへか姿を隠してしまったのです。

そんなこととは知らないで、庄之助は又もや片門前の家へたずねてゆくと、姉はこの間から家出して行くえが知れないということをお幸から聞かされて、庄之助もおどろきました。新内松のことはお幸も薄々知っていたのですが、そんなことを庄之助にうっかり言っていいか悪いかと遠慮していたので、何がどうしたのか庄之助にはちっとも判りません。それでも神明へ行って訊いてみたら、なにかの手がかりもあろうかと、なにげない風でお金の店へ出かけてゆくと、いきなり地廻りやごろつきどもに取りまかれて、前にいったような大騒動を仕でかしたのです。桜井庄之助という若い侍は姉思いから飛んだことになって気の毒でした。

すべての事情がこうわかってみると、庄之助の八人斬りにも大いに同情すべき点があります。斬られた相手は皆ごろつきや地廻りで、事の実否《じっぷ》もよく糺《ただ》さず、武士に対して狼藉を働いたのですから、いわば自業自得の斬られ損ということになってしまいました。殊に幕末で、徳川幕府の方でも旗本の侍は一人でも大切にしている時節でしたから、庄之助にはなんのお咎めもなくて済みました。稼ぎ人に逃げられたお幸は、桜井の屋敷から内々扶助をうけていたとかいいます。

新内松は品川の橋むこうで御用になりました。お金はその時まで一緒にいたらしいのですが、そのゆくえは判りませんでした。

それから一年ほど経ってから、神奈川の貸座敷に手取りの女がいて、その右の頰にかすり疵のあとがあるという噂でしたが、それがかの矢がすりであるかないか、確かなことは知った者もありませんでした。くどくも申す通り、新内松に矢がすりお金——この方に一向おもしろいお芝居がないので、まことに物足らないようですが、実録は大抵こんなものかも知れませんね。

新集巷談

鼠《ねずみ》

一

大田蜀山人の「壬戌《じんじゅつ》紀行」に木曾街道の奈良井の宿のありさまを叙して「奈良井の駅舎を見わたせば梅、桜、彼岸ざくら、李《すもも》の花、枝をまじえて、春のなかばの心地せらる。駅亭に小道具をひさぐもの多し。膳、椀、弁当箱、杯、曲物《まげもの》など皆この辺の細工なり。駅舎もまた賑えり。」云々《うんぬん》とある。この以上にわたしのくだくだしい説明を加えないでも、江戸時代における木曾路のすがたは大抵想像されるであろう。

蜀山人がここを過ぎたのは、享和二年の四月朔日《ついたち》であるが、この物語はその翌年の三月二十七日に始まると記憶しておいてもらいたい。この年は信州の雪も例年より早く解けて、旧暦三月末の木曾路はすっかり春めいていた。

その春風に吹かれながら、江戸へむかう旅人上下三人が今や鳥居峠をくだって、三軒屋の立場《たてば》に休んでいた。かれらは江戸の四谷忍町《おしまち》の質屋渡世、近江屋七兵衛とその甥の梅次郎、手代の義助であった。

「おまえ様がたはお江戸の衆でござりますな。」と、立場茶屋の婆さんは茶をすすめながら言った。

「はい。江戸でございます。」と、七兵衛は答えた。「若いときから一度はお伊勢さまへお参りをしたいと思っていましたが、その念が叶ってこの春ようようお参りをして来ました。」

「それはよいことをなされました。」と、婆さんはうなずいた。「お参りのついでにどこへかお廻《まわ》りになりましたか。」

「お察しの通り、帰りには奈良から京大阪を見物して来ました。こんな長い旅はめったに出来ないので、東海道、帰りには中仙道を廻ることにして、無事ここまで帰って来ました。」

「それではお宿へのおみやげ話もたくさん出来ましたろう。」

「風邪《かぜ》も引かず、水中《あた》りもせず、名所も見物し、名物も食べて、こうして帰って来られたのは、まったくお伊勢さまのお蔭でございます。」

年ごろの念願もかない、愉快な旅をつづけて来て、七兵衛はいかにものびやかな顔をして、温かい茶をのみながらあたりの春景色を眺めていると、さっきから婆さんと客の話の途切れるのを待っていたらしく、店さきの山桜の大樹のかげから、ひとりの男が姿をあらわした。かれは六十前後、見るから山国育ちの頑丈そうな大男で、小脇には二、三枚の毛皮をかかえていた。

「もし、お江戸のお客さま。熊の皮を買って下さらんかな。」と、彼は見掛けによらない優しい声で言った。

熊の皮、熊の胆《い》を売るのは、そのころの木曾路の習いで、この一行はここまで来るあいだにも、たびたびこの毛皮売に付きまとわれているので、手代の義助はまたかという顔をして無愛想に断った。

「いや、熊の皮なんぞはいらない、いらない。おれ達は江戸へ帰れば、虎の皮をふんどしにしているのだ。」

「はは、鬼じゃあるまいに……。」と、男は笑った。「そんな冗談を言わないで、一枚おみやげに買ってください。だんだん暖かくなると毛皮も売れなくなる。今のうち廉《やす》く売ります。」

「廉くっても高くっても断る。」と、梅次郎も口を出した。「わたしらは町人だ。熊の皮の敷皮にも坐れまいじゃないか。そんな物はお武家を見かけて売ることだ。」

揃いも揃ってけんもほろろに断られたが、そんなことには慣れているらしい男は、やはりにやにやと笑っていた。

「それじゃあ仕方がない。熊の皮が御不用ならば、熊の胆《い》を買ってください。これは薬だから、どなたにもお役に立ちます。道中の邪魔にもならない。どうぞ買ってください。」

「道中でうっかり熊の胆などを買うと、偽物をつかまされるということだ。そんな物もまあ御免だ。」と、義助はまた断った。

「偽物を売るような私じゃあない。そこはここの婆さんも証人だ。まあ、見てください。」

男はうしろを見かえると、桜のかげからまたひとりが出て来た。それは年ごろ十七八の色白の娘で、手には小さい箱のようなものを抱えていた。身なりはもちろん粗末であったが、その顔立ちといい姿といい、この毛皮売の老人の道連れにはなにぶん不似合いに見えたので、三人の眼は一度にかれの上にそそがれた。

「江戸のお客さまを相手にするには、おれよりもお前のほうがいいようだ。」と、男は笑った。

「さあ、おまえからお願い申せよ。」

娘は恥かしそうに笑いながら進み出た。

「今も申す通り、偽物などを売るような私らではございません。そんなことをしましたら、福島のお代官所で縛られます。安心してお求めください。」

梅次郎も義助も若い者である。眼のまえに突然にあらわれて来た色白の若い女に対しては、今までのような暴《あら》っぽい態度を執るわけにもいかなくなった。

「姐《ねえ》さんがそう言うのだから偽物でもあるまいが、熊の胆はもう前の宿《しゅく》で買わされたのでな。」と、義助は言った。

これはどの客からも聞かされる紋切型の嘘である。この道中で商売をしている以上、それで素直に引下がる筈のないのは判り切っていた。娘は押返して、買ってくれと言った。梅次郎と義助は買うような、買わないような、取留めのないことを言って、娘にからかっていた。梅次郎は、ことし廿一で、本来はおとなしい、きまじめな男であったが、長い道中のあいだに宿屋の女中や茶屋の女に親しみが出来て、この頃では若い女に冗談の一つも言ってからかうようになったのである。義助は二つ違いの廿三であった。

七兵衛はさっきから黙って聞いていたが、その顔色が次第に緊張して来て、微笑を含んでいるそのくちびるが固く結ばれた。彼は手に持つ煙管《きせる》の火の消えるのも知らずに、熊の胆の押売りをする娘の白い顔をじっと眺めていたが、やがて突然に声をかけた。

「もし、おじいさん。その子はおまえの娘かえ、孫かえ。」

「いえ……。」と、毛皮売の男はあいまいに答えた。

「おまえの身寄りじゃあないのかえ。」と、七兵衛はまた訊いた。

「はい。」

七兵衛は無言で娘を招くと、娘はすこし躊躇しながら、その人が腰をかけている床《しょう》几《ぎ》の前に進み寄った。七兵衛はやはり無言で、娘の右の耳の下にある一つの黒子《ほくろ》を見つめながら、探るようにまた訊いた。

「おまえの左の二の腕に小さい青い痣《あざ》がありはしないかね。」

娘は意外の問いを受けたように相手の顔をみあげた。

「あるかえ。」と、七兵衛は少しせいた。

「はい。」と、娘は小声で答えた。

「店のさきじゃあ話は出来ない。」と、七兵衛は立ちあがった。「ちょいと奥へ来てくれ。おじいさん、おまえも来てくれ。」

その様子がただならず見えたので、男も娘もまた躊躇していたが、七兵衛にせき立てられて不安らしく続いて行った。娘はよろめいて店の柱に突き当った。

「旦那はどうしたのでしょうな。」と、義助も不安らしく三人のうしろ姿をながめていた。

「さあ。」

梅次郎も不思議そうに考えていたが、俄に思い当ったように何事かささやくと、義助もおどろいたように眼をみはった。二人は無言でしばらく顔を見あわせていたが、義助は茶屋の婆さんに向って小声で訊いた。

「あの毛皮売のじいさんは何という男だね。」

「その奈良井の宿《しゃく》はずれに住んでいる男で、伊平と申します。」

「あの娘の名は。」

「お糸といいます。」

それからだんだん詮議すると、お糸は伊平の娘でも孫でもなく、去年の秋ももう寒くなりかかった夕ぐれに、ひとりの若い娘が落葉を浴びながら伊平の門口《かどぐち》に立って、今夜泊めてくれと頼んだ。ひとり旅の女を泊めるのは迷惑だとも思ったが、その頼りない姿が不憫でもあるので、伊平は宿《しゅく》の役人に届けた上で、娘に一夜のやどりを許すことになると、その夜なかに伊平は俄に発熱して苦しみ出した。

伊平は独り者で、病気は風邪をこじらせたのであったが、幸いに娘が泊り合せていたので、彼は親切な介抱をうけた。独り身の病人を見捨てては出られないので、娘はその次の日も留まって看病していたが伊平は容易に起きられなかった。そして、三日過ぎ、五日を送って、伊平が元のからだになるまでには小半月を過ぎてしまった。そのあいだ、かの娘は他人とは思えない程にかいがいしく立ち働いて、伊平を感謝させた。近所の人達からも褒められた。

娘は江戸の生れであるが、七つの時に京へ移って、それから諸国を流浪して、しかも、継母《ままはは》にいじめられて、言いつくされない苦労をした末に、半分は乞食同様のありさまで、江戸の身寄りをたずねて下る途中であるが、長いあいだ音信不通であったので、その身寄りも今はどこに住んでいるか、よくは判らないというのである。

そういう身の上ならば、的《あて》もなしに江戸へ行くよりも、いっそここに足を留めてはどうだと、伊平は言った。近所の人たちも勧めた。娘もそうして下されば仕合せであると答えた。その以来、お糸という娘は養女でもなく、奉公人でもなく、差しあたりは何ということもなしに伊平の家に入り込んで、この頃では商売の手伝いまでもするようになった。お糸は色白の上に容貌《きりよう》も悪くない。小さいときから苦労をして来たというだけに、人付合いも悪くない。それやこれやで近所の評判もよく、伊平さんはよい娘を拾い当てたと噂されている。

婆さんの口からこんな話を聞かされているうちに、七兵衛ら三人は奥から出て来た。

七兵衛の顔には抑え切れない喜びの色がかがやいていた。

二

近江屋七兵衛がよろこぶのも無理はなかった。彼はこの木曾の奈良井の宿で、一旦失った手のうちの珠《たま》を偶然に発見したのである。

七兵衛は四谷の忍町に五代つづきの質屋を営んでいて、女房お此《この》と番頭庄右衛門のほかに、手代三人、小僧二人、女中二人、仲働き一人の十一人家内で、おもに近所の旗本や御家人《ごけにん》を得意にして、手堅い商売をしていた。ほかに地所家作《かさく》なども持っていて、町内でも物持ちの一人にかぞえられ、何の不足もない身の上であったが、ただひとつの不足——というよりも、一つの大きい悲しみは娘お元のゆくえ不明の一件であった。

今から十一年前、寛政四年の暮春のゆうがたに、ことし七つのひとり娘お元が突然そのゆくえを晦《くら》ました。最初は表へ出て遊んでいるものと思って、誰も気に留めずにいたのであるが、夕飯頃になっても戻らないばかりか、近所にもその姿が見えないというので、家内は俄にさわぎ出した。七兵衛夫婦は気ちがいのようになって、それぞれに手分けをして探させたが、お元のゆくえは遂にわからなかった。

この時代には神隠しということが信じられた。人攫《ひとさら》いということもしばしば行われた。

お元は色白の女の子であるから、悪者の手にかどわかされたのかも知れないという説が多かった。いずれにしても、ひとり娘を失った七兵衛夫婦の悲しみは、ここに説明するまでもない。お此はその後三月ほどもぶらぶら病で床についたほどであった。七兵衛も費用を惜しまずに、出来るかぎりの手段をめぐらして、娘のゆくえを探り求めたが、飛び去った雛鳥はふたたび元の籠《かご》に帰らなかった。

そのうちに、一年過ぎ、二年を過ぎて、近江屋の夫婦は諦められないながらに諦めるのほかはなかった。それでも何時《いつ》どこから戻って来るかも知れないという空頼みから、近江屋ではその後にも養子を貰おうとはしなかった。お元が無事であれば、ことしは十八の春を迎えることになる。ゆくえの知れない子供の年をかぞえて、お此は正月早々から涙をこぼした。

七兵衛が今度の伊勢まいりは四十二の厄除《やくよけ》というのであるが、そのついでに伊勢から奈良、京大阪を見物してあるく間に、もしやわが子にめぐり逢うことがないともいえない。そんな果敢《はか》ない望みも手伝って、長い道中をつづけて来たのであるが、ゆく先々でそれらしい便りも聞かず、望みの綱もだんだんに切れかかって、もう五、六日の後には江戸入りということになった。その木曾街道で測らずも熊の胆を売る娘に出逢ったのである。七つのときに別れたのであるが、その幼な顔が残っている。年ごろも丁度同様である。気をつけて見ると、右の耳の下に証拠の黒子《ほくろ》がある。さらに念のために詮議すると、左の二の腕に青い痣があるという。もう疑うまでもない、この娘はわが子であると、七兵衛は思った。彼は喜んで涙を流した。

正直な伊平は思いもよらぬ親子のめぐり逢いに驚いて、異議なくかれを実の親に引渡すことになったので、七兵衛は多分の礼金を彼にあたえて別れた。お糸という名は誰に付けられたのか好く判らないが、娘はむかしのお元にかえって、十一年目に再会した父と共に奈良井の宿を立去った。甥の梅次郎も手代の義助も、不思議の対面におどろきながら、これも喜び勇んで付いて行った。

江戸を出るときには男三人であったこの一行に、若い女ひとりが加わって帰ったのを見た時に、近江屋の家は引っくり返るような騒ぎであった。女房も番頭も嬉し泣きに泣いた。近江屋からは町《ちょう》役人にも届け出て、お元は再びこの家の娘となった。この話もこれで納まれば、筆者もめでたく筆をおくことが出来るのであるが、事実はそれを許さないで、さらに暗い方面へ筆者を引摺って行くのであった。

お元が無事に戻って来たのを聞き、親類たちもみんな喜んで駈けつけた。町内の人々も祝いに来た。その喜ばしさと忙しさに取りまぎれて、当座はただ夢のような日を送るうちに、四月も過ぎて五月もやがて半ばとなった。このごろは家内もおちついて、毎日ふり続くさみだれの音も耳に付くようになった。その五月末の夕がたに、お元が仲働きのお国と共に近所の湯屋へ行った留守をうかがって、お此は夫にささやいた。

「おまえさんはお元について、なにか気が付いたことはありませんかえ。」

「気が付いたこと……。どんなことだ。」と、七兵衛は少しく眉をよせた。女房の口ぶりが何やら子細ありげにも聞えたからである。

「実はお国が妙なことを言い出したのですが……。」と、お此はまたささやいた。「お元には鼠が付いていると言うのです。」

「なんでそんなことを言うのだ。」

「お国の言うには、お元さんのそばには小さい鼠がいる。始終は見えないが、時々にその姿を見ることがある。お元さんが縁側なぞを歩いていると、そのうしろからちょろちょろと付いて行く……。」

「ほんとうか。」と、七兵衛はそれを信じないようにほほえんだ。

「まったく本当だそうで……。お国だって、まさかそんな出たらめを言やあしますまいと思いますが……。」

「それもそうだが……。若い女なぞというものは、飛んでもないことを言い出すからな。そんな鼠が付いているならばお国ばかりでなく、ほかにも誰か見た者がありそうなものだが……。」

自分たち夫婦は別としても、ほかに番頭もいる、手代もいる、小僧もいる、女中もいる。それらが誰も知らない秘密を、お国ひとりが知っているのは不審である。奉公人どもについて、それとなく詮議してみろと、七兵衛は言った。しかし多年他国を流浪して来たのであるから、人はとかくにつまらない噂を立てたがるものである。迂闊なことをして、大事の娘に瑕《きず》を付けてはならない。お前もそのつもりで秘密に詮議しろと、彼は女房に言い含めた。

それから三、四日の後に、甥の梅次郎がたずねて来た。梅次郎は七兵衛の姉の次男で、やはり四谷の坂町に、越前屋という質屋を開いている。万一お元のゆくえがどうしても知れない暁には、この梅次郎を養子にしようかと、七兵衛夫婦も内々相談したことがある。お元が今度発見されると、その相談がいよいよ実現されて、梅次郎をお元の婿に貰おうということになった。勿論それは七兵衛夫婦の内相談だけで、まだ誰にも口外したわけではなかったが、お此のほうにはその下ごころがあるので、きょう尋ねて来た甥を愛想よく迎えた。

梅次郎は奥へ通されて、庭の若葉を眺めながら言った。

「よく降りますね。叔父さんは……。」

「叔父さんは商売の用で、新宿のお屋敷まで……。」

「お元ッちゃんは……。」

「お国を連れて赤坂まで……。」と、言いかけてお此は声をひくめた。「ねえ、梅ちゃん。すこしお前に訊きたいことがあるのだが……。お前、木曾街道からお元と一緒に帰って来る途中で、なにか変ったことでもなかったかえ。」

「いいえ。」

それぎりで、話はすこし途切れたが、やがて梅次郎のほうから探るように訊きかえした。

「叔母さん、なにか見ましたか。」

お此はぎょっとした。それでもかれは素知らぬ顔で答えた。

「いいえ。」

話はまた途切れた。庭の若葉にそそぐ雨の音もひとしきり止んだ。この時、梅次郎は何を見たか、小声に力をこめてお此を呼んだ。

「叔母さん。あ、あれ……。」

彼が指さす縁側には、一匹の灰色の小鼠が迷うように走り廻っていたが、忽ち庭さきに飛びおりて姿を消した。叔母も甥も息をつめて眺めていた。

　叔母が言おうとすること、甥が言おうとすること、それが皆この一匹の鼠によって説明されたようにも思われた。しばらくして、二人はほうっと溜息をついた。お此の顔は青ざめていた。

「お前、誰に聞いたの、そんなことを……。」と、かれは摺り寄って訊いた。

「実は、お国さんに……。」と、梅次郎はどもりながら答えた。

　堅く口留めをして置いたにも拘らず、お国は鼠の一件を梅次郎にも洩らしたとみえる。お此はそのおしゃべりを憎むよりも、その報告の嘘でないのに驚かされた。考えようによっては、鼠が縁側に上がるぐらいのことは別に珍しくもない。縁の下から出て来て、縁側へ飛びあがって、再び縁の下へ逃げ込む。それは鼠として普通のことであるかも知れない。それをお元に結びつけて考えるのは間違っているかも知れない。しかもこの場合、お此も梅次郎もかの鼠に何かの子細があるらしく思われてならなかった。

「ほんとうに江戸へ来る途中には、なんにも変ったことはなかったのかねえ。」と、お此はかさねて訊いた。

「まったく変ったことはありませんでした。ただ……。」と梅次郎は躊躇しながら言った。「あの義助と大変に仲がよかったようで……。」

「まあ。」

お此はあきれたように、再び溜息をついた。それを笑うように、どこかで枝蛙のからからと鳴く声がきこえた。

三

きょうの鼠の一件がお此の口から夫に訴えられたのは言うまでもない。しかも七兵衛は半信半疑であった。一家の主人で分別盛りの七兵衛は、単にそれだけの出来事で、その怪談を一途《いちず》に信じるわけにいかなかった。

お此はその以来、お元の行動に注意するは勿論、お国にもひそかに言い含めて、絶えず探索の眼をそそがせていたが、店の奉公人や女中たちのあいだには、別に怪しい噂も伝わっていないらしかった。

「義助さんと仲よくしているような様子もありません。」と、お国は言った。

七兵衛にとっては、このほうが大問題であった。梅次郎を婿にと思い設けている矢先に、娘と店の者とが何かの関係を生じては、その始末に困るのは見え透いている。さりとて取留めた証拠もなしに、多年無事に勤めている奉公人、殊に先ごろは自分の供をして長い道中をつづけて来た義助を無造作に放逐することも出来ないので、ただ無言のうちにかれらを監視するのほかはなかった。

うしなった娘を連れ戻って、一旦は俄に明るくなった近江屋の一家内には、またもや暗い影がさして、主人夫婦はとかくに内所話をする日が多くなった。この年は梅雨《つゆ》が長くつづいて、六月の初めになっても毎日じめじめしているのも、近江屋夫婦の心をいよいよ暗くした。

その六月はじめの或る夜である。奥の八畳に寝ていたお此がふと眼をさますと、衾《よぎ》の襟のあたりに何か歩いているように感じられた。枕もとの有明行燈《ありあけあんどう》は消えているので、その物のすがたは見えなかったが、お此は咄嗟のあいだに覚った。

「あ、鼠……。」

息を殺してうかがっていると、それは確かに小鼠で、お此の衾の襟から裾のあたりをちょろちょろと駈けめぐっているのである。お此は俄にぞっとして少しくわが身を起しながら、隣りの寝床にいる七兵衛の衾の袖をつかんで、小声で呼び起した。

「おまえさん……。起きてくださいよ。」

眼ざとい七兵衛はすぐに起きた。

「なんだ、何だ。」

「あの、鼠が……。」

言ううちに、鼠はお此の衾の上を飛びおりて、蚊帳の外へ素早く逃げ去った。暗いなかではあるが畳を走る足音を聞いて、それが鼠であるらしいことを七兵衛も察した。

「おまえさん。確かに鼠ですよ。」と、お此は気味悪そうにささやいた。

「むむ。そうらしい。」

それぎりで夫婦は再び枕につくと、やがてお此は再び夫をゆり起して、今度は鼠が自分の顔や頭の上をかけ廻るというのである。それが夢でもないことは、今度も七兵衛の耳に鼠の足音を聞いたのである。もう打捨てては置かれないので、七兵衛は床の上に起き直って枕もとの燧石《ひうちいし》を擦った。有明行燈の火に照らされた蚊帳の中には、鼠らしい物の姿も見いだされなかった。念のために衾や蒲団を振ってみたが、いたずら者はどこにも忍んでいなかった。

「行燈を消さずに置いてください。」

言い知れない恐怖に襲われたお此は、夜の明けるまで、一睡も出来なかった。七兵衛もそのお相伴《しょうばん》で、おちおち眠られなかった。この頃の夜は短いので、わびしい雨戸の隙間が薄明るくなったかと思うと、ぬき足をして縁側の障子の外へ忍び寄る者があった。お此ははっとして耳を傾けると、外からそっと呼びかけた。

「おかみさん。お眼ざめですか。」

それはお国の声であったので、お此は安心したように答えた。

「あい。起きています。なにか用かえ。」

「はいってもよろしゅうございますか。」

「おはいり。」

許しを受けて、お国は又そっと障子をあけた。かれは寝まきのままで、蚊帳の外へ這い寄った。

「おかみさん。ちょいとおいで下さいませんか。」

「どこへ行くの。」

「お元さんのお部屋へ……。」

お此は又はっとしたが、一種の好奇心もまじって、これも寝まきのままで蚊帳から抜け出した。お元の部屋は土蔵前の四畳半で、北向きに一間の肱かけ窓が付いていた。その窓の戸を洩れる朝のひかりをたよりに、お此は廊下の障子を細目にあけて窺うと、部屋いっぱいに吊られた蚊帳のなかに、お元は東枕に眠っている。その枕もとに一匹の灰色の小鼠が、あたかもその夢を守るようにうずくまっていた。

「御覧になりましたか。」と、お国は小声で言った。

お此はもう返事が出来なかった。かれは半分夢中でお国の手をつかんで、ふるえる足を踏みしめながら自分の八畳の間へ戻って来ると、七兵衛も待ちかねたように声をかけた。

「おい、どうした。」

鼠の話を聞かされて、七兵衛は起きあがった。彼もぬき足をして、お元の寝床を覗きにゆくと、その枕もとに鼠らしい物のすがたは見えなかった。お国も鼠を見たと言い、お此も確かに見たと言うのであるが、自分の眼で見届けない以上、七兵衛はやはり半信半疑であるので、むやみに騒いではならないと女達を戒めて、お国を自分の部屋へさがらせた。

夫婦はいつもの時刻に寝床を出て、なにげない顔をして、朝食の膳にむかったが、お此の顔は青かった。

お元もけさは気分が悪いと言って、ろくろくに朝飯を食わなかった。その顔色も母とおなじように青ざめているのが、七兵衛の注意をひいた。

その日も降り通して薄暗い日であった。午過《ひるす》ぎにお元は茶の間へしょんぼりとはいって来て、両親の前に両手をついた。

「まことに申訳がございません。どうぞ御勘弁をねがいます。」

だしぬけに謝られて、夫婦も煙《けむ》にまかれた。それでも七兵衛はしずかに訊いた。

「申訳がない……。お前は何か悪いことでもしたのか。」

「恐れ入りました。」

「恐れ入ったとは、どういうわけだ。」

「わたくしは……。お家《うち》の娘ではございません。」と、お元は声を沈ませて言った。

夫婦は顔を見あわせた。取分けて七兵衛は自分の耳を疑うほどに驚かされた。

「家の娘ではない……。どうしてそんなことを言うのだ。」

「わたくしは江戸の本所で生れまして、小さい時から両親と一緒に近在の祭や縁日をまわっておりました。お糸というのがやはり私の本名でございます。わたくし共の一座には蛇つかいもおりました。鶏娘という因果物もおりました。わたくしは鼠を使うのでございました。芝居でする金閣寺の雪姫、あの芝居の真似事をいたしまして、わたくしがお姫様の姿で桜の木にくくり付けられて、足の爪先《つまさき》で鼠をかきますと、たくさんの鼠がぞろぞろと出て来て、わたくしの縄を食い切るのでございます。芝居ならばそれだけですが、鼠を使うのが見世物の山ですから、その鼠がわたくしの頭へのぼったり、襟首へはいったり、ふところへ飛び込んだりして、見物にはらはらさせるのを芸当としていたのでございます。」

お元と鼠との因縁はまずこれで説明された。かれはさらに語りつづけた。

「そうしておりますうちに、江戸ばかりでも面白くないというので、両親はわたくし共を連れて旅かせぎに出ました。まず振出しに八王子から甲府へ出まして、諏訪から松本、善光寺、上田などを打って廻り、それから北国へはいって、越後路から金沢、富山などを廻って岐阜へまいりました。ひと口に申せばそうですが、そのあいだに、足掛け三年の月日が経ちまして、旅先ではいろいろの苦労をいたしました。そうして、去年の秋の初めに岐阜まで参りますと、そこには悪い疫病が流行っていまして、一座のうちで半分ほどばたばたと死んでしまいました。わたくしの両親もおなじ日に死にました。もうどうすることも出来ないので、残る一座の者は散りぢりばらばらになりましたが、そのなかにお角という三味線ひきの悪い奴がありまして、わたくしをだまして、どこかへ売ろうと企んでいるらしいので、うかうかしていると大変だと思いまして、着のみ着のままでそっと逃げ出しました。東海道を下ると追っ掛けられるかも知れないので、中仙道を取って木曾路へさしかかった頃には、わずかの貯えもなくなってしまって、もうこの上は、乞食でもするよりほかはないと思っていますと、運よく伊平さんの家に引取られて、まあ何ということなしに半年余りを暮していたのでございます。」

お元は怪しい女でなく、不幸の女である。その悲しい身の上ばなしを聞かされて、気の弱いお此は涙ぐまれて来た。

四

これからがお元の懺悔である。

「まったく申訳のないことを致しました。この三月の二十七日に、伊平さんの商売の手伝いをして三軒屋の立場茶屋へ熊の皮や熊の胆を売りに行きますと、あなた方にお目にかかりました。その時に旦那さまが子細ありそうに、私の顔をじっと眺めておいでなさるので、なんだか、おかしいと思っておりますと、やがてわたくしを傍へ呼んで、おまえの左の二の腕に青い痣《あざ》はないかとお訊きになりました。さてはこの人は娘か妹か、なにかの女をさがしているに相違ないと思う途端に、ふっと悪い料簡が起りました。こんな木曾の山の中に、いつまで暮していても仕様がない。ここで何とかごまかして……。こう思ったのがわたくしの誤りでございました。奥へ連れて行かれる時に、店の柱へ二の腕をそっと強く打ちつけて、急ごしらえの痣をこしらえまして……。わたくしはまた何という大胆な女でございましょう。旦那さまの口占《くちうら》を引きながら、いい加減の嘘八百をならべ立てて、表に遊んでいるところを見識らない女に連れて行かれたの、それから京へ行って育てられたの、継母《ままはは》にいじめられたのと、まことしやかな作りごとをして、旦那さまをはじめ皆さんをいいように欺してしまって、とうとうこの家へ乗り込んだのでございます。思えば、一から十までわたくしが悪かったのでございます。どうぞ御勘弁をねがいます。」と、かれは前髪を畳にすり付けながら泣いた。

ここらでも人に知られた近江屋七兵衛、四十二歳の分別盛りの男が、いかにわが子恋しさに眼が眩《くら》んだといいながら、十七八の小女にまんまと一杯食わされたかと思うと、七兵衛も我ながら腹が立つやら、ばかばかしいやらで、しばらくは開《あ》いた口が塞がらなかった。それでもまだ腑に落ちないことがあるので、彼は気を取直して訊いた。

「そこで、鼠はどうしたのだ。おまえが持って来たのか。」

「それが不思議でございます。」と、お元はうるんだ眼をかがやかしながら答えた。「岐阜の宿をぬけ出す時に、商売道具は勿論、鼠もみんな置き去りにして来たのでございますが、途中まで出て気がつきますと、一匹の小鼠がわたくしの袂にはいっていたのでございます。どうして紛れ込んでいたのか、それともわたくしを慕って来たのか、なにしろ捨てるのも可哀そうだと思いまして、懐に忍ばせたり、袂に入れたりして、木曽路までは一緒に連れて来ましたが、伊平さんの家に落ちつくようになりました時に、因果をふくめて放してやりました。鼠はそれぎり姿を見せませんので、どこかの縁の下へでも巣を食ってしまったものと思っていますと、旦那さまと御一緒に江戸へ帰る途中、碓氷峠をくだって坂本の宿に泊りますと、その晩、どこから付いて来たのか、その鼠がわたくしの袂のなかにはいっているのを見つけて、実にびっくり致しました。それほど自分に馴染んでいて、こうしてここまで付いて来たかと思うと、どうも捨てる気にならないので、そっと袂に入れて来ました。それを梅次郎さんや義助さんに見付けられて、ずいぶん困ったこともありましたが……。まあ、旦那さまには隠して置いてもらうことにして、無事に江戸まで帰ってまいりますと、この頃になってまたどこからか出て来まして、時々にわたくしの部屋へも姿をみせます。しかも、ゆうべはわたくしの夢に、その鼠が枕もとへ忍んで来まして、袖をくわえてどこへか引っ張っていこうとするらしいのです。こっちが行くまいとしても、相手は無理にくわえていこうとする。同じような夢を幾たびも繰返して、わたくしもがっかりしてしまいました。そのせいか、今朝はあたまが重くって、何をたべる気もなしにぼんやりしていますと、仲働きと女中の話し声がきこえまして……。」

あまりに気分が悪いので、お元は台所へ水を飲みにゆくと、女中部屋で仲働きのお国が女中お芳に何か小声で話しかけている。鼠という言葉が耳について、お元はそっと立聞きすると、ゆうべはあの鼠がおかみさんの蚊帳のなかへはいり込んだこと、お元の枕もとにも坐っていたこと、それらをお国が不思議そうにささやいているのであった。

もう仕方がないとお元も覚悟した。娘に化けて近江屋の家督を相続する――その大願成就はおぼつかない。うかうかしていると化けの皮を剝がれて、騙《かた》りの罪に問われるかも知れない。いっそ今のうちにも何もかも白状して、七兵衛夫婦に自分の罪を詫びて、早々にここを立去るのほかはないと、かれは思い切りよく覚悟したのである。

「重々憎い奴と、定めしお腹も立ちましょうが、どうぞ御勘弁くださいまして、きょうお暇をいただきとうございます。」と、お元はまた泣いた。

その話を聞いているあいだに、七兵衛もいろいろ考えた。憎いとはいうものの、欺されたのは自分の不覚である。当人の望み通りに、早々追い出してしまえば子細はないのであるが、親類の手前、世間の手前、奉公人の手前、それを何と披露していいか。正直にいえば、まったくお笑い草である。近江屋七兵衛はよくよくの馬鹿者であると、自分の恥を内外にさらさなければならない。その恥がそれからそれへと広まると、近江屋の暖簾《のれん》にも瑕が付く。それらのことを考えると、七兵衛も思案にあぐんだ。

女房のお此も夫とおなじように考えた。殊にお此は女であるだけに、自分の前に泣いて詫びているお元のすがたを見ると、またなんだか可哀そうにもなって来た。たとい偽者であるにもせよ、けさまでわが子と思っていたお元を、このまま直ぐに追い出すに忍びないような弱い気にもなった。

「まあ、お待ちなさいよ。」と、お此はお元をなだめるように言った。「そう事が判れば、わたし達のほうにも又なんとか考えようがある。ともかくも今すぐに出て行くのはよくない。もうちっとの間、知らん顔をしていておくれよ。」

「それがいい。」と、七兵衛も言った。「いずれ何とか処置を付けるから、もうちっと落ちついていてくれ。私のほうでも自分の暖簾にかかわることだから、決してこれを表沙汰にして、おまえを騙りの罪に落すようなことはしない。まあ安心して待っていてくれ。」

夫婦からいろいろに説得されて、お元もおとなしく承知した。

「それでは何分よろしく願います。」

自分の部屋へ立去るお元のうしろ姿を見送って、深い溜息が夫婦の口を洩れた。いかにお此が弱い気になったからといって、すでに偽者の正体があらわれた以上、それをわが子として養って置くことは出来ない。さりとて、その事実をありのままに世間へ発表することも出来ない。しょせんはお元に相当の手切金をあたえて、人知れずにこの家を立ちのかせ、表向きは家出と披露するのが一番無事であるらしい。勿論それも外聞にかかわることではあるが、偽者と知らずに連れ込んだというよりはましである。一旦かどわかされた娘をようよう連れ戻して来たところ、その悪者どもが付けて来て、再びかどわかして行ったのであろうということにすれば、こちらに油断の越度があったにもせよ、世間からは気の毒だと思われないこともない。ともかくも大きな恥をさらさないで済みそうである。夫婦の相談はまずそれに一致した。

「それにしても、梅ちゃんも義助もあんまりじゃありませんか。」と、お此は腹立たしそうに言った。「江戸へ帰る途中で、お元の袂に鼠を見付けたことがあるなら、誰かがそっと知らせてくれてもいいじゃありませんか。お国が話してくれなければ、わたし達はいつまでも知らずにいるのでした。このあいだも梅ちゃんにきいたら、途中ではなんにも変ったことはなかった、なぞと白ばっくれているんですもの。」

「まあ、仕方がない。梅次郎や義助を恨まないがいい。誰よりも彼よりも、わたしが一番悪いのだ。私が馬鹿であったのだ。」と、七兵衛は諦めたように言った。「そんな者にだまされたのが重々の不覚で、今さら人を咎めることはない。みんな私が悪いのだ。」

さすがは大家《たいけ》の主人だけに、七兵衛はいっさいの罪を自分にひき受けて、余人を責めようとはしなかった。

それから二日目の夜の更けた頃に、お元は身拵えをして七兵衛夫婦の寝間へ忍び寄ると、それを待っていた七兵衛は路用として十両の金をわたした。彼は小声で言い聞かせた。

「江戸にいると面倒だ。どこか遠いところへ行くがいい。」

「かしこまりました。おかみさんにもいろいろ御心配をかけました。」と、お元は蚊帳の外に手をついた。

「気をつけておいでなさいよ。」

お此の声も曇っていた。それをうしろに聞きながら、お元は折からの小雨のなかを庭さきへ抜け出した。横手の木戸を内からあけて、かれのすがたは闇に消えた。

あくる朝の近江屋はお元の家出におどろき騒いだ。主人夫婦も表面《うわべ》は驚いた顔をして、人々と共に立ち騒いでいた。

その予定の筋書以外に、かれら夫婦を本当におどろかしたのは、四谷からさのみ遠くない青山の権太原の夏草を枕にして、二人の若い男が倒れているという知らせであった。男のひとりは近江屋の手代義助で、他のひとりは越前屋の梅次郎である。義助は咽喉を絞められていた。梅次郎は短刀で脇腹を刺されていた。その短刀は近江屋の土蔵にある質物《しちもつ》を義助が持ち出したのである。死人に口なしで勿論たしかなことは判らないが、検視の役人らの鑑定によれば、かれらはこの草原で格闘をはじめて、梅次郎が相手を捻じ伏せてその咽喉を絞め付けると、義助も短刀をぬいて敵の脇腹を刺し、双方が必死に絞めつけ突き刺して、ついに相討ちになったのであろうという。

お元の家出と二人の横死と、そのあいだに何かの関係があるかないか、それも判らなかった。もし関係があるとすれば、お元と義助と諜《しめ》しあわせて家出をしたのを、梅次郎があとから追い着いて格闘を演ずることになったのか。あるいはそれと反対に、お元と梅次郎とが家出したのを、義助が追って行ったのか。かれらは何がゆえに闘ったのか、お元はどうしたのか。それらの秘密は誰にも判らなかった。

お元が江戸へ帰る途中、その袂に忍ばせている鼠を梅次郎と義助に見付けられて、ずいぶん困ったこともあったというから、あるいはその秘密を守る約束のもとに、二人の若い男はお元に一種の報酬を求めたかも知れない。その情交のもつれがお元の家出にむすび付いて、こんな悲劇を生み出したのではないかと、七兵衛夫婦はひそかに想像したが、もとより他人《ひと》に言うべきことではなかった。

ふたりの死骸を初めて発見したのは、そこへ通りかかった青山百人組の同心で、死骸のまわりを一匹の灰色の小鼠が駈けめぐっていたとのことであるが、それはそこらの野鼠が血の匂いをかいで来たので、お元の鼠とは別種のものであろう。

お元の消息はわからなかった。

昭和七年十一月作「サンデー毎日」

魚《ぎょ》　妖《よう》

むかしから鰻《うなぎ》の怪を説いたものは多い。これはかの曲亭馬琴の筆記に拠ったもので、その話をして聴かせた人は決して嘘をつくような人物でないと、馬琴は保証している。その話はこうである。

上野の輪王寺宮に仕えている儒者に、鈴木一郎という人があった。名乗は秀実、雅号は有年といって、文学の素養もふかく、馬琴とも親しく交際していた。

天保三、壬辰《みずのえたつ》年の十一月十三日の夜である。馬琴は知人の関潢南の家にまねかれて晩餐の馳走になった。有名な気むずかしい性質から、馬琴には友人というものが極めてすくない。ことに平生から出不精を以って知られている彼が十一月――この年は閏年であった――の寒い夜に湯島台までわざわざ出かけて行ったくらいであるから、潢南とはよほど親密にしていたものと察せられる。酒を飲まない馬琴はすぐに飯の馳走になった。ふたりのあいだに燈火《あかり》の下で主人と話していると、外では風の音が寒そうにきこえた。

は、ことしの八月に仕置になった鼠小僧の噂などが出た。

そこへあたかも来あわせたのは、かの鈴木有年であった。有年は実父の喪中であったが、馬琴が今夜ここへ招かれて来るということを知っていて、食事の済んだ頃を見はからって、わざと後れて顔を出したのであった。彼の父は伊勢の亀山藩の家臣で下谷《したや》の屋敷内に住んでいたが、先月の廿二日に七十二歳の長寿で死んだ。彼はその次男で、遠い以前から鈴木家の養子となっているのであるが、ともかくもその実父が死んだのであるから、彼は喪中として墓参以外の外出は見あわせなければならなかった。しかしこの濆南の家は彼の親戚に当っているのと、今夜は馬琴が来るというのとで、有年も遠慮なしにたずねて来て、その団欒にはいったのである。

馬琴は元来無口という人ではない。自分の嫌いな人物に対して頗る無愛想であるが、こころを許した友に対しては話はなかなか跳《はず》む方であるから、三人は火鉢を前にして、冬の夜の寒さを忘れるまでに語りつづけた。そのうちに何かの話から主人の濆南はこんなことを言い出した。

「御承知か知らぬが、先頃ある人からこんなことを聴きました。日本橋の茅場町に錦とかいう鰻屋があるそうで、そこの家では鰻や泥鰌《どじょう》のほかに泥鼈《すっぽん》の料理も食わせるので、なかなか繁昌するということです。その店は入口が帳場になっていて、そこを通りぬけると中庭がある。その中庭を廊下づたいに奥座敷へ通ることになっているのですが、ここに不思議な話というのは、その中庭には大きい池があって、そこにたくさんのすっぽんが放してある。天気のいい日には、そのすっぽんが岸へあがったり、池のなかの石に登ったりして遊んでいる。ところで、客がその奥座敷へ通って、うなぎの蒲焼や泥鰌鍋をあつらえた時には、かのすっぽん共は平気で遊んでいるが、もし泥鼈をあつらえると、かれらは忽ちに水のなかへ飛び込んでしまう。それはまったく不思議で、すっぽんという声がきこえると、たくさんのすっぽんがあわてて一度に姿をかくしてしまうそうです。かれらに耳があるのか、すっぽんと聞けばわが身の大事と覚《さと》るのか、なにしろ不思議なことで、それをかんがえると、泥鼈を食うのも何だか忌《いや》になりますね。」

有年はだまって聴いていた。馬琴はしずかに答えた。

「それは初耳ですが、そんなことが無いとも言えません。これはわたしの友達の小沢《おざわ》蘆《ろ》庵《あん》から聴いた話ですが、蘆庵の友達に伴蒿蹊《ばんこうけい》というのがあります。ご存じかも知れないが、蘆庵、蒿蹊、澄月、慈延といえば平安の四天王と呼ばれる和歌や国学の大家ですが、その蒿蹊がこういう話をしたそうです。家の名は忘れましたが、京に名高いすっぽん屋があって、そこへ或る人が三人づれで料理を食いに行くと、その門口《かどぐち》にはいったかと思うと、ひとりの男が急に立ちどまって、おれは食うのを止そうという。ほかの二人もたちまち同意して引っ返してしまった。見ると、おたがいに顔の色が変っている。まず一、二町のあいだは黙って歩いていたが、やがてそのひとりが最初帰ろうと言い出した男にむかって、折角ここまで足を運びながらなぜ俄に止めると言い出したのかと訊くと、その男は身をふるわせて、いや、実に怖ろしいことであった。あの家の店へはいると、帳場のわきに大きなすっぽんが炬燵《こたつ》に倚《よ》りかかっていたので、これは不思議だと思ってよく見ると、すっぽんでなくて亭主であった。おれは俄にぞっとして、もうすっぽんを食う気にはなれないので、早々に引っ返して来たのだという。それを聞くと、ほかの二人は溜息をついて、実はおれ達もおなじものを見たので、お前が止そうと言ったのを幸いに、すぐに一緒に出て来たのだという。その以来、この三人は決してすっぽんを食わなかったということです。それは作り話でなく、蒿蹊がまさしくその中のひとりの男から聴いたのだと言います。」

有年はやはり黙って聴いていた。濆南は聴いてしまって溜息をついた。

「なるほど、そういう不思議が無いとはいえませんね。おい、一郎。おまえの叔父さんのようなこともあるからね。お前、あの話を曲亭先生のお耳に入れたことがあるか。」

「いいえ、まだ……。」と、有年は少し渋りながら答えた。

「こんな話の出たついでだ。おまえも叔父さんの話をしろよ。」と、濆南はうながした。

「はあ。」

有年はまだ渋っているらしかった。有年の叔父という人は若いときから放蕩者で、屋敷を飛び出して何かの職人になっているとかいう噂を馬琴もたびたび聞いているので、その叔父について何か語るのを甥の有年もさすがに恥じているのであろうかと思いやると、馬琴もすこし気の毒になった。上野の五つ（午後八時）の鐘がきこえた。

「おお、もう五つになりました。」と、馬琴は帰り支度にかかろうとした。

「いや、まだお早うございます。」と、有年は押し止めた。「今もここの主人に言われたのですが、実はわたくしの叔父について一つの不思議な話があるのを、今から五年ほど前に初めて聴きました。まことにお恥かしい次第ですが、わたくしの叔父というのは箸にも棒にもかからない放蕩者で、若いときから町屋《まちや》の住居をして、それからそれへと流れ渡って、とうとう左官屋になってしまいました。それでもだんだんに年を取るにつれて、職もおぼえ、人間も固まって、今日《こんにち》ではまず三、四人の職人を使い廻してゆく親方株になりましたので、ここの家へもわたくしの家へも出入りをするようになりました。そういう縁がありますので、わたくし共の家で壁をぬり換える時に、叔父にその仕事をたのみますと、叔父は職人を毎日よこしてくれまして、自分もときどきに見廻りに来ました。そこで、ある日の午飯にうなぎの蒲焼を取寄せて出しますと、叔父は俄に顔の色を変えて、いや、鰻は真っぴらだ。早くあっちへ持って行ってくれというのです。これが普通の職人ならば、うなぎの蒲焼などを食わせる訳もないのですが、職人といっても叔父のことですから、わたくし夫婦も気をつけてわざわざ取寄せて出したのに、見るのも忌だと言われると、こっちもなんだか詰まらないような気にもなります。殊に家内は女のことですから、すこしく顔の色を悪くしたので、叔父も気の毒になったらしく、これには訳のあることだから堪忍してくれ。ともかくも江戸の職人をしていて、鰻が嫌いだなどというのはおかしいようだが、おれは鰻を見ただけでも忌な心持になる。と言ったばかりでは判るまい。まあこういうわけだと、叔父が自分のわかい時の昔話をはじめたのです。」

有年の叔父は吉助というのであるが、屋敷を飛び出してから吉次郎と呼んでいた。かれは左官屋になるまでに所々をながれあるいて、いろいろのことをしていたらしい。それについては吉次郎も一々くわしく語らなかったが、この話はかれが廿四五の頃で、浅草のある鰻屋にいた時の出来事である。最初は鰻裂きの職人として雇われたのであるが、ともかくも武家の出で、読み書きなども一通りは出来るのを主人に見込まれて、そこの家《うち》の養子になった。そうして、養父と一緒に鰻の買出しに千住へも行き、日本橋の小田原町へも行った。

　ある夏の朝である。吉次郎はいつもの通りに、養父と一緒に日本橋へ買出しに行って、幾笊かのうなぎを買って、河岸《かし》の軽子《かるこ》に荷わして帰った。暑い日のことであるから、汗をふいて先ず一休みして、養父の亭主がそのうなぎを生簀《いけす》へ移し入れようとすると、そのなかに吃驚《びっくり》するほどの大うなぎが二匹まじっているのを発見した。亭主は吉次郎をよんで訊いた。

「河岸できょう仕入れたときに、こんな荒い奴はなかったように思うが、どうだろう。」

「そうですね。こんな馬鹿にあらい奴はいませんでした。」と、吉次郎も不思議そうに言った。

「どうして蜿《のたく》り込んだか知らねえが、大層な目方でしょうね。」

「おれは永年この商売をしているが、こんなのを見たことがねえ。どこかの沼の主《ぬし》かも知れねえ。」

　ふたりは暫くその鰻をめずらしそうに眺めていた。実際、それはどこかの沼か池の主とでもいいそうな大鰻であった。

「なにしろ、囲って置きます。」と、吉次郎は言った。「近江屋か山口屋の旦那が来たときに持ち出せば、きっと喜ばれますぜ。」

「そうだ。あの旦那方のみえるまで囲っておけ。」

近江屋も山口屋も近所の町人で、いずれも常得意のうなぎ好きであった。殊にどちらも鰻のあらいのを好んで、大串ならば価《あたい》を論ぜずに貪り食うという人達であるから、この人達のまえに持ち出せば、相手をよろこばせ、あわせてこっちも高い金が取れる。商売として非常に好都合であるので、沼の主でもなんでも構わない、大切に飼っておくに限るという商売気がこの親子の胸を支配して、二匹のうなぎは特別の保護を加えて養われていた。

それから二、三日の後に、山口屋の主人がひとりの友達を連れて来た。かれの口癖で、門《かど》をくぐると直《す》ぐに訊いた。

「どうだい。筋のいいのがあるかね。」

「めっぽう荒いのがございます。」と、亭主は日本橋でかの大うなぎを発見したことを報告した。

「それはありがたい。すぐに焼いて貰おう。」

ふたりの客は上機嫌で二階へ通った。待ち設けていたことであるから、亭主は生簀からまず一匹の大うなぎをつかみ出して、すぐにそれを裂こうとすると、多年仕馴れた業《わざ》であるのに、どうしたあやまちか彼は鰻錐で左の手をしたたかに突き貫いた。

「これはいけない。おまえ代って裂いてくれ。」

かれは血の滴る手をかかえて引っ込んだので、吉次郎は入れ代って俎板にむかって、いつもの通りに裂こうとすると、その鰻は蛇のようにかれの手へきりきりとからみ付いて、脈の通わなくなるほどに強く締めたので、左の片手はしびれるばかりに痛んで来た。吉次郎もおどろいて少しくその手をひこうとすると、うなぎは更にその尾をそらして、かれの脾腹を強く打ったので、これも息が止まるかと思うほどの痛みを感じた。重ねがさねの難儀に吉次郎も途方にくれたが、人を呼ぶのもさすがに恥かしいと思ったので、一生懸命に大うなぎをつかみながら、小声でかれに言いきかせた。

「いくらお前がじたばたしたところで、しょせん助かるわけのものではない。どうぞおとなしく素直に裂かれてくれ。その代りにおれは今日かぎりで、きっとこの商売をやめる。判ったか。」

それが鰻に通じたとみえて、かれはからみ付いた手を素直に巻きほぐして、俎板の上で安々と裂かれた。吉次郎はまず安心して、型のごとくに焼いて出すと、連れの客は死人を焼いたような匂いがするといって箸を把らなかった。山口屋の主人は半串ほど食うと、俄に胸が悪くなって嘔《は》き出してしまった。

その夜なかの事である。うなぎの生簀のあたりで凄まじい物音がするので、家内の者はみな眼をさました。吉次郎はまず手燭をとぼして蚊帳のなかから飛び出してゆくと、そこらには別に変った様子も見えなかった。夜なかは生簀の蓋の上に重い石をのせて置くのであるが、その石も元のままになっているので、生簀に別条はないことと思いながら、念のためにその蓋をあけて見ると、たくさんのうなぎは蛇のように頭をあげて、一度にかれを睨んだ。

「これもおれの気のせいだ。」

こう思いながらよく視ると、ひとつ残っていた、かの大うなぎは不思議に姿を隠してしまった。一度ならず、二度三度の不思議をみせられて、吉次郎はいよいよ怖ろしくなった。かれは夏のみじか夜の明けるを待ちかねて、養家のうなぎ屋を無断で出奔した。上総《かずさ》に身寄りの者があるので、吉次郎はまずそこへたどり着いて、当分は忍んでいる事にした。しかし一旦その家の養子となった以上、いつまでも無断で姿を隠しているのはよくない。万一養家の親たちから駈落ちの届けでも出されると、おまえの身の為にならまい、と周囲の者からも注意されたので、吉次郎はふた月ほど経ってから江戸の養家へたよりをして、自分は当分帰らないということを断ってやると、養父からは是非一度帰って来い、何かの相談はその上のことにすると言って来たが、もとより帰る気のない吉次郎はそれに対して返事もしなかった。

こうして一年ほど過ぎた後に、江戸から突然に飛脚が来て、養父はこのごろ重病で頼みすくなくなったから、どうしても一度戻って来いというのであった。あるいは自分をおびき寄せる手だてではないかと一旦は疑ったが、まだ表向きは離縁になっている身でもないので、仮にも親の大病というのを聞き流していることも出来まいと思って、吉次郎はともかくも浅草へ帰ってみると、養父の重病は事実であった。しかも養母は密夫をひき入れて、商売には碌々に身を入れず、重体の亭主を奥の三畳へなげ込んだままで、誰も看病する者もないという有様であった。

余事はともあれ、重病の主人をほとんど投げやりにして置くのは何事であるかと、吉次郎もおどろいて養母を詰《なじ》ると、かれの返事はこうであった。

「おまえは遠方にいて何にも知らないから、そんなことを言うのだが、まあ、病人のそばに二、三日付いていて御覧、なにもかもみんな判るから。」

なにしろ病人をこんなところに置いてはいけないと、吉次郎は他の奉公人に指図して、養父の寝床を下座敷に移して、その日から自分が付切りで看護することになったが、病人は口をきくことが出来なかった。薬も粥も喉へは通らないで、かれは水を飲むばかりであった。彼はうなぎのように頬をふくらせて息をついているばかりか、時々に寝床の上で泳ぐような形をみせた。医者もその病症はわからないと言った。しかし吉次郎にはひしひしと思い当ることがあるので、その枕もとへ寄付かない養母をきびしく責める気にもなれなくなった。彼はあまりの浅ましさに涙を流した。

それからふた月ばかりで病人はとうとう死んだ。その葬式が済んだ後に、吉次郎はあらためて養家を立去ることになった。その時に彼は養母に注意した。

「おまえさんも再びこの商売をなさるな。」

「誰がこんなことするものかね。」と、養母は身ぶるいするように言った。

吉次郎が左官になったのはその後のことである。

ここまで話して来て、鈴木有年は一息ついた。三人の前に据えてある火鉢の炭も大方は白い灰になっていた。

「なんでもその鰻というのは馬鹿に大きいものであったそうです。」と、有年はさらに付け加えた。

「叔父の手を三まきも巻いて、まだその尾のさきで脾腹を打ったというのですから、その大きさも長さも思いやられます。打たれた跡は打身《うちみ》のようになって、今でも暑さ寒さには痛むということです。」

それから又いろいろの話が出て、馬琴と有年とがそこを出たのは、その夜ももう四つ

（午後十時）に近い頃であった。凧はいつか吹きやんで、寒月が高く冴えていた。下町の家々の屋根は霜を置いたように白かった。途中で有年にわかれて、馬琴はひとりで歩いて帰った。

「この話を斎藤彦麿に聞かしてやりたいな。」と、馬琴は思った。「彦麿はなんと言うだろう。」

斎藤彦麿はその当時、江戸で有名の国学者である。彼は鰻が大すきで、毎日ほとんどかかさずに食っていた。それはかれの著作、「神代余波」のうちにこういう一節があるのを見てもわかる。

――かば焼もむかしは鰻の口より尾の方へ竹串を通して丸焼きにしたること、今の鯩《ぼら》このしろなどの魚田楽の如くにしたるよし聞き及べり。大江戸にては早くより天下無双の美味となりしは、水土よろしきゆえに最上のうなぎ出来て、三大都会にすぐれたる調理人群居すれば、一天四海に比類あるべからず、われ六、七歳のころより好み食いて、八十歳までも無病なるはこの霊薬の効験にして、草根木皮のおよぶ所にあらず。

大正十三年六月作「週刊朝日」

夢《ゆめ》のお七《しち》

一

大田蜀山人の「一話一言」を読んだ人は、そのうちにこういう話のあることを記憶しているであろう。

八百屋お七の墓は小石川の円乗寺にある。妙栄禅定尼と彫られた石碑は古いものであるが、火災のときに中程から折られたので、そのまま上に乗せてある。然るに近頃それと同様の銘を切って、立像の阿弥陀を彫刻した新しい石碑が、その傍《かたわら》に建てられた。ある人がその子細をたずねると、円乗寺の住職はこう語った。

駒込の天沢山龍光寺は京極佐渡守高矩の菩提寺で、屋敷の足軽がたびたび墓掃除にかよっていた。その足軽がある夜の夢に、いつもの如く墓掃除にかようこころで小石川の馬場のあたりを夜ふけに通りかかると、暗い中から鶏が一羽出て来た。見ると、その首は少女で、形は鶏であった。鶏は足軽の裾をくわえて引くので、なんの用かと尋ねると、少女は答えて、恥かしながら自分は先年火あぶりのお仕置をうけた八百屋の娘お七である。今もなおこのありさまで浮ぶことが出来ないから、どうぞ亡きあとを弔ってくれと言った。頼まれて、足軽も承知したかと思うと、夢はさめた。

不思議な夢を見たものだと思っていると、その夢が三晩もつづいたので、足軽も捨ては置かれないような心持になって、駒込の吉祥寺へたずねて行くと、それは伝説のあやまりで、お七の墓は小石川の円乗寺にあると教えられて、更に円乗寺をたずねると、果してそこにお七の墓を見いだした。その石碑は折れたままになっているが、無縁の墓であるから修繕する者もないという。そこで、足軽は新しい碑を建立《こんりゅう》し、なにがしの法事料を寺に納めて無縁のお七の菩提を弔うことにしたのである。いかなる因縁で、お七がかの足軽に法事を頼んだのか、それは判らない。足軽もその後再びたずねて来ない。

以上が蜀山人手記の大要である。案ずるに、この記事を載せた「一話一言」の第三巻は天明五年ごろの集録であるから、その当時のお七の墓はよほど荒廃していたらしい。お七の墓が繁昌するようになったのは、寛政年中に岩井半四郎がお七の役で好評を博した為に、円乗寺内に石塔を建立したのに始まる。要するに、半四郎の人気を煽ったのである。お七のために幸いでないとは言えない。

お七の墓のほとりにある阿弥陀像の碑について、円乗寺の寺記には、

「又かたはらに弥陀尊像の塔あり。これまたお七の菩提のために後人の建立しつる由なれど、施主はいつの頃いかなる人とも今明白に考へ難し。或はいふ、北国筋の武家何某《なにがし》、夢中にお七の亡霊告げて云ふ、わが墳墓は江戸小石川なる円乗寺といふ寺にあれども、後世を弔ふもの絶えて、安養世界に常住し難し、されば彼の地に尊形の石塔を建て給はゞ、必ず得脱成仏すべしと。これによって遥に来りて、形の如く営みけるといへり。云々《うんぬん》。」

この寺記は同寺第二十世の住職が弘化二年三月に書き残したもので、蜀山人の「一話一言」よりも六十年余の後である。同じ住職の説くところでも、天明時代の住職と弘化時代の住職との話のあいだには、かなりの相違がある。しかもお七の亡霊が武家に仕える者の夢に入って、石碑建立の仏事を頼んだということは一致しているのである。いずれにしても武家に縁のある人が何かの事情でお七の碑を建立するについて、あからさまにその事情を明かし難く、夢に托して然るべく取計らったものであろうと察せられる。

私がこんなことを長々と書いたのは、お七の石碑の考証をするためではない。そういう考証や研究は他に相当の専門家がある。私が今これだけのことを書いたのは、ある老人からそれに因《ちな》んだ昔話を聞かされたからである。その話の受売りをする前提として、

昔もこういう事があったと説明を加えて置いたに過ぎない。

そこで、その話は「一話一言」よりも八十余年の後、さらに円乗寺の寺記よりも二十三年の後、すなわち慶応四年五月の出来事で、私にそれを話した老人は石原治三郎（仮名）という三百五十石の旗本である。治三郎はその当時廿八歳で、妻のお貞は廿三歳、夫婦のあいだにお秋という今年四歳になる娘があった。慶応四年――それがいかなる年であるかは今更説明するまでもあるまい。石原治三郎が四谷の屋敷を出て、上野の彰義隊に加わったのは、その年の四月中旬であった。

彰義隊らとは成るべく衝突を避けて、無事に鎮撫解散させるのが薩長側の方針であったから、直ぐには攻めかかって来ない。彰義隊士も一方には防禦の準備をしながら、そのあいだには徒然《つれづれ》に苦しんで市中を徘徊するのもある。芝居や寄席などに行くのもある。吉原などに入り込むのもある。しかも自分の屋敷へ立寄るものは殆どなかった。殊に石原の家では、主人が家を出ると共に、妻子は女中を連れて上総《かずさ》の知行所へ引っ込んでしまって、その跡はあき屋敷になっていたので、もう帰るべき家もなかった。

五月二日は治三郎の父の祥月命日である。この時節、もちろん仏事などを営んでいるべきではないが、せめてはこうして生きている以上、墓参だけでもして置こうと思い立って、治三郎はその日の朝から上野の山を出た。菩提寺は小石川の指ヶ谷町にあるので、型のごとくに参詣を済ませ、寺にも幾らかの供養料を納め、あわせて自分が亡きあとの回向《えこう》をも頼んで帰った。その帰り道に、かの円乗寺の前を通りかかった。

「あの時はどういう料簡だったのか今では判りません。」と、治三郎老人は我ながら不思議そうに語るのであった。

まったく不思議と思われるくらいで、治三郎はその時ふいとお七の墓が見たくなったのである。彰義隊と八百屋お七と、もとより関係のあるべき筈はないが、彰義隊の一人石原治三郎は唯なんとなくお七の墓に心を惹かれたのである。彼は円乗寺の門内にはいって、お七の墓をたずねて行った。墓のほとりの八重桜はもう青葉になっていた。瘦せても枯れても三百五十石の旗本の殿様が、縁のない八百屋のむすめなどに頭を下げる理屈もないが、相手が墓のなかの人であると思うと、治三郎の頭はおのずと下がった。

寺を出て、下谷の方角へ戻って来ると、池《いけ》の端《はた》で三人の隊士に出逢った。

「午飯《ひるめし》を食いに行こう。」

「雁鍋《がんなべ》へ行こう。」

四人が連れ立って、上野広小路の雁鍋へあがった。この頃は世の中がおだやかでない。殊に彰義隊の屯所の上野界隈は、昼でも悠々と飯を食っている客は少かった。四人は広い二階を我物顔に占領して飲みはじめた。あしたにも寄手《よせて》が攻めて来れば討死と覚悟しているのであるから、いずれも腹いっぱいに飲んで食って、酔って歌った。相当に飲む治三郎もしまいには酔い倒れてしまった。

大仏の八つ（午後二時）の鐘が山の葉桜のあいだから近くひびいた。

「もう帰ろう。」と、一同は立上がった。

治三郎は正体もなく眠っているので、無理に起すのも面倒である。山は眼の前であるから、酔いがさめれば勝手に帰るであろう、と他の三人はそのままにして帰った。置去りにされたのも知らずに、治三郎はなお半時《はんとき》ばかり眠りつづけていると、彼は夢を見た。

その夢は「一話一言」と同じように、八百屋お七が鶏になったのである。首だけは可憐の少女で、形は鶏であった。

「お断り申して置きますが、わたしが蜀山人の〈一話一言〉を読んだのは明治以後のことで、その当時はお七の鶏のことなぞは何にも知らなかったのです。」と、治三郎老人はここで注を入れた。

治三郎は勿論お七の顔なぞ知っている筈はなかったが、その少女がお七であることを夢のうちに直感した。さっき参詣してやったので、その礼に来たのであろうと思った。場所はどこかの農家の空地とでもいいそうな所で、お七の鶏は落穂でもひろうように徘徊していた。かれは別に治三郎の方を見向きもしないので、彼はすこしく的《あて》がはずれた。

なんだか忌々《いまいま》しいような気になったので、彼はそこらの小石をひろって投げつけると、鶏は羽搏《はばた》きをして姿を消した。

夢は唯それだけである。眼がさめると、連れの三人はもう帰ったというので、治三郎も早々に帰った。山へ帰れば一種の籠城である。八百屋お七の夢などを思い出している暇はなかった。

十五日はいよいよ寄手を引寄せて戦うことになった。彰義隊の敗れたその日の夕七つ頃（午後四時）に、治三郎は根津から三河島の方角へ落ちて行った。三、四人の味方には途中ではぐれてしまって、彼ひとりが雨のなかを湿《ぬ》れて走った。しかも方角をどう取違えたか、彼は千住に出た。千住の大橋は官軍が固めている。よんどころなく引っ返して箕輪田圃《みのわたんぼ》の方へ迷って行った。

二

蓮田を前にして、一軒の藁葺屋根が見えたので、治三郎はともかくもそこへ駈け込んだ。彼は飢えて疲れて、もう歩かれなかったのである。ここは相当の農家であるらしかったが、きょうの戦いにおどろかされて雨戸を厳重に閉め切っていた。

治三郎は雨戸を叩いたが、容易に明けなかった。続いて叩いているうちに、四十前後の男が横手の竹窓を細目にあけた。

「おれは上野から来たのだ。ひと晩泊めてくれ。」と、治三郎は言った。

「上野から……。」と、男は不安そうに相手の姿をながめた。「お気の毒ですが、どうぞほかへお出でを願いとうございます。」

　言葉は丁寧であるが、すこぶる冷淡な態度をみせられて、治三郎はやや意外に感じた。ここらに住むものは彰義隊の同情者で、上野から落ちて来たといえば、相当の世話をしてくれると思っていたのに、彼は情《すげ》なく断るのである。

「泊めることが出来なければ、少し休息させてくれ。」

「折角ですが、それも……。」と、彼はまた断った。

　たとい一泊を許されないにしても、暫時ここに休息して、一飯《いっぱん》の振舞にあずかって、それから踏み出そうと思っていたのであるが、それも断られて治三郎は腹立たしくなった。

「それもならないと言うのか。それなら雨戸を蹴破って斬り込むから、そう思え。」

　戦いに負けても、疲れていても、こちらは武装の武士である。それが眼を瞋《いか》らせて立ちはだかっているので、男も気怯《きおく》れがしたらしい。一旦引っ込んで何か相談している様子であったが、やがて渋々に雨戸をあけると、そこは広い土間になっていた。治三郎を内へ引入れると、彼はすぐに雨戸をしめた。家内の者はみな隠れてしまって、その男ひとりがそこに立っていた。

治三郎は水を貰って飲んだ。それから飯を食わせてくれと頼むと、男は飯に梅干を添えて持ち出した。彼は恐れるように始終無言であった。

「泊めてはくれないか。」

「お願いでございますから、どうぞお立退きを……。」と、彼は嘆願するように言った。

「詮議がきびしいか。」

「さきほども五、六人、お見廻りにお出でになりました。」

「そうか。」

上野から来たか、千住から来たか、落武者捜索の手が案外に早く廻っているのに、治三郎はおどろかされた。ここの家で自分を追っ払おうというのも、それがためであると覚った。

「では、ほかへ行ってみよう。」

「どうぞお願い申します。」

追い出すように送られて、治三郎は表へ出ると、雨はまだ降りつづいている。飯を食って休息して飢えと疲れはいささか救われたが、さて、これから何処へゆくか、彼は雨のなかに突っ立って思案した。

捜索の手がもう廻っているようでは、ここらにうかうかしてはいられない。どこの家でも素直に隠まってくれそうもない。どうしたものかと考えながら、田圃路をたどって行くうちに、彼はふと思いついた。かの農家の横手には可なり広いあき地があって、そこに大きい物置小屋がある。あの小屋に忍んで一夜を明かそう。あしたになれば雨も止むであろう。捜索の手もゆるむであろう。自分の疲労も完全に回復するであろう。その上で奥州方面にむかって落ちてゆく。差しあたりそれが最も安全の道であろうと思った。

治三郎は又引っ返した。雨にまぎれて足音をぬすんで、かの農家の横手にまわって、型ばかりの低い粗い垣根を乗り越えて、物置小屋へ忍び込んだ。雨の日はもう暮れかかっているのと、母屋《おもや》は厳重に戸を閉め切っているのとで、誰も気のつく者はないらしかった。

薄暗いのでよく判らないが、小屋のうちには農具や、がらくた道具や、何かの俵のような物が積み込んであった。それでも身を容れる余地は十分にあるので、治三郎は荒むしろ二、三枚をひき出して土間に敷いて、疲れたからだを横たえた。さっきまでは折おりにきこえた鉄砲の音ももう止んだ。そこらの田では蛙がそうぞうしく啼いていた。

雨の音、蛙の音、それを聴きながら寝ころんでいるうちに、治三郎はいつしかうとうとと眠ってしまった。その間に幾たびかお七の鶏の夢をみた。ときどき醒めては眠り、いよいよ本当に眼をあいた時は、もう夜が明けていた。夜が明けるどころか、雨はいつの間にか止んで、夏の日が高く昇っているらしかった。

「寝過したか。」と、治三郎は舌打ちした。

夜が明けたら早々にぬけ出す筈であったのに、もう午《ひる》になってしまった。捜索の手がゆるんだといっても、落武者の身で青天白日のもとを往来するわけにはゆかない。なんとか姿を変える必要がある。もう一度ここの家の者に頼んで、百姓の古着でも売って貰わなければなるまい。そう思って起きなおる途端に、小屋の外で鶏の啼き声が高くきこえた。治三郎はふとお七の夢を思い出した。

又その途端に、物置の戸ががらりとあいて、若い女の顔がみえた。はっと思ってよく視ると、それは夢に見たお七の顔ではなかった。しかもそれと同じ年頃の若い女で、おそらくここの家の娘であろう。内を覗いて、かれもはっとしたらしかった。

「早く隠れてください。」と、娘は声を忍ばせて早口に言った。

隠れる場所もないのである。捜索隊に見付かったら百年目と、かねて度胸を据えていたのであるが、さてこの場合に臨むと、治三郎はやはり隠れたいような気になって、隅の方に積んである何かの俵のかげに這い込んだ。しかも、これで隠れおおせるかどうかは頗る疑問であるので、素破《すわ》といわば飛び出して手あたり次第に斬り散らして逃げる覚悟で、彼はしっかりと大小を握りしめていた。娘はあわてて戸をしめて去った。

鶏の声が又きこえた。表に人の声もきこえた。

「物置はここだな。」

捜索隊が近づいたらしく、四、五人の足音がひびいた。家内を詮議して、更にこの物置小屋をあらために来たのであろう。治三郎は片唾《かたず》をのんで、窺っていた。

「さあ、戸をあけろ。」という声が又きこえた。

家内の娘が戸をあけると、二、三人が内をのぞいた。俵のかげから一羽の雌鶏《めんどり》がひらりと飛び出した。

「むむ、鶏か。」と、かれらは笑った。そうしてそのまま立去ってしまった。

治三郎はほっとした。頼朝の伏木隠れというのも恐らくこうであったろう。彼等は鶏の飛び出したのに油断して、碌々に小屋の奥を詮議せずに立去ったらしい。鶏はどうしてここにいたか。娘が最初に戸をあけた時に、その袂の下をくぐって飛び込んだのかも知れない。

娘が治三郎にむかって早く隠れろと教えたのは、彼に厚意を持ったというよりも、ここで彼を召捕らせては自分たちが巻き添いの禍《わざわい》を蒙るのを恐れた為であろう。鶏が飛び込んだのは偶然であろうが、今の治三郎には何かの因縁があるように考えられた。彼は又もやお七の夢を思い出した。

「お話はこれぎりです。」と、治三郎老人は言った。「その場を運よく逃れたので、今日《こんにち》までこうして無事に生きているわけです。雁鍋でお七の夢をみたのは、その日の午前《ひるまえ》に円乗寺へ墓まいりに行ったせいでしょう。前にもいう通り、なぜ其の時にお七の墓を見る気になったのか、それは自分にも判りません。又その夢が〈一話一言〉の通りであったのも、不思議といえば不思議です。私はそれまで確かに〈一話一言〉なぞを読んだことはなかったのです。箕輪の百姓家に隠れている時に、どうして二度目の夢をみたのか、それも判りません。まさかにお七の魂が鶏に宿って、わたしを救ってくれたわけでもありますまいが、なんだか因縁があるように思われないでも無いので、その後も時々にお七の墓まいりに行きます。夢は二度ぎりで、その後に一度も見たことはありません。」

昭和九年十月作「サンデー毎日」

鯉《こい》

一

日清戦争の終った年というと、かなり遠い昔になる。もちろん私のまだ若い時の話である。夏の日の午後、五、六人づれで向島へ遊びに行った。そのころ千住の大橋ぎわにいい川魚料理の店があるというので、夕飯をそこで食うことにして、日の暮れる頃に千住へ廻った。

広くはないが古雅な構えで、私たちは中《ちゅう》二階の六畳の座敷へ通されて、涼しい風に吹かれながら膳にむかった。わたしは下戸であるのでラムネを飲んだ。ほかにはビールを飲む人もあり、日本酒を飲む人もあった。そのなかで梶田という老人は、猪口《ちょこ》をなめるようにちびりちびりと日本酒を飲んでいた。たんとは飲まないが非常に酒の好きな人であった。

きょうの一行は若い者揃いで、明治生れが多数を占めていたが、梶田さんだけは天保五年の生れというのであるから、当年六十二歳のはずである。しかも元気のいい老人で、いつも若い者の仲間入りをして、そこらを遊びあるいていた。大抵の老人は若い者に敬遠されるものであるが、梶田さんだけは例外で、みんなからも親しまれていた。実はきょうも私が誘い出したのであった。

「千住の川魚料理へ行こう。」

この動機の出たときに、梶田さんは別に反対も唱えなかった。彼は素直に付いて来た。さてここの二階へあがって、飯を食う時はうなぎの蒲焼ということに決めてあったが、酒のあいだにはいろいろの川魚料理が出た。夏場のことであるから、鯉の洗肉《あらい》も選ばれた。

梶田さんは例の如くに元気よくしゃべっていた。うまそうに酒を飲んでいた。しかも彼は鯉の洗肉には一箸も付けなかった。

「梶田さん。あなたは鯉はお嫌いですか。」と、わたしは訊いた。

「ええ。鯉という奴は、ちょいと泥臭いのでね。」と、老人は答えた。

「川魚はみんなそうですね。」

「それでも、鮒や鯰は構わずに食べるが、どうも鯉だけは……。いや、実は泥臭いというばかりでなく、ちょっとわけがあるので……。」と、言いかけて彼は少しく顔色を暗くした。

梶田老人はいろいろのむかし話を知っていて、いつも私たちに話して聞かせてくれる。その老人が何か子細ありげな顔をして、鯉の洗肉に箸を付けないのを見て、わたしはかさねて訊いた。

「どんなわけがあるんですか。」

「いや。」と、梶田さんは笑った。「みんながうまそうに食べている最中《さなか》に、こんな話は禁物だ。また今度話すことにしよう。」

その遠慮には及ばないから話してくれと、みんなも催促した。今夜の余興に老人のむかし話を一度聴きたいと思ったからである。根が話好きの老人であるから、とうとう私たちに釣り出されて、物語らんと坐を構えることになったが、それが余り明るい話でないらしいのは、老人が先刻からの顔色で察せられるので、聴く者もおのずと形をあらためた。

まだその頃のことであるから、ここらの料理屋では電燈を用いないで、座敷には台ランプがともされていた。二階の下には小さい枝川が流れていて、蘆や真菰《まこも》のようなものが茂っている暗いなかに、二、三匹の螢が飛んでいた。

「忘れもしない、わたしが二十歳《はたち》の春だから、嘉永六年三月のことで……。」

三月といっても旧暦だから、陽気はすっかり春めいていた。尤もこの正月は寒くって、一月十六日から三日つづきの大雪、なんでも十年来の雪だとかいう噂だったが、それでも二月なかばからぐっと余寒がゆるんで、急に世間が春らしくなった。その頃、下谷の不忍《しのばず》の池浚いが始まっていて、大きな鯉や鮒が捕れるので、見物人が毎日出かけていた。そのうちに三月の三日、ちょうどお雛さまの節句の日に、途方もない大きな鯉が捕れた。五月の節句に鯉が捕れたのなら目出たいが、三月の節句ではどうにもならない。捕れた場所は浅草堀——といっても今の人には判らないかも知れないが、菊屋橋の川筋で、下谷に近いところ。その鯉は不忍の池から流れ出して、この川筋へ落ちて来たのを、土地の者が見つけて騒ぎ出して、掬い網や投網《とあみ》を持ち出して、さんざん追いまわした挙句に、どうにか生捕ってみると、何とその長さは三尺八寸、やがて四尺に近い大物であった。で、みんなもあっとおどろいた。

「これは池のぬしかも知れない、どうしよう。」

捕りは捕ったものの、あまりに大きいので処分に困った。

「このまま放してやったら、大川へ出て行くだろう。」

とは言ったが、この獲物を再び放してやるのも惜しいので、いっそ観世物に売ろうかという説も出た。いずれにしても、こんな大物を料理屋でも買う筈がない。思い切って放してしまえと言うもの、観世物に売れと言うもの、議論が容易に決着しないうちに、その噂を聞き伝えて大勢の見物人が集まって来た。その見物人をかき分けて、一人の若い男があらわれた。

「大きいさかなだな。こんな鯉は初めて見た。」

それは浅草の門跡《もんぜき》前に屋敷をかまえている桃井弥十郎という旗本の次男で弥三郎という男、ことし廿三歳になるが然るべき養子さきもないので、いまだに親や兄の厄介になってぶらぶらしている。その弥三郎がふところ手をして、大きい鯉のうろこが春の日に光るのを珍しそうに眺めていたが、やがて左右をみかえって訊いた。

「この鯉をどうするのだ。」

「さあ、どうしようかと、相談中ですが……。」と、そばにいる一人が答えた。

「相談することがあるものか、食ってしまえ。」と、弥三郎は威勢よく言った。

大勢は顔をみあわせた。

「鯉こくにするとうまいぜ。」と、弥三郎はまた言った。

大勢はやはり返事をしなかった。鯉のこくしょうぐらいは誰でも知っているが、何分にもさかなが大き過ぎるので、殺して食うのは薄気味が悪かった。その臆病そうな顔色をみまわして、弥三郎はあざ笑った。

「はは、みんな気味が悪いのか。こんな大きな奴は祟るかも知れないからな。おれは今までに蛇を食ったこともある、蛙を食ったこともある。猫や鼠を食ったこともある。鯉なぞは昔から人間の食うものだ。いくら大きくたって、食うのに不思議があるものか。祟りが怖ければ、おれに呉れ。」

痩せても枯れても旗本の次男で、近所の者もその顔を知っている。冷飯《ひやめし》食いだの、厄介者だのと陰《かげ》では悪口をいうものの、さてその人の前では相当の遠慮をしなければならない。さりとて折角の獲物を唯むざむざと旗本の次男に渡してやるのも惜しい。大勢は再び顔をみあわせて、その返事に躊躇していると、又もや群集をかき分けて、ひとりの女が白い顔を出した。女は弥三郎に声をかけた。

「あなた、その鯉をどうするの。」

「おお、師匠か。どうするものか、料《りょう》って食うのよ。」

「そんな大きいの、うまいかしら。」

「うまいよ。おれが請合う。」

女は町内に住む文字友という常磐津の師匠で、道楽者の弥三郎はふだんからこの師匠の家《うち》へ出這入りしている。文字友は弥三郎より二つ三つ年上の廿五六で、女のくせに大酒飲みという評判の女、それを聞いて笑い出した。

「そんなにうまければ食べてもいいけれど、折角みんなが捕ったものを、唯貰いはお気の毒だから……。」

文字友は人々にむかって、この鯉を一朱で売ってくれと掛合った。一朱は廉いと思ったが、実はその処分に困っているところであるのと、一方の相手が旗本の息子であるのとで、みんなも結局承知して、三尺八寸余の鯉を一朱の銀《かね》に代えることになった。文字友は家から一朱を持って来て、みんなの見ている前で支払った。

さあ、こうなれば煮て食おうと、焼いて食おうと、こっちの勝手だという事になったが、これほどの大鯉に跳ねまわられては、とても抱えて行くことは出来ないので、弥三郎はその場で殺して行こうとして、腰にさしている脇指を抜いた。

「ああ、もし、お待ちください……。」

声をかけたのは立派な商人ふうの男で、若い奉公人を連れていた。しかもその声が少し遅かったので、留める途端に弥三郎の刃はもう鯉の首に触れていた。それでも呼ばれて振返った。

「和泉屋か。なぜ留める。」

「それほどの物をむざむざお料理はあまりに殺生《せっしょう》でございます。」

「なに、殺生だ。」

「きょうはわたくしの志す仏の命日でございます。どうぞわたくしに免じて放生会《ほうじょうえ》をなにぶんお願い申します。」

和泉屋は蔵前の札差《ふださし》で、主人の三右衛門がここへ通りあわせて、鯉の命乞いに出たという次第。桃井の屋敷は和泉屋によほどの前借がある。その主人がこうして頼むのを、弥三郎も無下《むげ》に刎ねつけるわけには行かなかった。そればかりでなく、如才《じょさい》のない三右衛門は小判一枚をそっと弥三郎の袂に入れた。一朱の鯉が忽ち一両に変ったのであるから、弥三郎は内心大よろこびで承知した。

しかし鯉は最初の一突きで首のあたりを斬られていた。強いさかなであるから、このくらいの傷で落ちるようなこともあるまいと、三右衛門は奉公人に指図してほかへ運ばせた。

ここまで話して来て、梶田老人は一息ついた。

「その若い奉公人というのは私だ。そのときちょうど二十歳《はたち》であったが、その鯉の大きいにはおどろいた。まったく不忍池の主かも知れないと思ったくらいだ。」

二

新堀端《ばた》に龍宝寺という大きい寺がある。それが和泉屋の菩提寺で、その寺参りの帰り途にかの大鯉を救ったのであると、梶田老人は説明した。鯉は覚悟のいいさかなで、ひと太刀をうけた後はもうびくともしなかったが、それでも梶田さん一人の手には負えないので、そこらの人達の助勢を借りて、龍宝寺まで運び込んだ。寺内には大きい古池があるので、傷ついた魚はそこに放された。鯉はさのみ弱った様子もなく、洋々と泳いでやがて水の底に沈んだ。

仏の忌日にいい功徳をしたと、三右衛門はよろこんで帰った。しかも明くる四日の午《ひる》頃に、その鯉が死んで浮きあがったという知らせを聞いて、彼はまた落胆した。龍宝寺の池はずいぶん大きいのであるが、やはり最初の傷のために鯉の命はついに救われなかったのであろう。乱暴な旗本の次男の手にかかって、むごたらしく斬り刻まれるよりも、仏の庭で往生したのがせめてもの仕合せであると、彼はあきらめるのほかはなかった。

しかもここに怪しい噂が起った。かの鯉を生捕ったのは新堀河岸の材木屋の奉公人、佐吉、茂平、与次郎の三人と近所の左官屋七蔵、桶屋の徳助で、文字友から貰った一朱の銀《かね》で酒を買い、さかなを買って、景気よく飲んでしまった。すると、その夜なかから五人が苦しみ出して、佐吉と徳助は明くる日の午頃《ひる》に息を引取った。それがあたかも鯉の死んで浮かんだのと同じ時刻であったというので、その噂はたちまち拡がった。二人は鯉に祟られたというのである。なにかの食物《くいもの》にあたったのであろうと物識り顔に説明する者もあったが、世間一般は承知しなかった。かれらは鯉に執り殺されたに相違ないという事に決められた。他の三人は幸いに助かったが、それでも十日ほども起きることが出来なかった。

その噂に三右衛門も心を痛めた。結局自分が施主《せしゅ》になって、寺内に鯉塚を建立《こんりゅう》すると、この時代の習い、誰が言い出したか知らないが、この塚に参詣すれば諸願成就すると伝えられて、日々の参詣人がおびただしく、塚の前には花や線香がうず高く供えられた。四月廿二日は四十九日に相当するので、寺ではその法会を営んだ。鯉の七々忌などというのは前代未聞であるらしいが、当日は参詣人が雲集した。和泉屋の奉公人らはみな手伝いに行った。梶田さんも無論に働かされて、鯉の形をした打物《うちもの》の菓子を参詣人にくばった。

その時以来、和泉屋三右衛門は鯉を食わなくなった。主人ばかりでなく、店の者も鯉を食わなかった。実際あの大きい鯉の傷ついた姿を見せられては、すべての鯉を食う気にはなれなくなったと、梶田さんは少しく顔をしかめて話した。

「そこで、その弥三郎と文字友はどうしました。」と、私たちは訊いた。

「いや、それにも話がある。」と、老人は話しつづけた。

桃井弥三郎は測らずも一両の金を握って大喜び、これも師匠のお蔭だというので、すぐに二人づれで近所の小料理屋へ行って一杯飲むことになった。文字友は前にもいう通り、女の癖に大酒飲みだから、いい心持に小半日も飲んでいるうちに、酔ったまぎれか、それとも前から思召《おぼしめし》があったのか、ここで二人が妙な関係になってしまった。つまりは鯉が取持つ縁かいなという次第。元来、この弥三郎は道楽者の上に、その後はいよいよ道楽が烈しくなって、結局屋敷を勘当の身の上、文字友の家へころげ込んで長火鉢の前に坐り込むことになったが、二人が毎日飲んでいては師匠の稼ぎだけではやりきれない。そんな男が這入り込んで来たので、いい弟子はだんだん寄付かなくなって、内証は苦しくなるばかり、そうなると、人間は悪くなるよりほかはない。弥三郎は芝居で見る悪侍をそのままに、体《てい》のいい押借やゆすりを働くようになった。

鯉の一件は嘉永六年の三月三日、その年の六月二十三日には例のペルリの黒船が伊豆の下田へ乗り込んで来るという騒ぎで、世の中は急にそうぞうしくなる。それから攘夷論が沸騰して浪士らが横行する。その攘夷論者には、勿論まじめの人達もあったが、多くの中には攘夷の名をかりて悪事を働く者もある。

小ッ旗本や安御《やす》家人の次三男にも、そんなのがまじっていた。弥三郎もその一人で、二、三人の悪仲間と共謀して、黒の覆面に大小という拵え、金のありそうな町人の家へ押込んで、攘夷の軍用金を貸せという。嘘だか本当だか判らないが、忌《いや》といえば抜身を突きつけて脅迫するのだから仕方がない。

こういう荒稼ぎで、弥三郎は文字友と一緒にうまい酒を飲んでいたが、そういうことは長くつづかない。町方の耳にもはいって、だんだんに自分の身のまわりが危くなって来た。浅草の広小路に武蔵屋という玩具《おもちゃ》屋がある。それが文字友の叔父にあたるので、女から頼んで弥三郎をその二階に隠まってもらうことにした。叔父は大抵のことを知っていながら、どういう料簡か、素直に承知してお尋ね者を引受けた。それで当分は無事であったが、その翌年、すなわち安政元年の五月一日、この日は朝から小雨が降っている。その夕がたに文字友は内堀端の家を出て広小路の武蔵屋へたずねて行くと、その途中から町人風の二人づれが番傘をさして付いて来る。

脛に疵もつ文字友はなんだか忌な奴らだとは思ったが、今更どうすることも出来ないので、自分も傘に顔をかくしながら、急ぎ足で広小路へ行き着くと、弥三郎は店さきへ出て往来をながめていた。

「なんだねえ、お前さん。うっかり店のさきへ出て……。」と、文字友は叱るように言った。

なんだか怪しい奴がわたしのあとを付けて来ると教えられて、弥三郎もあわてた。早々に二階へ駈けあがろうとするのを、叔父の小兵衛が呼びとめた。

「ここへ付けて来るようじゃあ、二階や押入れへ隠れてもいけない。まあ、お待ちなさい。わたしに工夫がある。」

五月の節句前であるから、おもちゃ屋の店には武者人形や幟がたくさんに飾ってある。吹流しの紙の鯉も金巾《かなきん》の鯉も積んである。その中で金巾の鯉の一番大きいのを探し出して、小兵衛は手早くその腹を裂いた。

「さあ、このなかにおはいりなさい。」

弥三郎は鯉の腹に這い込んで、両足をまっすぐに伸ばした。さながら鯉に呑まれたかたちだ。それを店の片隅にころがして、小兵衛はその上にほかの鯉を積みかさねた。

「叔父さん、うまいねえ。」と、文字友は感心したように叫んだ。

「しっ、静かにしろ。」

言ううちに、果してかの二人づれが店さきに立った。二人はそこに飾ってある武者人形をひやかしているふうであったが、やがて一人が文字友の腕をとらえた。

「おめえは常磐津の師匠か。文字友、弥三郎はここにいるのか。」

「いいえ。」

「ええ、隠すな。御用だ。」

ひとりが文字友をおさえている間に他のひとりが二階へ駈けあがって、押入れなぞをがたびしと明けているようであったが、やがてむなしく降りて来た。それから奥や台所を探していたが、獲物《えもの》はとうとう見付からない。捕り方はさらに小兵衛と文字友を詮議したが、二人はあくまで知らないと強情を張る。弥三郎はひと月ほど前から家を出て、それぎり帰って来ないと文字友はいう。その上に詮議の仕様もないので捕り方は舌打ちしながら引揚げた。

ここまで話して来て、梶田さんは私たちの顔をみまわした。

「弥三郎はどうなったと思います。」

「鯉の腹に隠れているとは、捕り方もさすがに気がつかなかったんですね。」と、わたしは言った。

「気がつかずに帰った。」と、梶田さんはうなずいた。「そこでまずほっとして、小兵衛と文字友はかの鯉を引っ張り出してみると、弥三郎は鯉の腹のなかで冷たくなっていた。」

「死んだんですか。」

「死んでしまった。金巾の鯉の腹へ窮屈に押込まれて、又その上へ縮緬やら紙やらの鯉をたくさん積まれたので窒息したのかも知れない。しかも弥三郎を呑んだような鯉は、ぎっしりと弥三郎のからだを絞めつけていて、どうしても離れない。結局ずたずたに引破って、どうにかこうにか死骸を取出して、いろいろ介抱してみたが、もう取返しは付かない。それでもまだ未練があるので、文字友は近所の医者を呼んで来たが、やはり手当の仕様はないと見放された。水で死んだ人を魚腹《ぎよふく》に葬られるというが、この弥三郎は玩具屋の店で吹流しの魚腹に葬られたわけで、こんな死に方はまあ珍しい。

龍宝寺のあるところは今日《こんにち》の浅草栄久町で、同町内に同名の寺が二つある。それを区別するために、一方を天台龍宝寺といい、一方を浄土龍宝寺と呼んでいるが、鯉の一件は天台龍宝寺で、この鯉塚は明治以後どうなったか、わたしも知らない。」

若い者と付合っているだけに、梶田さんは弥三郎の最期《さいご》を怪談らしく話さなかったが、聴いている私たちは夜風が身にしみるように覚えた。

昭和十一年四月作「サンデー毎日」

牛《うし》

上

「来年は丑《うし》だそうですが、何か牛に因《ちな》んだようなお話はありませんか。」と、青年は訊く。

「なに、丑年……。君たちなんぞも干支《えと》をいうのか。こうなるとどっちが若いか判らなくなるが、まあいい。干支にちなんだ丑ならば、絵はがき屋の店を捜してあるいた方が早手廻しだと言いたいところだが、折角のおたずねだから何か話しましょう。」

と、老人は答える。

「そこで、相成るべくは新年にちなんだようなものを願いたいので……。」

「いろいろの注文を出すね。いや、ある、ある。牛と新年と芸妓と……。こういう三題話のような一件があるが、それじゃあどうだな。」

「結構です。聴かせてください。」

「どうで私の話だから昔のことだよ。そのつもりで聴いて貰わなけりゃあならないが……。江戸時代の天保三年、これは丑年じゃあない辰《たつ》年で、例の鼠小僧次郎吉が召捕りになった年だが、その正月二日の朝の出来事だ。」

と、老人は話し出した。

「今でも名残をとどめているが、むかしは正月二日の初荷、これが頗る盛んなもので、確かに江戸の初春らしい姿を見せていた。そこで、話は二日の朝の五つ半に近いころだというから、まず午前九時ごろだろう。日本橋大伝馬町二丁目の川口屋という酒屋の店さきへ初荷が来た。一丁目から二丁目へかけては木綿問屋の多いところで俗に木綿店《もめんだな》というくらいだが、この川口屋は酒屋で、店もふるい。殊に商売であるから、取分けて景気がいい。朝からみんな赤い顔をして陽気に騒ぎ立てている。

初荷の車は七、八台も繋がって来る。いうまでもないが、初荷の車を曳く牛は五色の新しい鼻綱をつけて、綺麗にこしらえている。その牛車が店さきに停まったので、大勢がわやわや言いながら、車の上から積樽をおろしている。そのあいだは牛を休ませるために、綱を解いて置く。すると、ここに一つの騒動が起った。というのは、この朝は京橋の五郎兵衛町から正月早々に火事を出して、火元の五郎兵衛町から北紺屋町、南伝馬町、白魚屋敷のあたりまで焼いてしまった。その火事場から引揚げてきた町火消の一組が丁度ここを通りかかったが、春ではあるし、火事場帰りで威勢がいい。この連中が何かわっと言って来かかると、牛はそれに驚いたとみえて、そのうちの二匹は急に暴《あば》れ出した。

さあ、大変。下町の目抜という場所で、正月の往来は賑っている。その往来のまん中で二匹の牛が暴れ出したのだから、実におお騒動。肝腎の牛方は方々の振舞酒に酔っ払って、みんなふらふらしているのだから何の役にも立たない。火消たちもこれには驚いた。店の者も近所の者も唯あれあれというばかりで、誰も取押える術《すべ》もない。なにしろ暴れ牛は暴れ馬よりも始末が悪い。それでも見てはいられないので、火消たちは危いあぶないと呶鳴りながら暴れ牛のあとを追って行く……。」

「なるほど大変な騒ぎでしたね。定めて怪我人も出来たでしょう。」

「ふだんと違って人通りが多いのと、こんにちと違って道幅が狭いので、往来の人たちは身をかわす余地がない。出会いがしらに突き当る者がある、逃げようとして転ぶ者がある。なんでも十五六人の怪我人が出来てしまった。中でもひどいのは通油町の京屋という菓子屋の娘、年は十七、お正月だから精々お化粧をして、店さきの往来で羽根を突いているところへ一匹の牛が飛んで来た。きゃっといって逃げようとしたが、もう遅い。

牛は娘の内股を両角《つの》にかけて、大地へどうと投げ出したので、可哀そうにその娘は二、三日後に死んだそうだ。そんなわけだから、始末に負えない。二匹の牛は大伝馬町から通旅籠町、通油町、通塩町、横山町と、北をさしてまっしぐらに駈けて行く。火消たちも追って行く。だんだんに弥次馬も加わって、大勢がわあわあ言いながら追って行く。そうして、とうとう両国の広小路へ出ると、なんと思ったか一匹の牛は左へ切れて、柳原の通りを筋違《すじかい》の方角へ駆けて行って、昌平橋のきわでどうやらこうやら取押えられた。」

「もう一匹はどうしました。」

「それが話だ。もう一匹は真直《まっすぐ》に、浅草見附、すなわち今日の浅草橋へさしかかったが、何分にも不意の騒ぎで見附の門を閉める暇もない。番人たちもあっというちに、牛は見附を通りぬけて蔵前の大通りへ飛び出してしまったから、いよいよ大変。この勢いで観音さまの方へ飛んで行ったら、どんな騒ぎになるか知れない。両側の町家から大勢が出て来て、石でも棒切れでも何でも構わない、手あたり次第に叩きつける。札差《ふださし》の店からも大勢が出て来て、小桶や皿小鉢まで叩きつける。

さすがの牛も少しく疲れたのと、方々から激しく攻め立てられたのとで、もう真直には行かれなくなったらしく、駒形堂《こまんどう》のあたりから右へ切れて、河岸から大川へ飛び込んだ。汐が引いていたと見えて、岸に寄った方は浅い洲《す》になっている。牛はそこへ飛び降りて一息ついていると、追って来た連中は上からいろいろの物を投げつける。牛はまた大川へはいって、川下の方へ泳いで行く。大勢は河岸づたいに追って行く。おどろいたのは柳橋あたりの茶屋や船宿だ。この牛が桟橋へあがって、自分たちの家へ飛び込まれては大変だから、料理番や下足番や船頭たちが桟橋へ出て、こっちへ寄せつけまいといろいろの物を投げつける。新年早々から人間と牛との闘いだ。」

「場所が場所だけに、騒ぎはいよいよ大きくなったでしょうね。」

「いや、もう、大騒ぎさ。ここに哀れをとどめたのは柳橋の小雛《こびな》という芸者だ。なんでも明けて廿一とかいう話だったが、この芸者は京橋の福井という紙屋の旦那と亀戸の初《はつ》卯詣《うもうで》に出かける筈で、土地の松屋という船宿から船に乗って、今や桟橋を離れたところへこの騒動だ。船頭はいっそ戻そうかと躊躇していると、旦那はあとへ戻すのも縁喜が悪い、早く出してしまえという。そこで、思い切って漕ぎ出して、やがて大川のまん中まで出ると、方々の家から逐われた牛は、とても柳橋寄りの河岸へは着けないと諦めたものか、今度は反対に本所寄りの河岸にむかって泳ぎ出した。それを見ておどろいたのは小雛の船だ。

取分けて、小雛は蒼くなっておどろいた。広い川だから大丈夫だと、旦那がなだめてもなかなか肯《き》かない。もちろん牛はこの船を狙って来るわけではあるまいが、さっきからの闘いで余程疲れているらしく、ややもすれば汐に押流されて、こちらの船に近寄って来るようにも見えるので、旦那もなんだか不安になって、早くやれと船頭に催促する。船頭も一生懸命に漕いでいると、牛はもう弱ったと見えて、その姿はやがて水に沈んでしまったので、まあよかったと小雛はほっとする間もなく、一旦沈んだ牛はどう流されて来たのか、水から再び頭を出した。それがちょうど小雛の船の艫にあたる所だったので、旦那も船頭もぎょっとした。小雛はきゃっといって飛び上がる途端に、船は一方にかたむいて、よろける足を踏み止めることが出来ず、旦那があわてて押えようとする間に、小雛は川へころげ落ちた……。」

「やれ、やれ、飛んだ事になりましたね。」

下

老人は話しつづける。

「小雛も柳橋の芸者だから、家根船に乗るくらいの心得はあったのだろうが、はずみというものは仕方のないもので、どう転んだのか、船から川へざんぶりという始末。これも一旦は沈んだが、また浮き上がると、その鼻のさきへ牛の頭……。こうなれば藁でもつかむ場合だから、牛でも馬でも構わない。小雛は夢中で牛の角にしがみついた。もう疲れ切っているところへ、人間ひとりに取付かれては、牛もずいぶん弱ったろうと思われるが、それでもどうにかこうにか向う河岸まで泳ぎ着いて、百本杭《ぐい》の浅い所でぐたりと坐ってしまった。小雛は牛の角を摑んだままで半死半生だ。そこへ旦那の船が漕ぎ着けて、すぐに小雛を引揚げて介抱する。櫛や笄《こうがい》はみんな落してしまい、春着はめちゃめちゃで、帯までが解けて流れてしまったが、幸いに命だけは無事に助かったので、大難が小難と皆んなが喜んだ。命に別条が無かったとはいいながら、あんまり小難でもなかったのさ。」

「その牛はどうしました。」

「牛も半死半生、もう暴れる元気もなく、おとなしく引摺られて行った。なにしろ大伝馬町の川口屋も災難、自分の店の初荷からこんな事件を仕出来《しでか》して、春早々から世間をさわがしたので、それがために随分の金を使ったという噂だ。さもないと、どんなお咎めを受けるかも知れないからな。自分の軒に立てかけてある材木が倒れて人を殺しても、下手人《げしゅにん》にとられる時代だ。これだけの騒動を起した以上、牛の罪ばかりでは済まされない。殊にこっちが大家《たいけ》では猶更のことだ。」

「そうですか。成程これで、牛と新年と芸者と……。三題話は揃いました。いや、有難うございました。」

「まあ、待ちなさい。それでおしまいじゃあない。」

「まだあるんですか。」

「それだけじゃ昔の三面記事だ。まだちっと話がある。」と、老人はまじめに言い出した。「年寄の話はとかくに因縁話になるが、その後談を聴いてもらいたい、今の一件は天保三年正月の出来事で、それはまあそれで済んでしまったが、舞台は変って四年の後、天保七年九月の中頃……。」

「芝居ならば暗転というところですね。」

「まあ、そうだ。その九月の十四日か十五日の夜も更けたころ、男と女の二人づれが、世を忍ぶ身のあとやさき、人目をつつむ頬かむり……。」

「隠せど色香梅川が……。」

「まぜっ返しちゃあいけない。その二人づれが千住の大橋へさしかかった。」

「わかりました。その女は小雛でしょう。」

「君もなかなか勘がいいね。女は柳橋の小雛で、男は秩父の熊吉、この熊吉は巾着切《きんちゃっきり》から仕上げて、夜盗や家尻切《やじりきり》まで働いた奴、小雛はそれと深くなってしまって、土地にもいられないような始末になる。男も詮議がきびしいので江戸にはいられない。そこで二人は相談して、ひとまず奥州路に身を隠すことになって、夜逃げ同様にここまで落ちて来ると、うしろから怪しい奴がつけて来る。それが捕り方らしいので、二人も気が気で無い。道を急いで千住まで来ると、今夜はあいにくに月が冴えている。

世を忍ぶ身に月夜は禁物だが、どうも仕方がない。二人は手拭に顔をつつんで、千住の宿《しゅく》を通りぬけ、今や大橋を渡りかけると、長い橋のまん中で小雛は急に立ちすくんでしまった。どうしたのだと熊吉が訊くと、一、二間さきに一匹の大きい牛が角を立てて、こっちを睨むように待ち構えているので、怖くって歩かれないという。今夜の月は昼のように明るいが、熊吉の眼には牛はもちろん、犬の影さえも見えない。牛なんぞいるものかと言っても、小雛は肯かない。たしかに大きい牛が眼を光らせて、近寄ったら突いてかかりそうな権幕で、二人の行く手に立塞がっているというのだ。

うしろからは怪しい奴が追って来る。うかうかしてはいられないので、熊吉は無理に小雛の手を引摺って行こうとするが、女は身をすくめて動かない。これには熊吉も持て余したが、まさかに女を捨ててゆくわけにも行かないので、よんどころなく引っ返して、河岸《かし》づたいに道を変えて行こうとすると、捕り方は眼の前に迫って来た。そこで捕物の立廻り、熊吉はとうとう召捕りになって、小雛と共に引っ立てられるので幕……。それからだんだん調べられると、小雛はたしかに牛を見たという。熊吉は見ないという。捕り方も牛らしい物は見なかったという。夜ふけの橋の上に、牛がただうろうろしている筈はないから、見ないという方が本当らしい。なにしろその牛のために道を塞がれて引っ返すところを御用。どの道、女づれでは逃げおおせられなかったかも知れないが、この捕物には牛も一役勤めたわけだ。」

「そうすると、四年前の牛の一件が小雛の頭に強く沁み込んでいたので、この危急の場合に一種の幻覚を起したのでしょうね。」

「まあ、そうだろうな。今の人はそんな理屈であっさり片づけてしまうのだが、むかしの人はいろいろの因縁をつけて、ひどく不思議がったものさ。これで小雛が丑年の生れだと、いよいよ因縁話になるのだが、実録はそう都合よくゆかない。」

昭和十一年十二月作「サンデー毎日」

虎《とら》

上

「去年は牛のお話をうかがいましたが、ことしの暮は虎のお話をうかがいに出ました。」と、青年は言う。

「そう、そう。去年の暮には牛の話をしたことがある。」と、老人はうなずく。「一年は早いものだ。そこで今年の暮は虎の話……。なるほど来年は寅《とら》年というわけで、相変らず干支《えと》にちなんだ話を聴かせろというのか。いつも言うようだが、若い人は案外に古いね。しかしまあ折角だから、その干支にちなんだところを何か話す事にしようか。」

「どうぞ願います。この前の牛のように、なるべく江戸時代の話を……。」

「そうなると、ちっとむずかしい。」と、老人は顔をしかめる。「これが明治時代ならば、浅草の花屋敷にも虎はいる。だが、江戸時代となると、虎の姿はどこにも見付からない。

有名な岸駒《がんく》の虎だって画で見るばかりだ。芝居には国姓爺《こくせんや》の虎狩もあるが、これも縫いぐるみをかぶった人間で、ほん物の虎とは縁が遠い。そんなわけだから、世界を江戸に取って虎の話をしろというのは、俗にいう『無いもの喰おう』のたぐいで、まことに無理な注文だ。」

「しかしあなたは物識りですから、何かめずらしいお話がありそうなもんですね。」

「おだてちゃあいけない。いくら物識りでも種のない手妻《てづま》は使えない。だが、こうなると知らないというのも残念だ。若い人のおだてに乗って、まずこんな話でもするかな。」

「ぜひ聴かせてください。」と、青年は手帳を出し始める。

「どうも気が早いな。では、早速に本文《ほんもん》に取りかかる事にしよう。」と、老人も話し始める。

「これは嘉永四年の話だと思ってもらいたい。君たちも知っているだろうが、江戸時代には観世物がひどく流行《はや》った。東西の両国、浅草の奥山をはじめとして、神社仏閣の境内や、祭礼、縁日の場所には、必ず何かの観世物が出る。もちろん今日《こんにち》の言葉でいえばインチキの代物《しろもの》が多いのだが、だまされると知りつつ覗きに行く者がある。その仲間に友蔵、幸吉という兄弟があった。二人はいつも組合って、両国の広小路、すなわち西両国に観世物小屋を出していた。

両国と奥山は定打《じょううち》で、ほとんど一年じゅう休みなしに興行を続けているのだから、いつも、同じ物を観せてはいられない。観客を倦きさせないように、時々には観世物の種を変えなければならない。この前に蛇使いを見せたらば、今度は雛娘をみせる。この前に一本足をみせたらば、今度は一つ目小僧を見せるというように、それからそれへと変った物を出さなければならない。そうなると、いくらインチキにしても種が尽きて来る。その出し物の選択には、彼らもなかなか頭を痛めるのだ。殊に両国は西と東に分れていて、双方に同じような観世物や、軽業《かるわざ》、浄瑠璃、芝居、講釈のたぐいが小屋を列べているのだから、おたがいに競争が激しい。

今日の浅草公園へ行ってみても判ることだが、同じような映画館がたくさんに列んでいても、そのなかに入りと不入りがある。両国の観世物小屋にもやはり入りと不入りはまぬかれないので、何か新しい種をさがし出そうと考えている。そこで、かの友蔵と幸吉も絶えず新しいものに眼をつけていると、嘉永四年四月十一日の朝、荏原郡大井村、すなわち今の品川区鮫洲《さめず》の海岸に一匹の鯨が流れ着いた。」

「大きい鯨ですか。」

「今度のは児鯨で余り大きくない。五十二年前の寛政十年五月朔日《ついたち》に、やはり品川沖に大きい鯨があらわれた。これは生きて泳いでいたのを、土地の漁師らが大騒ぎをして捕えたということだが、その長さは九間《けん》一尺もあったそうだ。今度は鯨は死んでいて、長さは三間余りであったというから、寛政の鯨よりも遥かに小さい。それでも鮫洲で捕れた鯨といえば、観世物にはお誂え向きだから、耳の早い興行師仲間はすぐに駈けつけた。友蔵と幸吉も飛んで行った。

鮫洲の漁師たちも総がかりで、死んだ鯨を岸寄りの浅いところへ引揚げたものの、これまで鯨などを扱ったことがないから、どう処分していいか判らない。ともかくも御代官所へ届けるなぞと騒いでいる。それを聞き伝えて見物人が大勢あつまって来る。友蔵兄弟が駈けつけた頃には、ほかに四、五人の仲間が来ていた。代官所の検分が済めば、鯨は浜の者の所得になるのだから、相当の値段で売ってもいいということになった。

しかしその相場がわからない。興行師の方ではなるたけ廉く買おうとして、まず三両か五両ぐらいから相場を立てたが、漁師たちにも慾があるから素直に承知しない。だんだんにせり上げて十両までになったが、漁師たちはまだ渋っているので、友蔵兄弟は思い切って十二両までに買い上げると、漁師たちもようよう納得しそうになった。と思うと、その横合いから十五両と切出した者がある。それは奥山に、定小屋を打っている由兵衛という興行師であった。友蔵たちは十二両が精いっぱいで、もうその上に三両を打つ力はなかったので、鯨はとうとう由兵衛の手に落ちてしまった。」

「兄弟は鼻を明かされたわけですね。」

「まあ、そうだ。それだから二人は納まらない。由兵衛は漁師たちに半金の手付を渡し、鯨はあとから引取りに来ることに約束を決めて、若い者ひとりと共に帰って来る途中、高輪の海辺の茶屋の前へさしかかると、そこに友蔵兄弟が待っていて、由兵衛に因縁をつけた。漁師たちが十二両でも承知しなかったものを、由兵衛が十五両に買い上げたのならば論はない。しかし十二両で承知しそうになった処へ、横合いから十五両の横槍を入れて、ひとの買物を横取りするとは、商売仲間の義理仁義をわきまえない仕方だというのだ。成程それにも理屈はある。だが、由兵衛も負けてはいない。なんとか彼とか言い合っている。

そのうちに口論がだんだん激しくなって、友蔵が『ひとの買物を横取りする奴は盗《ぬすっ》人《と》も同然だ』と罵ると、相手の由兵衛はせせら笑って、『なるほど盗人かも知れねえ。だが、おれはまだ人の女を盗んだことはねえよ』という。それを聞くと、友蔵はなにか急所を刺されたように急に顔の色が悪くなった。そこへ付け込んで由兵衛は、『ざまあ見やがれ。文句があるなら、いつでも浅草へたずねて来い』と勝鬨をあげて立去った。」

「そうすると、友蔵にも何かの弱味があるんですね。」

「その訳はあとにして、鯨の一件を片付けてしまうことにしよう。鯨はとどこおりなく由兵衛の手に渡って、十三日からいよいよ奥山の観世物小屋に晒《さら》されることになったが、これはインチキでなく、確かに真物《ほんもの》だ。殊に鮫洲の沖で鯨が捕れたということは、もう江戸じゅうの評判になっていたので、初日から観客はドンドン詰めかけて来る。奥山じゅうの人気を一軒でさらった勢いで、由兵衛も大いに喜んでいると、三日ばかりの後には肝腎の鯨が腐りはじめた。

むかしの四月なかばだから、今日《こんにち》の五月中旬で陽気はそろそろ暑くなる。あいにく天気つづきで、日中は汗ばむような陽気だから堪らない。鯨は死ぬと直ぐに腐り出すということを由兵衛らは知らない。もちろん防腐の手当なぞをしてある訳でもないから、この陽気で忽ちに腐りはじめて、その臭気は鼻をつくという始末。物見高い江戸の観客もこれには閉口して、早々に逃げ出してしまうことになる。その評判がまた広まって、観客の足は俄に止まった。

こうなっては仕方がない。鯨よりも由兵衛の方が腐ってしまって、何か他のものと差換えるあいだ、ひとまず木戸をしめることになった。十五両の代物を三日や四日で玉無しにしたばかりか、その大きい鯨の死骸を始末するにも又相当の金を使って、いわゆる泣きッ面に蜂で、由兵衛はさんざんの目に逢った。十両盗んでも首を斬られる世の中に、十五両の損は大きい。由兵衛はがっかりしてしまった。」

「まったく気の毒でしたね。」

「それを聞いて喜んだのは友蔵と幸吉の兄弟で、手を湿《ぬ》らさずに仇討が出来たわけだ。かんがえてみると、由兵衛はかれら兄弟の恩人で、自分たちの損を受けてくれたようなものだが、兄弟はそう思わない。ただ、かたき討が出来たといって、むやみに喜んでいた。それが彼らの人情かも知れない。

ここで関係者の戸籍調べをして置く必要がある。由兵衛は浅草の山谷《さんや》に住んでいて、ことし五十の独り者。友蔵は卅一、幸吉は廿六で、本所の番場町、多田の薬師の近所の裏長屋に住んでいる。幸吉はまだ独り身だが、兄の友蔵には、お常という女房がある。このお常に少し因縁がある。」

「以前は由兵衛の女房だったんですか。」

「いつもながら君は実に勘がいいね。表向きの女房ではないが、お常は奥山の茶店に奉公しているうちに、かの由兵衛と関係が出来て、毎月幾らかずつの手当を貰っていた。お常はまだ廿二だから、五十男の由兵衛を守っているのは面白くない。おまけに浮気の女だから、いつの間にか友蔵とも出来合って、押掛女房のように友蔵の家へころげ込んでしまった。

由兵衛は怒ったに相違ないが、自分の女房と決まっていたわけでもないから、表向きには文句をいうことも出来なかった。しかし内心は修羅《しゅら》を燃やしている。鮫洲の鯨を横取りしたのも、商売上の競争ばかりでなく、お常を取られた遺恨がまじっていたのだ。女を横取りされた代りに、鯨を横取りしてまず幾らかの仇討が出来たと由兵衛は内心喜んでいると、前にいう通りの大失敗。友蔵の方では仇討をしたと喜んでいるが、由兵衛の方では仇討を仕損じて返り討になった形だ。由兵衛はよくよく運が悪いと言わなければならない。

いずれにしても、これが無事に済む筈がないのは判っている。さてこれからが本題の虎の一件だ。」

下

老人は話しつづける。

「それから小半年はまず何事もなかったが、その年の十月、友蔵は女房のお常をつれて、下総《しもうさ》の成田山へ参詣に出かけた。もちろん今日と違うから、日帰りなぞは出来ない。その帰り道、千葉の八幡へさしかかって例の『藪知らず』の藪の近所で茶店に休んだ。二人は茶をのみ、駄菓子なぞを食っていると、なにを見付けたのかお常は思わず『あらッ』と叫んだ。

友蔵がなんだと訊くと、あれを見ろという。その指さす方を覗いてみると、うす暗い店の奥に一匹の猫がいる。田舎家に猫はめずらしくないが、その猫は不思議に大きく、普通の犬ぐらいに見えるので、友蔵も眼をひからせた。茶店の婆さんを呼んで訊くと、かの猫はまだ四、五年にしかならないのだが、途方もなく大きくなったので、不思議を通り越してなんだか気味が悪い。あんな猫は今に化けるだろうと近所の者もいう。さりとて捨てるわけにも行かず、殺すわけにも行かず、飼主の私も持て余しているのだと、婆さんは話した。

それを聞いて、夫婦は直ぐに商売気を出して、あの猫をわたしたちに売ってくれないかと掛け合うと、婆さんは二つ返事で承知した。

飼主が持て余している代物だから、値段の面倒はない。婆さんは唯《ただ》でもいいと言うのだが、まさかに唯でも済まされないと、友蔵は一朱の銀《かね》をやって、その猫をゆずり受けた。」

「そんなに大きい猫をどうして持って帰ったでしょう。」と、青年は首をかしげる。

「どうして連れて帰ったか、そこまでは聞き洩らしたが、その大猫を江戸まで抱え込むのは、一仕事であったに相違あるまい。ともかくも本所の家へ帰って来ると、弟の幸吉はその猫をみてたいへんに喜んで、これは近年の掘出し物だという。両国の小屋に出ている者も覗きに来て、こんな大猫は初めて見たとおどろいている。こうなると友蔵夫婦も鼻を高くして、これも成田さまの御利益《ごりやく》だろうとお常はいう。

鮫洲の鯨とちがって、買値はたった一朱だから、損をしても知れたもので、まったく掘出し物であったかも知れない。

なにしろ珍しい猫に相違ないのだから、猫は猫として正直に観せればよかったのだ。これは野州庚申山で生捕りましたる山猫でござい位のことにして置けば無事だったのだが、そこが例のインチキで、弟の幸吉が飛んだ商売気を出した。というのは、それが三毛猫で、毛色が虎斑のように見える。それから思い付いて、いっそ虎の子という事にしたらどうだろうと発議すると、成程それがよかろう、猫よりも虎の方が人気をひくだろうと、友蔵夫婦も賛成した。

そこで、これは唐土千里の藪で生捕った虎の子でござい……。

いや、笑っちゃあいけない、本当の話だ。表看板には例の国姓爺《こくせんや》が虎狩をしている図をかいて、さあ、さあ、評判、評判と囃し立てることになった。」

「でも、虎と猫とは啼き声が違うでしょう。」

「さあ、そこだ。虎と猫とは親類すじだが啼き声が違う。いくら虎の子でもニャアとは啼かない。それは友蔵らもさすがに心得ているから、抜目なく例のインチキ手段を講じた。まず舞台一面を本物の竹藪にして、虎狩の唐人どもがチャルメラや、銅鑼や鉦を持って出て、何かチイチイパアパア騒ぎ立てて藪の蔭へはいると、そこへ虎の子を曳いて出る。虎の首には頑丈な鉄の鎖がつないである。

藪のかげではチャルメラを吹き、太鼓や銅鑼や鉦のたぐいを叩き立てるので、虎猫もそれにおびやかされて声を出さない。万一それがニャアと啼きそうになると、それを紛らすように、銅鑼や鉦をジャンジャンボンボンと激しく叩き立てるのだ。いや、笑っちゃいけないというのに……。昔の両国の観世物なぞは大抵そんなものだ。」

「その観世物は当りましたか。」

「当ったそうだ。おまけにこの虎猫は奥山の鯨とちがって、生きているのだから腐る気づかいはない。せいぜい鰹節か鼠を食わせて置けばいいのだ。それで毎日大入りならば、こんなボロイ商売はない。

友蔵兄弟も大よろこびで、この分ならば結構な年の暮が出来ると、お常も共に喜んでいると、ここに一つの事件が出来《しゅったい》した。

かの奥山の由兵衛は、鯨で大損をしてから、いわゆるケチが付いて、どうも商売が思わしくない。その後にもいろいろの物を出したが、みんなはずれる。したがって、借金は出来る、やけ酒を飲むというわけで、ますます落目になって来た。その由兵衛の耳にはいったのが両国の『虎の子』で、友蔵の小屋は毎日大入りだという評判。余人ならばともあれ、自分のかたきと睨んでいる友蔵の観世物が大当りと聞いては、今のわが身に引きくらべて由兵衛は残念でならない。恨みかさなる友蔵めに、ここで一泡吹かせてやろうと考えた。

由兵衛も同商売であるから、インチキ仲間の秘密は承知している。千里の藪で生捕りましたる虎の子が本物でないことは万々察している、そこで先ずその正体を見きわめてやろうと思って、手拭に顔をつつんで、普通の観客とおなじように木戸銭を払ってはいったが、素人と違って耳も眼も利いているから、虎の正体は大きい猫であって、その啼き声をごまかすために銅鑼や太鼓を叩き立てるのだという魂胆を、たちまちに看《み》破ってしまった。」

「その次の幕はゆすり場ですね。」

「話の腰を折っちゃあいけない。しかしお察しの通り、由兵衛は一旦自分の家へ引揚げて、日の暮れるのを待って本所番場の裏長屋へたずねて行った。

十一月十日、その日は朝から陰って、時々にしぐれて来る。このごろは景気がいいので、友蔵も幸吉もどこへか飲みに出かけて、お常ひとり留守番をしている。思いも付かない人がたずねて来たので、お常もすこし驚いたが、まさかにいやな顔も出来ないので、内へ入れてしばらく話していると、由兵衛は例の虎の子の一件を言い出した。

その種を割って世間へ吹聴すれば、折角の代物《しろもの》に疵が付く、人気も落ちる。由兵衛はそれを匂わせて、幾らかいたぶるつもりで来たのだ。

これにはお常も困った。折角大当りを取っている最中に、つまらない噂を立てられては商売の邪魔になる。もう一つにはお常も人情、むかしは世話になった由兵衛が左前《ひだりまえ》になっているのを知ると、さすがに気の毒だという念も起る。殊にこのごろは自分たちの懐《ふところ》も温かいので、お常は気前よく十両の金をやった。それには虎の子の口留めやら、むかしの義理やら、いろいろの意味が含まれていたのだろうが、十両の金を貰って、由兵衛はよろこんだ。せいぜい三両か五両と踏んでいたのに、十両を投げ出されたのだから文句はない。由兵衛は礼をいって素直に帰った。

長屋の路地から表へ出ると、丁度そこへ友蔵が帰って来た。二人がばったり顔をあわせると、由兵衛は友蔵にむかって、『やあ、友さん、久しぶりだ。実は今おかみさんから十両貰って来た。どうも有難う』と、礼をいうのか、忌がらせをいうのか、こんな捨《す》台詞《ぜりふ》を残して立去った。それを聞かされて、友蔵はおもしろくない。急いで家へ帰って来て、なぜ由兵衛に十両の金をやったと、女房のお常を責める。お常は虎の子の一件を話したが、友蔵の胸は納まらない。たとい口留めにしても、十両はあまり多過ぎるというのだ。

　由兵衛が他人ならば、多過ぎるというだけで済んだかも知れないが、由兵衛とお常とのあいだには昔の関係があるので、そこには一種の嫉妬もまじって、友蔵はなかなか承知しない。亭主の留守によその男を引入れて、亭主に無断で十両の大金をやるとは不埒千万だ。てめえはきっと由兵衛と不義を働いているに相違ないと、酔っている勢いでお常をなぐり付けた。すると、お常は赫《かっ》となって、そんなら私の面晴《めんばれ》に、これから由兵衛の家へ行って、十両の金を取戻して来ると、時雨の降るなかを表へかけ出した。」

「これは案外の騒動になりましたね。」

「友蔵は酔っているから、勝手にしやあがれと寝てしまった。そのあとへ幸吉が帰って来たが、これも酔っているのでぶっ倒れてしまった。その夜なかに叩き起されて、お常は山谷の由兵衛の家に死んでいるという知らせがあったので、兄弟もおどろいた。酒の酔いもすっかり醒めて、二人は早々に山谷へ飛んで行くと、お常は手拭で絞め殺されていた。由兵衛のすがたは見えない。

　家内の取散らしてあるのを見ると、お常を殺した上で逃亡したらしい。

　由兵衛がどうしてお常を殺したか、その事情はよく判らないが、かの十両を返せと言い、その争いから起ったことは容易に想像される。友蔵が嫉妬心をいだいていると同様に、由兵衛も嫉妬心をいだいている。むしろ友蔵以上の強い嫉妬心をいだいていたであろうから、それが一度に爆発して俄にお常を殺す気になったらしい。お常の死骸は検視の上で友蔵に引渡された。

虎の子が飛んでもない悲劇を生み出すことになったが、それでも其の秘密は世間に洩れなかったと見えて、友蔵の小屋は相変らず繁昌していると、ここにまた一つの事件が起った。今度は大事件だ。

「人殺し以上の大事件ですか。」

「むむ、その時代としては大事件だ。虎の子の観世物は十月から始まって、十二月になっても客は落ちない。女房に死なれても、商売の方が繁昌するので、友蔵もまあいい心持になっている。それで済ませて置けば無事であったが、おいおい正月も近づくので、ここでいっそう馬力《ばりき》をかけて宣伝しようという料簡から、この虎の子は御上覧《ごじょうらん》になったものだと吹聴した。千里の藪で生捕りましたなぞは嘘でも本当でもかまわないが、御上覧というと事面倒になる。すなわち将軍が御覧になったというわけで、実に途方もない宣伝をしたものだ。それが町奉行所の耳にはいって、関係者一同は厳重に取調べられた。宣伝に事欠いて、両国の観世物に将軍御上覧の名を騙《かた》るなぞとは言語道断、重々の不埒とあって、友蔵と幸吉の兄弟は死罪に処せられるかという噂もあったが、幸いに一等を減じられて遠島を申渡された。他の関係者は追放に処せられた。」

「なるほど大事件でしたね。」

「友蔵の小屋は破却だ。観世物小屋はいつでも取毀せるように出来ているのだから、破却は別に問題にもならないが、そのあき小屋のなかに首を縊《くく》っている男の死体が発見されたので、又ひと騒ぎになった。それはかの由兵衛で、一旦姿をかくしたものの、お常殺しの罪は逃れられないと覚ったのか。御上覧一件が大問題になって、自分も何かの係り合いになるのを恐れたのか。いずれにしても、自分に因縁のある此の小屋を死場所に選んだらしい。問題の猫はゆくえ知れずという事になっている。おそらく誰かがぶち殺して、大川へでも流してしまったのだろう。

一匹の虎の子のために、お常と由兵衛は変死、友蔵と幸吉は遠島、こう祟られては化猫よりも怖ろしい。虎の話は先ずこれでおしまいだ。君のことだから、いずれ新聞か雑誌にでも書くのだろうが、春の読物にはおめでたくないからね。」

「いえ、結構です。ありがとうございました。」

「おや、もう帰るのか。君もずいぶん現金だね。はははは。」

昭和十二年十二月作「サンデー毎日」

解説

岡《おか》本《もと》経《きよう》一《いち》
（岡本綺堂養嗣子）

大正十二年九月一日の関東大震火災で東京の大半は潰滅《かいめつ》した。麹《こうじ》町区元園《もとぞの》町に住んでいた岡本家もその厄に遭うて、家屋資材蔵書の一切を失った。綺堂はかぞえの五十二歳の時である。

目白駅に近い、郊外の高田町大原にあった門下の額田六福《ぬかだろっぷく》家に身を寄せていた十月十日、綺堂日記によれば「プラトン社の川口松太郎《かわぐちまつたろう》君が小山内薫《おさないかおる》君の紹介状を持参、大阪の同社では在来の〝女性〟のほかに高等通俗雑誌を発行することになったので、予に連載小説をかけといふ。承諾。額田にも読切小説をかいてくれるやうに頼んでくれといひて、川口君は一時間ほど話して帰」った。

プラトン社は大阪のクラブ化粧品本舗中山太陽堂が始めた出版社で、大正十一年五月に婦人雑誌の「女性」を創刊した。中央公論社の「婦人公論」を範としたものという。その創刊号に綺堂は戯曲「階級」を寄稿し、その後も戯曲三篇や随筆のたぐいを載せている。新雑誌には、まず小山内薫を誘って、編集スタッフに直木三十五《なおきさんじゅうご》、川口松太郎、そして挿絵の岩田専太郎《いわたせんたろう》をあつめた。

川口さんの回顧談をみると、そのころ評判になっていた「半七捕物帳」の続編を依頼したのだという。「半七はもう書きすぎて、あれ以上書くことはありません」と断われ、「半七でなくてもよろしければ、昔話はまだ残っています。よかったらそれを書きましょう」ということで「三浦老人昔話」が生まれた。半七物はすでに四十篇あまりになっている。どう書いても同工異曲《どうこういきょく》で、作者みずから倦きがきていたのである。

やっと麻布宮村町に貸家を見付けて、十月十二日の時雨《しぐれ》ふる朝に引き移った。年のうちに三篇を書き送り、十三年一月創刊号から連載が始まる。誌名が「苦楽」と決まった。

＊

麻布の古家は十三年一月十五日に再度の強震のために頽れかかった。又もや貸家さがしの末、三月十八日に大久保百人町に移って、初めて郊外生活に入ったことは「権十郎の芝居」の前説にある通りである。その年七月には予定した十篇の最後「矢がすり」を書きおえている。毎回同じようなものを書いてきて倦きたから、もうこのくらいで勘弁してくれというのを、苦楽のほうでは引きさがらず、では、少し方面をかえてと押し切られ、「青蛙堂鬼談」の連載が始まる。その怪談が受けて、諸雑誌からの注文が怪談に集中して困る話は、後のことである。

三浦老人の住居を大久保に設定したのは、江戸以来の郊外遊楽地を選んだのであろうが、若い新聞記者が古老をたずねて昔話を聞くという趣向は、半七老人と同じである。半七捕物帳の姉妹編のつもりであろう。

震災によって東京の面影が失われた時点で、その前から書きついだ、半七老人に最も多く会ったのは日清戦争前後とあるから、その紹介で会った三浦老人の場合は、その少し後として三十年ごろであろうか。本文に大久保の停車場が出る。甲武鉄道が新宿、八王子間に開通したのは明治二十二年八月で、それが市内の飯田橋まで延びたのは二十八年四月である。「明治商売往来」の著者・仲田定之助はその年小学校一年生で、四谷見附のトンネルを初めて通過した感激を書いている。そして、大久保のつつじ園見物に行ったという。

そのつつじは明治三十六年六月に開かれた日比谷公園に大方は移し植えられたから、三浦老人の住んだころは、まだ江戸の面影が残っていたとみえる。それから三十年近くたった大正末期に、作者は再び青春回顧物語の筆を執ったことになる。そのころ家々の庭には名残りのつつじがまだ華をきそっていた。

また六十数年が過ぎた。すっかり開発されて、今やつつじの里は変貌しつくした。

＊

三浦老人はむかし大屋さんであったという。大屋は大家とも書いて、貸家の持ち主の家主を指すこともあるが、大方は家主に代わって店子《たなこ》の差配人である。こんにちでも、マンションとかアパートの持ち主に代わって、不動産とか建設の会社が監理差配する例が多い。

店子に何か事件があると、大屋が捌《さば》きを付ける。それで済まねば町名主の玄関に持ち込む。次第によっては町奉行所に訴える。江戸の自治制度の上で大屋は町《ちょう》役人で、世間通であった。引き合いをおそれる旦那衆に代わって、番所の腰掛けと呼ばれた町奉行所前の出廷人控え室でも顔利きであった。つまり話題が豊富だという設定であろう。

作者晩年の随筆「半七紹介状」によると、半七のモデルとおぼしき老人が新宿の奥に住んでいて、しばしば訪ねたことになっている。半七老人と三浦老人との間を詮索していると縹渺《ひょうびょう》たる世界に引き込まれて、所詮《しょせん》は綺堂老人の語り口に眩惑される。

しかし、作品のスタイルを変えれば、又それだけの工夫がいる。三浦老人の話は、およそ二十四、五枚の短編である。しいて捕物帳の形をふむ要がないから、ゆったりした口調に練り上げ、成熟した境地を示している。単彩の話題をとらえて、人生の断面を衝き、時代相と生活が渾然《こんぜん》と融け合っているようである。

平明に素直で、水の流れるような語り口である。若い世代に、もし解りにくい点があるとすれば、芝居からのひきごと、もじり、しゃれであろうか。それはむかしの都会人の日常生活に自然に出てくる言葉のアヤ、イキであった。「江戸」がすっかり懐ろに収まっている趣である。

これらの巷談は話芸のひとに悦ばれて、放送や高座にしばしば使われた。戦後も落語の林家正蔵《はやしやしょうぞう》、三遊亭圓生《さんゆうていえんしょう》、講談の悟道軒圓玉《えんぎょく》、物語の高橋博《ひろし》、倉田金昇の人びとが多くの実績をあげてくれた。

＊

大正十四年五月に「三浦老人昔話」は綺堂読物集乃一として春陽堂から出た。四六判五号総ルビ、久保田米斎装幀の函入上製本で、いかにも老舗春陽堂らしい美本である。初版二千部というのは最高の部数で、定価の一円八十銭も当時としては高い値段である。

三浦老人十二話のうち、「苦楽」に書いたのは十篇で、あとの二篇は旧作に手を入れたものらしい。「下屋敷」は大正七年十月号の講談倶楽部《くらぶ》に載っていたが、「刺青の話」の掲載誌は未詳である。共に大正十年三月刊（隆文館）の「子供役者の死」に編入しているから、相前後した頃のものであろう。

この集のなかで、綺堂みずから脚色した戯曲が三つある。「刺青の話」を「江戸っ子の死」二幕に改題して（文藝春秋）大正十五年十月、花柳章太郎《はなやぎしょうたろう》（清吉）小堀誠《こぼりまこと》（源七）らが松竹座で上演した。「鎧櫃《よろいびつ》の血」を「鎧櫃」二幕に改題して（舞臺）昭和十三年一月、左團次《さだんじ》（旗本今宮）猿之助《えんのすけ》（家来正木）幸四郎《こうしろう》（人足平助）松蔦《しょうちょう》（平助女房）らが東京劇場で上演した。それぞれに華の舞台であった。もう一つ「春色梅ごよみ」は「人情本の夢」二幕に改題して昭和十二年「舞臺」に発表したが、未上演に終わっている。

「三浦老人昔話」についで、同じ体裁で綺堂読物集は「青蛙堂鬼談」「近代異妖編」「探偵夜話」「近古探偵十話」とつづいた。昭和六年二月、春陽堂は文庫を発刊したから、それらは半七捕物帳と共に大いに普及した。そのため同じく読物集でも、あとの「異妖新編」「怪獣」の二冊は最初から文庫に入った。

大正十三年六月から春陽堂で〝読物文藝叢書〟十三巻を発売したことがある。この命名者が菊池寛だといわれているが、すでに「新小説」で読物文芸的なものを提唱していたのである。読物文芸の線は大衆文芸となり、大衆文学に包括されていったが、綺堂は好んで〝読物〟の名を捨てなかった。

綜合誌の「文藝春秋」が折りおり別冊「オール讀物」を出していたのが成功して、月刊に切り替えたのは昭和六年四月である。

＊

綺堂読物集は戦中戦後、文庫のほかにもいろいろの判のものが発行されて、読みつがれてきた。私も昭和四十四年五月から「岡本綺堂読物選集」八巻の青蛙房版を造った。そのとき未刊の作品を集めたりして、伝奇・情話・巷談・異妖・探偵・翻訳というような分類をしたので、「巷談」という項目に三浦老人を編入した。この双書は四六判各冊四百五十頁を超えるので、二百頁の三浦老人だけでは足りず、違和感のないような〝巷談新集〟を加えて一冊を成した。

何回か増刷した在庫が無くなった五十一年夏のころ、旺文社文庫から「三浦老人昔話」を出してくれるという。頁数に余裕のあるのを幸いに、三浦老人昔話のほかに他の巷談を加えておきたいと思った。

動物に縁のあるものにしようか。選んでみたら、五篇が「サンデー毎日」所載であった。この週刊誌の創刊は大正十一年四月で、のちに「大衆文藝賞」を設けて、新人の登竜門として著名であった。綺堂の晩年には、劇作のほかはもう書くことに倦んで、読物はおろか随筆ひとつ書くのも嫌がった。みな謝絶している中で「鯉」や「牛」や「虎」

を書かせたのは、よほど贔屓《ひいき》の編集者がいたに違いないが、今その名を思い出せない。命あらば、昭和十三年の暮れに「虎」の次に「兎」を書いたかも知れないが、すでに死の床にあった。「虎」が綺堂読物の最後となってしまった。

一つ、「週刊朝日」の「魚妖《ぎょよう》」がある。朝日新聞社は大正十一年二月に旬刊誌を出したが、四月から週刊に切り替えた。その編集を受け持ったのが後に大衆作家として大成した土師清二である。土師さんは綺堂を語るとき「魚妖」の原稿を手にしたときの怖さを一つ話にされたものである。「サンデー毎日」も「週刊朝日」もまだ大阪を本據としていた頃であった。

旺文社文庫のものはみんな絶版になり、古書市場にも見当たらなくなった。半七捕物帳を引き継いでくれた光文社文庫から、同じケースで綺堂読物集が出る。また新しい読者層がひらかれて、作品が生きのびる幸いを思う。

＊本文中、今日の観点からみて差別的と思われる表現がありますが、作品が発表された当時の状況や作品に描かれた時代背景を考慮し、また本書の文学史における位置づけや、著者がすでに故人であることなどを考え併せ、先行するテキストに準じました。読者の皆様に御理解を賜りたくお願いいたします。

（編集部）

KOBUNSHA

光文社文庫

【巷談コレクション】
鎧《よろい》櫃《びつ》の血《ち》 新装版
著者 岡《おか》本《もと》綺《き》堂《どう》

2006年9月20日 初版1刷発行

発行者 篠原睦子
印刷 豊国印刷
製本 フォーネット社

発行所 株式会社 光文社
〒112-8011 東京都文京区音羽1-16-6
電話 (03)5395-8149 編集部
8114 販売部
8125 業務部

ISBN4-334-74131-2 Printed in Japan

お願い　光文社文庫をお読みになって、いかがでございましたか。「読後の感想」を編集部あてに、ぜひお送りください。

このほか光文社文庫では、どんな本をお読みになりましたか。これから、どういう本をご希望ですか。

どの本も、誤植がないようつとめていますが、もしお気づきの点がございましたら、お教えください。ご職業、ご年齢などもお書きそえいただければ幸いです。当社の規定により本来の目的以外に使用せず、大切に扱わせていただきます。

光文社文庫編集部

炎四郎外道剣 非情篇　鳴海　丈
炎四郎外道剣 魔像篇　鳴海　丈
柳屋お藤捕物暦　鳴海　丈
闇目付・嵐四郎破邪の剣　鳴海　丈
慶安太平記　南條範夫
風の宿　西村　望
置いてけ堀　西村　望
左文字の馬　西村　望
紀州連判状　信原潤一郎
さくらの城　信原潤一郎
銭形平次捕物控（新装版）　野村胡堂
井伊直政　羽生道英
吼えろ一豊　羽生道英
丹下左膳（全三巻）　林　不忘
侍たちの歳月　平岩弓枝監修
大江戸の歳月　平岩弓枝監修
武士道春秋　平岩弓枝監修

梟の宿　西村　望
海潮寺境内の仇討ち　古川　薫
辻風の剣　牧　秀彦
悪滅の剣　牧　秀彦
深雪の剣　牧　秀彦
碧燕の剣　牧　秀彦
花のお江戸は闇となる　町田富男
柳生一族　松本清張
逃亡 新装版（上・下）　松本清張
素浪人宮本武蔵（全十巻）　峰隆一郎
秋月の牙　峰隆一郎
相馬の牙　峰隆一郎
会津の牙　峰隆一郎
越前の牙　峰隆一郎
飛驒の牙　峰隆一郎
加賀の牙　峰隆一郎
奥州の牙　峰隆一郎

¥200